あわいゆくころ

陸前高田、震災後を生きる

瀬尾夏美

晶文社

みぎわの箱庭

それは、春になる前の寒い日のこと
午後の仕事が落ち着いて、
ちょうどひと息入れようかというころにね
大きく大きく、地面が揺れた
遠くの海がたちまちふくれ、
そのままぱちんとはじけてしまって、
まちに覆いかぶさった

雪降りの夜が明けて、
浮かびあがってきた風景に
みなが立ち尽くしていたときにね
男の人たち、壊れたまちまで降りて、
生き残った人を探したんだよ

毎日毎日探してね
助けられた人もいたと思うが、
ほとんどは死んだ人だった
きれいに並べたその身体に、
まちの人らは別れを告げた

やがて海は戻っていって、
暮らしは落ち着いたんだけどね
ある男だけは、人を探しつづけていたんだって
あまりに毎日探すから、
誰かに会えたかと問う人がいてね
男はね、
会えなかったけど
たくさん話を聞いたと答えて、
つづけて何かを
しゃべろうとしたみたいだけどね
そのままぴたっと
声が出なくなってしまったんだって

つぎの日、
いつものように
出かける男を見た人が
いたそうだけどね
とうとう戻って
こなかったんだって

荒野に草が伸びたころ、
波に置いていかれた種が、
山際にたくさんの花を咲かせたんだよ

その花畑には、
生きている人も死んだ人も
その場所にいない人も、
みな一緒にいることができた
死んだ人は、
この花畑は永遠だと言ったが、
生きている人は、
そんなことはないと言ったね

二年くらい
そんな時間があったみたいだけどね
ある朝ふと見あげると、
あたらしい地面が
ぽっかりと浮かんでいたんだって
それで、生きている人は、
さっそく上がってみようと言ったんだけどね
死んだ人は、
ここに残ると言ってうごかなかった

最初のころは
行き来もあったみたいだが、
しばらくすると、
上にもまちが出来てね
生きている人は、
すっかりそちらで暮らすようになった

生きている人は、
下のまちを忘れていくと言って泣いたが、
その場所にいない人は、
何もかも忘れないと言って笑っていた
死んだ人はもうあまり喋らなかったが、時おり歌をうたっていたね

海風と山風がちょうどぶつかるから、
上のまちはいつも大風なんだよ

でもね、ある昼下がりにほんのすこしだけ
風が止むことがあったんだって
すると、足元から声が聞こえてね
女が地面に耳をつけると、なにやら歌のようだって

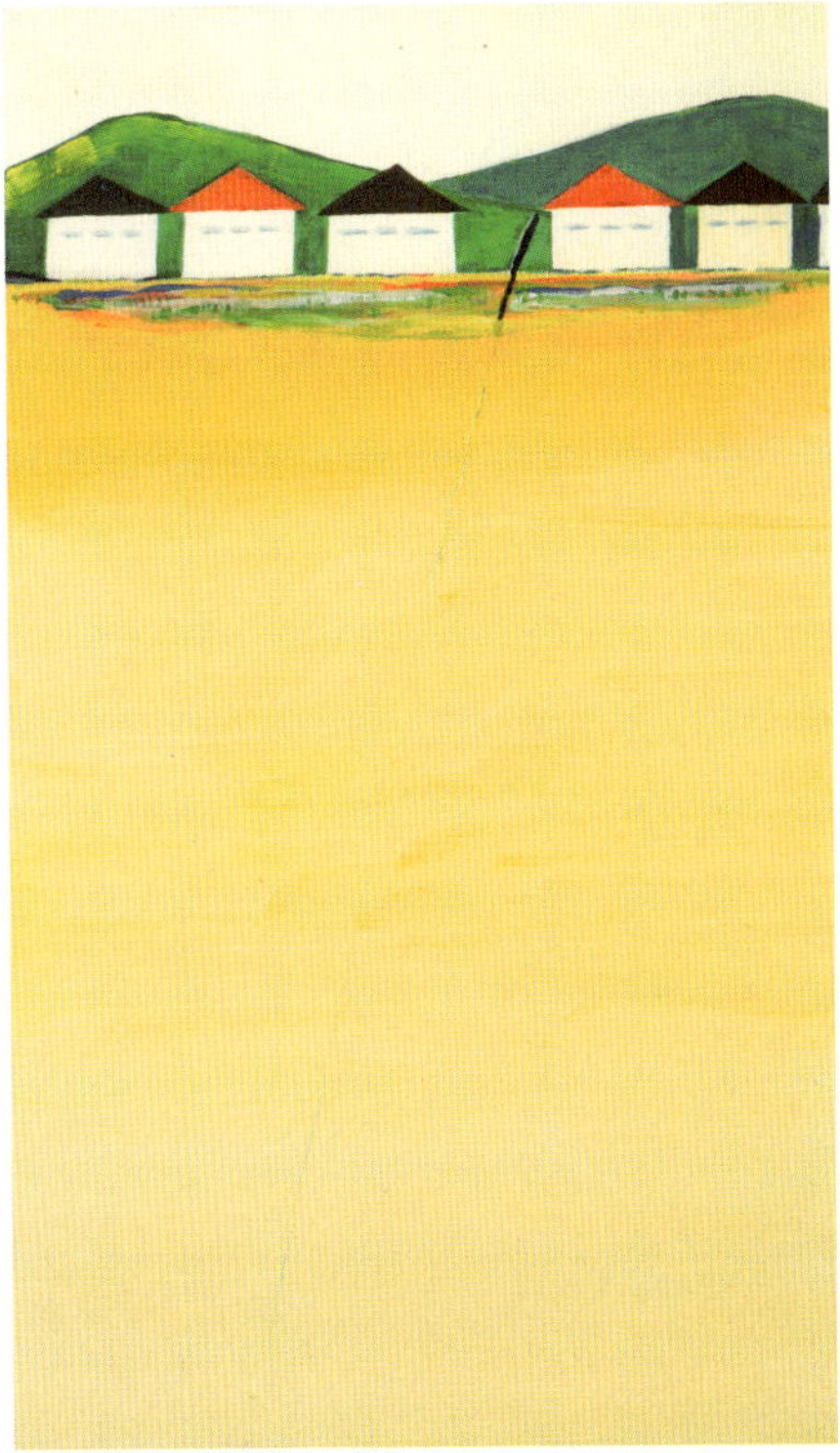

その歌をよく聞きたかった女が、
地面を掘って掘って進んでいくと、
目の前がぱっと開けてね
そよそよと揺れる
広い草はらに着いたんだって

あたりにはぽつぽつと人がいたそうだが、
うたっていたのは、
壊れた塀に腰かけた初老の男だった
女はね、その人に頼んで、
歌を教えてもらったんだって
初めて聞く歌なんだけど、
なんだか懐かしいような感じで、
すぐに覚えられたんだって

しばらくふたりでうたっていると、
はるか天上から
娘の泣き声が聞こえてね
女は帰ることにした

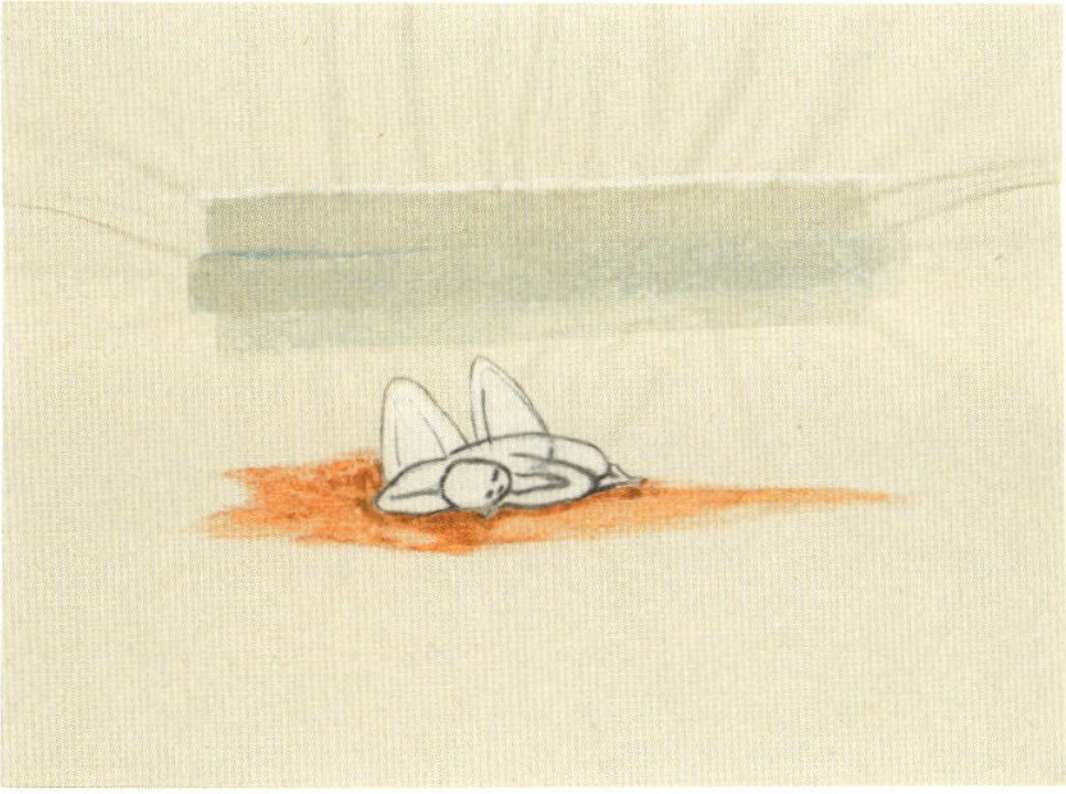

それから何日か経ったある日、
女が娘と、地底で聞いた歌をうたっていたら、
歌を教えてくれたあの男が
とても親しい人だとわかったみたいなんだけどね
どうしても名前が思い出せなかったんだって

その歌がね、いま子どもたちがうたっている歌だよ
女が掘った穴がこのまちのどこかにあって、
下のまちにつながる階段になっているんだって

ごらん
このまちの風景は、
そうやって出来たんだって

あわいゆくころ

二〇一八年。いま私は、東日本大震災から七年あまりが経った宮城県仙台市で、絵や文章をつくりながら暮らしている。もともと東京の美大生だった私がなぜここにいるかと言えば、二〇一一年に震災が起きたからにほかならない。発災から間もないころにボランティアに行き、その後一年間は東京から沿岸の町々に通った。翌年の春には、津波による被害が大きかった岩手県陸前高田市に拠点を移そうと考え、隣町の住田町に移住。三年間そこで暮らし、おもには陸前高田の写真館で働きながら、流されたまちを歩き、そこに暮らす人びとの話を聞いていた。そして、二〇一五年に仙台に引っ越し、それから現在に至るまで、対話の場を開いたり大切な人たちに会ったりするために、月に一度か二度、陸前高田に通う生活を送っている。

私にとって陸前高田は特別なまちだ。まちの人たちは震災で深い傷を負って間もないのにもかかわらず、私のような見知らぬ者に居場所をくれた。そして、亡くなった人たちを弔うための作法や、自分と異なった体験や境遇を抱えてしまった他者とのフィジカルな関わり方、壊れた風景を労わる術、断ち切れてしまった時間軸を繋ぎ直すための語り……など、目の前に突如現れた大きな喪失に苦しみながらも、さまざまな技術や思想を素手で立ち上げ、暮らしを営んでいく、その傍らにいさせてくれた。

災厄のあと、「何もかも流した」と語る人たちがその場で発揮していく創造性は、本当に尊いものだった。私は、日々目の前に立ち上がるものたちに憧れ、それゆえにすこしだけ距離を取る必要を感じて、〝旅人〟としてこのまちに関わっていこうと決めた。そんな私がやってきたことはごく単純で、見聞きしたもの、気づいたことをツイッター（インターネット上で短文をつぶやけるSNS）になるべく多く書き込み、必要なときにそれを読み返し、着想を得て作品をつくることだった。

災厄のあとのこのまちを七年あまり旅してきて、いま感じていることがある。それは、仮設的なあり方の終わりと、〝これから〟の本格的なはじまりだ。思ったよりもはっきりと、その境界は浮かび上がっているように思う。

二〇一七年の春ごろから、陸前高田では新しいまちでの日常が動き出している。これは、かつてのまちがあったその場所に、大規模な嵩上げ工事を施してつくられたまちである。中心に出来た大型商業施設では放課後の高校生たちが集い、向かいの公園には子どもたちの声が響き、老人たちは連れ立ってせっせと歩いている。時をほぼ同じくして、山を削ってつくられた宅地には、背の高い公営住宅や、それぞれに工夫が凝らされた真新しい家々が建てられていく。被災物や壊れた風景を目にすることは、日常のなかではほとんどなくなった。もちろんまだ工事が完了していなかったり、さまざまな事情で判断を保留していたりして、本設家屋への移行ができない人がいることをこころに留めながら、それでも時間の経過もあいまって、暮らしは落ち着きつつあると思う。まちの人たちの様子もすこしずつ変わってきていて、日常を進めていくための、いまとこれからについての会話が増え、震災の体験や喪ったものについて語る言葉が表面的には少なくなってきたように感じている。あの災厄から着実に歩みを進めている。これは本当にすごいことだ。

私はそう感嘆しながら、一方で、近ごろはこの七年あまりのことがなかなか語られないということが気になってきている。たとえば私が遠方の友人を連れてきたとき、まちの人たちは、ある配慮をともなった判断にもとづいて話題と言葉を選び、その結果として、強烈な震災の体験と現在の〝復興〟について語ってくれる。そこで、この七年あまりのことがすっぽりと抜けるのだ。たしかにこれまでの時間はまちの人たちにとって、喪ったものの大きさに打ちのめされ、この先を描くのも不明瞭な、とても困難な時間であったと思う。日々の微細な変化を知らない者には、当時の感情や出来事は共有しづらいとも感じているかもしれない。だから、語りにくいのかもしれない。

でも、と思う。これからもうすこし時間が経って、〝復興〟の完了したまちでの暮らしが当たり前になったとき、平らになった地面から何かを形づくっていくまでの〝あわいの日々〟が圧縮されて遠ざかり、おぼろげに消えていってしまうのではないか。語られないものは移ろいやすい。生死の境界を目の当たりにした人びとが、かつての営みと〝これから〟を繋げようと必死に生きた、あわいの日々が見失われてしまったらどうなるだろう。

私はそんなことはないだろうともわかりつつ、すこし慌ててメモを開く。長かったはずのあわいの日々に、確かに生まれたさまざまな技術や思想が、そしていつでもどこかにうつくしさを蓄えていた風景の姿が、そこにある。人びとが災厄から立ち上がろうとするそのはじまりの時間は、とてもしんどかった一方で、とても創造的でもあったのだ。一つひとつ見返すほどに、あのころ生まれたものたちこそが、誰しもが生涯のうちに直面するなにかしらの困難から立ち上がっていくときに、とても必要なものであると実感されてくる。それは、震災という個別の出来事に関わらない。私にも、これから旅先で出会う誰かにも、きっと必要なものだ。そして、仮設的な時間であったからこそ、立場や距離を越えた想像力の交換が可能なやわらかな場が、それを包括する風景が、確かに広がっていたようにも思う。

〝復興〟は途上だけれど、いま、ある位相が切り替わる時期が訪れている。と、私は言ってみる。そして、あの〝あわいの日々〟と〝これから〟を一度切り離すことで現れなおすものたちを、できる限りすくい上げておきたい。埋もれて消えてしまうにはあまりに惜しい又とない発明の数々を、さまざまなものが交差し、芽吹きの土壌となっていたやわらかな場を、誰かに分有したいと願う。どこかで立ち止まりたいと思いながらも、私が〝旅人〟であり続けたのは、こういうことができるようにしておくためであったはずだ。

正直に言えば、相変わらずこのまちに通い続ける私自身も、あの日々のことを忘れていく予感がある。私はいま、進んでいく人たちの〝これから〟の姿を、引き続き描くことを選ぼうとしている。きっといままでとは違う旅の仕方が必要になる。だから、その新しい旅の前に、七年間のメモを見返し、〝あわいのころ〟をもう一度歩き、書いていく。

この本は、震災から七年の間に私がツイッター上に綴ってきた言葉〈歩行録〉と、それを二〇一八年のいま再び読み返し、歩き直しながら書いたエッセイ〈あと語り〉、そしていままでのことを遠い未来に誰かが語る、その時間を想像しながら描いた絵物語「みぎわの箱庭」「飛来の眼には」で構成されている。彼らの発明が細い糸でどこかへと繋がっていくことを願って、非力な言葉で書いていく。

誰かが忘れずに、覚えていてくれるように。そして同時に、誰もが忘れてもいいように。

目次

一年目

二〇一一年三月十一日――二〇一二年三月十一日

三月十一日
十四時四十六分
東日本大震災。

―

三月十三日

上野駅
いつもよりずっと人が少ない。
取手行きの常磐線は
いつもより混んでいる。
みんな家に帰っていくんだ。
私はポカポカと花粉症のなか、
お茶の水に向かいます。
私にできることをしに行きます。

三月十六日

駅ビルがやってなかったので、
バイトの面接なし。
ハンズで画材買って帰る。
洋服屋さんは洋服を売って、
ラーメン屋さんはラーメンを届けている。
いち美大の学生の私は、
何ができるだろう。

三月二十日

昨日の夜十時から今朝まで、
ずっと歩いていました。
夜のまちには全然人がいなかった。

東京タワーは目で見てわかるくらいに
先っぽが曲がっていて、
テレビで見たことは
本当に起こったことなんだと思った。

四月

――

四月一日

三月三十日から、友人と
ボランティアをしながらレンタカーで
北上しています。
自分たちにわかる範囲ですが、
北に向かう道中の
宿泊施設やガソリンの情報を
ブログにまとめています。
現在、東京から茨城、福島を通り、
仙台に滞在しています。

四月四日

盛岡で立ち寄った温泉で、
宮古出身のおばちゃんと出会った。
これから宮古に向かうと伝えたら、
目を赤くして、
ジュースでも飲みなさいと
千円札を渡されました。
宮古を訪れてくれて、
忘れないでくれてありがとうと。
私がここに来たことが、
こうやって役立つこともあるのかと、
とても驚いたのです。

＊

この状況をよく見て行ってね。
こんなことがほんとに起こるなんて
誰も考えられない、想像もつかない。

だから、見て行ってください。
地元の方にそんな風に言われることが、
何度もありました。

四月五日

宮古で知り合ったおばさまに、
島越は住宅のほとんどが流された、
避難場所も流された、
私たちは、急きょもう一度北上してきました。と伺う。
暗闇で見た田老、島越、野田、
瓦礫しかないようだった。
報道で聞いたことのなかった、
小さなまち。

＊

昨日点いてなかった信号が点いています、
八戸。

四月六日

岩手沿岸の小さな村、
瓦礫撤去すら済んでいない。
静かに、自分たちだけで片付けている。
高台のおばあちゃん、何不自由していないと。
怖かったけど、もう大丈夫よ、
とおっしゃる。

四月七日

SNS上で色々な意見があるように、
実際に出会う方にも
それぞれの意見があります。
たとえば、同じように家を失った方でも、
外の人が被災地に来るのは
迷惑だとおっしゃる方もいれば、
反対に、来てくれてありがとうと
おっしゃる方もいる。

それぞれ違う人間だから、当たり前。
私は、ここに来ることでやっと、
そのことに気がつくのです。

昨日話した陸前高田のおばちゃんに、
また来てね、今度は泊まって行ってね。
と言ってもらったから、私はまた来ます。

五月
——

五月十八日

北茨城は津波の跡が
ほぼ目に見えない状態になっています。
二ヶ月。
津波があったことを
忘れてしまいそうなくらいです。
市役所にはガイガーカウンター、
のどかな景色に似合わない。
大きな音を立てて、ぽつんと建っていました。

五月十九日

今日は石巻へボランティアに行きました。
私たちが派遣されたのは
駅前商店街の一歩裏手のお宅でした。
そこは津波が来てから
二ヶ月間そのまんま、という印象の、
もう一度大きな余震が来たら
全壊してしまうんじゃないかと思うような
お宅でした。

そのお宅は一階部分が浸水し、
床は抜けているし畳も壁もぼろぼろでした。
でも、そこで杖をつくおばあちゃんが
ひとりで暮らされていました。
私たちが、水に浸かってもう使えないものを

捨てましょうかと提案すると、
おばあちゃんは、
それは嫌だと首を振りました。
泥だらけでも、どれも大切なもの。

私たちは穴の空いた扉や窓をふさいだり、
おばあちゃんの靴を磨いたり、
お皿を洗ったりしました。
おばあちゃんはありがとうと
たくさん言ってくれたけど、
あの壊れそうなお宅で
ひとり暮らしを続けると思うと、
とても心配。
どうか怪我をなさらないようにと
思うばかりです。

*

その後、南浜町に行きました。

南浜町は石巻の中でも
被害が大きかった地区です。
たくさんのものが流され、
広く見渡せるようになったまちの入り口に、
「がんばろう! 石巻」と書かれた
大きな看板と鯉のぼりがありました。
仕事を終えた方々がそこに集まり、
花を供え、手を合わせていました。

南浜町はとても静かで、
津波があったときから
あまり変わっていないのではと思いました。
でも、道路を挟んだ内陸側では、
瓦礫の撤去もかなり進んでいました。
自宅の前の瓦礫が撤去された方は
復興がはじまったのよ、と
笑顔で話してくれました。
一ヶ月前にお会いしたときとは
まるで違う表情でした。

数十メートルの差で、
一人ひとりそれぞれで、
状況が全く違います。
動き出すタイミングも、大切なものも、
全く違います。
もう復興するの、がんばるよと
笑顔を見せてくれる人もいて、
不安でいっぱいな人もいます。

津波が来た。そこにいた人たちが、
その両極端の感情を同時に理解することは
難しいような気がしています。
その人たちには、
いまやらなきゃいけないことが
たくさんあるからです。
だから、そこにいなかった人たちが、
両方をよく見つめるべきだと思いました。
そのうえでやれることを
やった方がいいと思いました。

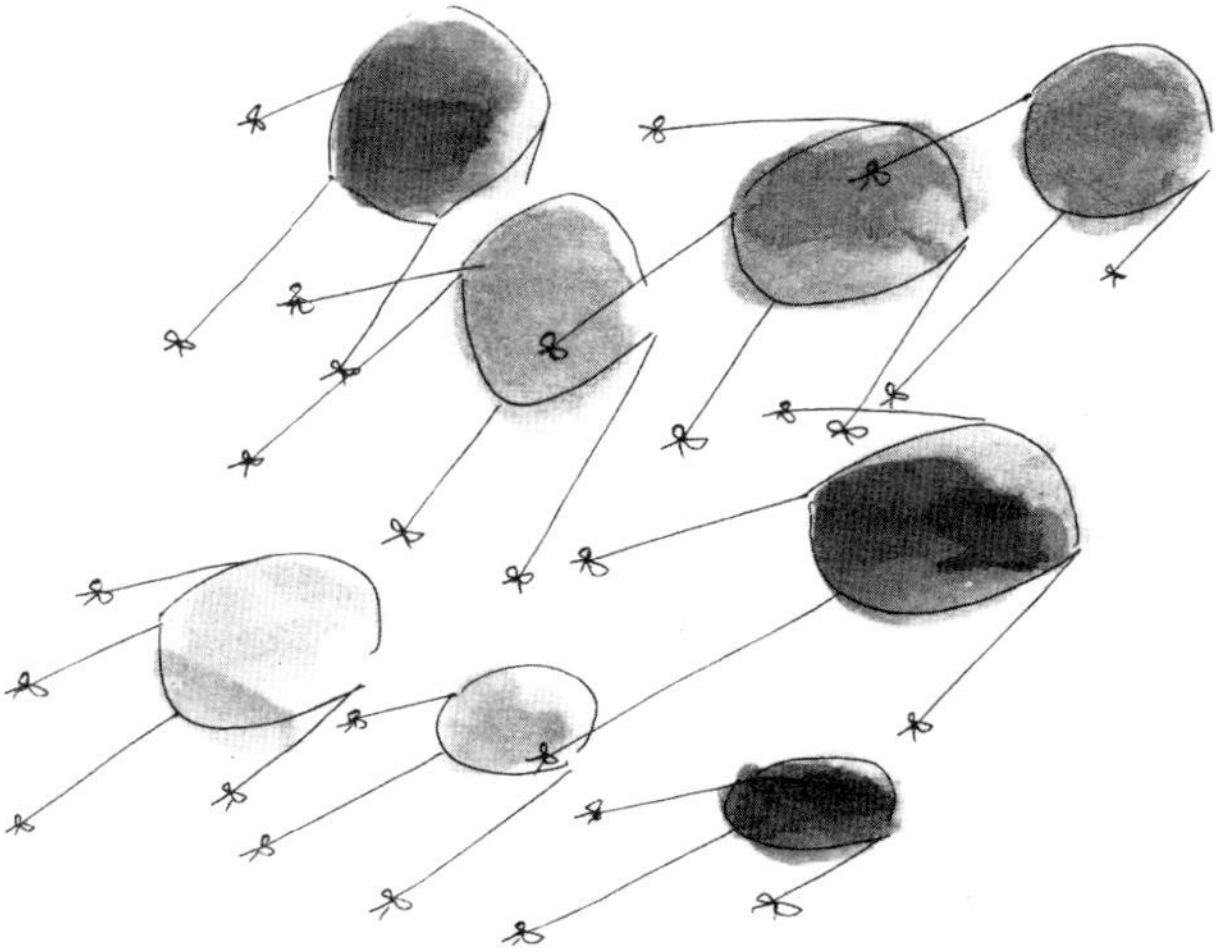

五月二十日

津波があったことが、
目に見えなくなってきている。
目に見えなくなることで生まれる
明るいきざしと、
記憶に残すことの難しさが
同時に現れてきているように思いました。
二ヶ月と十日の間に起きたことたち。

とても難しいかもしれないけれど、
忘れてはいけないものを
忘れたくないと思います。
忘れないように残すこと、
または、それにアクセスするための
回路づくりをしなくてはならない。
それがきっと、
文化にかかわる人の仕事だと思う。

＊

陸前高田市にいます。
とても広範囲で大きな被災をしています。
まだ捜索が終わっていない場所も
たくさんあるようです。
でも、ボランティアセンターも市役所も、
そこにいる人たちがとても穏やかで
一生懸命で、優しかったです。

五月二十一日

高台にある保育所。
子どもたちは園庭で
元気いっぱいに遊んでいました。
でも、散歩に行くと
津波で変わってしまったまちが見えて
怖がってしまうし、
地震がお昼寝の時間にあったから、

寝ると津波が来る、と言って
眠れない子もいるそうです。
市外へ移住したり、避難したりで、
園児やその家族たちが
いまはばらばらになっているそうですが、
まちに昔から伝わる七夕祭りのときには、
また人が集まってくるんじゃないかな、
と先生はおっしゃいました。

五月二十三日

りんご畑の瓦礫撤去のお手伝い。
三十人でやりたいところですが、
人手不足で十人で作業。
予定の半分しか片付かなかったのに
その家のおばあちゃんは、
ありがとう、また来てね、約束よ、きっとよ。
と言って、私たちの車が見えなくなるまで
ずっと見送ってくれました。

りんご畑には色んなものが落ちていました。
お茶碗、食器棚、車、まんが、調味料、
靴、お菓子、写真、ハガキ、書類、
エロ本、流木、自転車、船、倉庫、椅子、
サインボール、鍋、建材、樽、魚、
セーター、水着、ランドセル、洗濯機、
キーホルダー、カード、財布、ぬいぐるみ、
カバン、ガラス、鏡、画材……

七月

七月十八日

夕方には名取市北釜の集会所。

ここにも、津波で流されて拾われた、
さまざまな〝誰かのもの〟が集まってきている。

天井まで波が来た集会所には、

「倒壊の恐れ有り、地震が来たらすぐ逃げて」

と張り紙。
仮設から村を見に来たというおじいさんは、
集まるため、探しにくるための場所は、
村が元からあったここがいい。
ここしかないんだ、と言いました。

そして、産まれてから
七十九年暮らしてきた村は
たくさんのものを失ってしまったけど、
僕は生きてるんだから、
生きてかにゃいかんねえ、とつぶやいた。

七月二十日

季節が変わって、まちがあった場所が
まるで更地のようになって、
雑草が生い茂って、
緑色の景色になっています。
ここに何があったのか、誰がいたのか、
何が起きたのか、
この場所に住んだことのない私には、
想像することがとても
難しくなってきたと感じました。

＊

去年ここを訪れたという友人と陸中山田駅。
駅があった場所は
かろうじてホームが判別できるくらいで、
駅前のターミナルや、
もともとあったというスーパーは
ありませんでした。
津波のときに火災が起きて、
一本残ったという駅前の木も真っ黒でした。
この木の周りで
タクシーがぐるりと旋回してね、
人待ちをする列をつくるんだよ、と

友人が話していたら、
遠くからタクシーがやって来て、
木の周りを旋回して駅前に停まりました。
しばらく見ていると、そのあとにも
二台のタクシーが現れた。
そして、彼らはどこの駅前にもあるような、
最近どうだい、という会話をはじめました。

お客さんを待っているのか、
彼らの待ち合わせなのかは
わかりませんでしたが、
そこは彼らにとって、確かに
陸中山田の駅なんだなと思いました。
駅舎やロータリーがなくなってしまっても、
ここはここなんだと思いました。

＊

南下、陸前高田へ。

市街地は地盤が沈下していて、
海と陸地が同じ高さにありました。
市街地に住んでいた方たちは
高台の避難所や仮設に移っているとのこと。
壊れてしまった物たちを
移動するための作業車がたくさんいて、
広い空き地を作っていた。
この場所をこれからどうするんだろう。
きっと、難しい問題や選択が
たくさんあるのでしょう。

＊

四月、五月と伺ったおばちゃんのお宅へ。
あらー急にまた現れて！とおばちゃん。
周りにお店がなくなっちゃったから
自給自足してるのよ。
とうもろこしモロヘイヤきゅうり
ブルーベリーりんごトマトお米……。

塩をかぶった土には
ひまわりがいいんだって。
と言っておばちゃんは笑う。
お庭のあちこちに、
ひまわりが芽を出していました。

沿岸のいくつかのまちでも、
ひまわりを植えているという話を聞きました。
この夏は、東北が黄色いひまわりで
いっぱいになるかもしれません。

夏という季節が、
すこしずつ人を元気にしているような
印象がありました。
流されたお宅にも
出来てしまった空き地にも、
緑色が映えていました。
津波が来た境界線も、
わからない場所が増えてきていました。

これからこの場所がどうなっていくのか、
人がどこに暮らすのか、
変えていくことと変えちゃいけないこと、
覚えておかなければいけないことと
忘れなければいけないことが、
時間を経て、明らかになって
いくんじゃないかなと思います。
そのときに、何か手伝えることがあったら
手伝いたいと思っています。

八月 ― 八月四日

大分からいらっしゃっているおじいさん。
六十代後半のとき九州から青森まで
歩いて制覇しようとしている途中に、
大雨に打たれて疲れ果てているところを

南三陸の見知らぬおばあちゃんに
助けていただいたことがある。
南三陸に恩義があるから、
車で三日かけてここに来て、
お手伝いさせてもらっているんだよ。

おじいちゃんは、
そのおばあちゃんが生きていてくれて
本当によかったと涙ぐみながら、
ぱちんとアブを捕まえました。
アブは噛むから気をつけなさい。
とてもたくましくて優しいおじいちゃん、
お身体には気をつけて。

*

南三陸はとても丁寧なまちだと感じました。
壊れてしまった家屋の撤去も、
柱一本ずつ行なっている。

重機でがしゃりと進めることもできるけど、
行方不明の方や思い出の品が
まだそこに眠っているかもしれないからと、
一本ずつどかしている。
まちに入ってきたとき、
三月とあまり変わらないと感じた街並みも、
あの大きな出来事を丁寧に
受け止めているように思えました。

たくさんのまちで、
たくさんの人や家や財産が流されました。
まちによって、そこにいる人によって、
大切にするものが違います。
早く元の生活に戻そう、
まず行方不明の人を探そう、
とにかく一番
気持ちが落ち着くように過ごそう。
それぞれの気持ちが尊重されることで、
まちがもう一度

形づくられていくのだろうと思います。

八月十日

五日間お世話になった札幌から
フェリーにのり、仙台へ。
明け方仙台港に近づくと
家屋の破片と思われる木材たちが
ぷかぷか浮いていました。
浮かぶ木片にカモメがちょこんと
座っていたのが印象的でした。

九月

——

九月、小森はるかと一緒に、
一ヶ月間東北に移動滞在。
沿岸各地のボランティアセンターを
取材して回る。

九月三日

閖上の小学校には
自分の持ち物を探しに来ている方が
ちらほらいらっしゃいました。
写真を探すのを手伝おうとしても、
私には、その人がどんな人の写真を
探そうとしているのかわからないので、
何もできなかった。
探している相手の方に関する
記憶を持っていないから、
私の目は何も役に立たないのでした。

お手伝いできることと、
できないことが明確に異なることを、
身をもって知りました。
写真を洗うことはできるけれど、
必要な写真を代わりに探すことはできない。
とても基本的なことだけど、

大切なことだと思いました。

写真を探しに来たおばあさん。
去年旦那さんが亡くなって、
写真を整理しようと思って
二階の自室に写真をあげた。
津波が来ても
二階なら大丈夫だろうと思っていたけれど、
お家ごとみんな流されてしまった。
なーんもないのよねえ。
じいさんが亡くなった矢先にさあ。
一枚でもね、出てくればね。

おばあさんはいくつかの写真を眺めて、
老眼鏡がないからよくわからないわ、
とつぶやいた。
そして、たくさんの写真を
ゆっくりと見ながら歩いていく。
そこには、
見つけたいという強い気持ちと、
探すという行為を通して、
おじいさんと向き合う時間を持つということが
同時に存在しているように思えました。

今日は見つからなかったわ。
また今度来ます。
おじいさんに会いたいわ。
おばあさんは仮設のお家に帰っていきました。

九月四日

おいしい食べ物をつくることを
とても誇りに思っている人が、
その仕事を続けられなくなっています。
放射能は土の上に降り積もり、
アスファルトからは流れ落ちる。
土が汚染されてしまえば、
食べるということが汚染される。それは、

生活の基本が汚染されるということでしょう。
それは、すべてに繋がっていること。

九月五日

半年という時間が経とうとしていて、
いま目に見えるものからはわからないこと、
想像のできないことがたくさんあります。
それはきっと、
時間が経つごとに増えていくと思います。
いま、あのときこうだったんだよ、と
話されていることの中に、
残していかなきゃいけないことが
たくさんある気がしています。

九月六日

石巻へ。
お庭に流れ込んできた遺体を
その場で供養したというご家族、
仮設住宅に入れず
避難所に六ヶ月住んでいるご夫婦、
その一帯ほとんどが全壊してしまった町内会。
いまではその場所に
たくさんの笑い声があるということも
ひとつの事実です。

失ったものも大きいけど、
絆が深まって
得たものもたくさんあるよ、
と笑うみなさん。
私は、なんで津波が来た同じ場所に
また家を建てようとするんだろう？
と思っていました。

けれど、話を聞くうちに、
暮らしてきたその場所に、
ご近所さんやお得意さんがいるから、

津波の前の生活を想える。
だからこそ、
自分を続けることができるのかもしれないと
思うようになりました。

でも、それぞれが抱えている問題は、
一枚めくるととても大きい。
復興に向かうんです、と
力強くおっしゃった町内会長さんの
自宅があった場所は、
危険区域でもう家が建てられない。
いまは車で三十分先の仮設に住んでいて、
仕事場も流されたから仕事もない。

みなさんが共通して
問題だと話していたのは、
乳幼児を育てている家が一軒もないこと。
町内会の中心は六十代以上。
私たち復興まで生きてるのかしらね、と笑う。

九月十日

東松島へ。
夕暮れのなか地盤沈下した田んぼの間を
車で走りました。
道の両側が大きな湖みたいになっていて、
見たことのない景色でした。
まちの色々な所に池のような場所があって、
そこは住宅だったとのこと。
元の景色は全く想像できなくて、
ただただ圧倒されるしかありませんでした。

その場所を初めて訪れた私は、
ただその景色をじっと見ることしかできず、
時間を遡ることも進むことも
できませんでした。
その景色を、新しい景色として
受け入れていいのかも
わかりませんでした。

九月十一日

今日は陸前高田にいて、
十四時四十六分を海辺で迎えました。
ほとんどの建物が根こそぎなくなり、
地盤沈下して海岸線も変わってしまった
市街地の海辺には、
海を見つめる人がぽつぽつといました。
陸前高田では大きな慰霊祭や
サイレンの音もなく、
半年目のそのときは
そっと通り過ぎていきました。

ぎりぎりで津波が引いていったという
おばちゃんのお家で、
今年なった梨をいただきました。
おばちゃんはこのまちの人が作ったという
写真集を見せてくれながら、
半年前までのまちのことを話してくれた。

その写真集には
津波の前のまちの写真がたくさん載っていて、
おばちゃんは、
私たちに必要なのはこういうのなんだ、
と言いました。

津波の被害がたくさん載っている
写真集が出ているけど、
私たちはそれよりも
きれいだったまちをもう一度見たいんだ、
と言いました。
いまは悲しいものより、
あのときのまちが見たい。
このまちにいる人は同じものを失ったから、
それがあったってことを忘れないでいれば、
またそれを取り戻そうって
助けあえるでしょ。

半年が経って、

散らばった家や商店やアスファルトや
木々なども片付けられてきて、
新しい景色が
つくられはじめているようにも見えます。
でも、おばちゃんにとっていま必要なのは、
半年前まであったまちなのです。
悲しみはあまりに大きい、と
おばちゃんは言いました。

陸前高田の十四時四十六分は淡々と、
そっと過ぎていったように感じました。
道路を走る車は停まることもなく、
作業をしている重機は作業を続け、
おばちゃんは部屋で休んでいて、
受験生のお孫さんは
テスト勉強をしていました。
忘れたのではなくて、
そう過ごすことが
必要だったんじゃないかと感じました。

九月十八日

石巻へ戻り、
四月に泥に浸かったお部屋の片付けを
手伝わせてもらったおじいちゃんの家へ。
昨日取り壊しをはじめたとのことで、
もう家の形は残っていなかった。
おじいちゃんは、
あのとき手伝ってくれて感謝している、
家が汚いままで取り壊したら、
お世話になったこの土地に
申し訳なくてかなわないんだ、と言った。
私はあのとき、おじいちゃんのその家が
きれいだと感じていました。
津波でぐちゃぐちゃになった部屋の中で、
それでも倒れたものを立てたり、
テーブルの上にお皿を並べたりしている。
そういう小さな痕跡が、

とてもきれいだと感じていました。

津波の被ったまちのなかでも、
そういうことがたくさんあります。
泥だらけのぬいぐるみが
きちんと座らせてあったり、
本が重ねてあったりする。
そういう光景を見つけると
(語弊はあるかもだけど)、
とてもきれいだと感じる。
人が何かを大切に思うこと、
暮らそうとすることはきっと、
とてもきれいなんだ。

私は、解体の途中でぐしゃりと潰れた家を
きれいだとは思えなかった。
でも、おじいちゃんは息子さんの家で
また暮らしをはじめていて、
とてもすっきりとした表情をしていた。

自分がきれいにしておけない土地は
お返しするんだよ。
いまおじいちゃんの暮らしている部屋は
また、とてもきれいだった。

九月二十日

福島県南相馬市へ。
南相馬は三つの地区に分かれていて、
そのうち、原発から離れたふたつの地区に
それぞれボランティアの拠点がある。
片方の地区は原発から二十キロ圏内を含み、
もう片方は含んでいない。
二十キロの線ではきっと、
危険かどうかなんて分けられないのだけど、
そこに住む人にとっては明確に、
はっきりと見える線が引かれているよう。

二十キロ圏内を含むセンターの方は、

伝えることにとても慎重になっています。
とおっしゃった。
正確なことを伝えたいし、
伝える責任があると思う。
だけど、もしすこしでも
間違ったことを言ってしまったら、
もし無責任な編集をされてしまったら、
何でも広がってしまう。
メディアの怖さをひしひしと感じています。
でも、お伝えしたいことはたくさんあるので、
正確な資料のある日にまた、来てくださいね。
と言ってくださった。

何が危険か、どこが危険か、
それを線で分けるのはとても乱暴です。
でも、その乱暴さによって
続けられる日常がある。

放射能と南相馬のまちは
とても似合わないと思いました。
静かなまちの、小さな漁港や、農家さんや、
おじいさん、おばあさん、
お父さん、お母さん、子どもたちの日常が
無理矢理変形させられている。
しかも、危険かどうかもよくわからないから、
その変形をそのまま受け入れるしかない。
怖がることすらも、許されていない。

九月二十一日

石巻は台風で冠水しはじめていました。
至る所が通行止めで、地元の方でも
三回迂回しなきゃならなかったとのこと。
津波で壊れたお墓に
花が手向けられていて、
それが雨に濡れて色が濃かった。
水に濡れるとにおいも強くなって、
生々しく感じる。

つい三日前ね、釣り好きなおじさんが
小魚を捕るために網をかけたらね、
遺体が三体あがったのよ。
改修が済んだピカピカのお部屋で
おばちゃんは話す。
この家の前にも遺体の入った車が入っててね、
大変だったわ。
〝ふつうの生活〟に、
大変な出来事が入り込んでいる。
それでも、とてもふつうの生活を送っている。

九月二十四日

移動して新地町の沿岸へ。
住宅があった場所の地盤が下がって、
水が溜まっている。
夕暮れどきで親子連れがちらほらいて、
子どもは基礎だけになった家の縁を
慎重に歩いていた。

空が水面に映っていて、
奥に見える海と水たまりでは映る色が違う。
海は色を鈍くして、
水たまりはやけに鮮明に辺りを映していた。

私はその景色を見て、
うつくしいなと思いました。
夕暮れの色、広い空、それらを映しこむ水面。
色合いが、反射が、大きさが……
そこで起きた悲しい出来事や
なくなったものや危険の内容は
汲み取ることができず、
うつくしさはそういうものとは関係なく、
ただそこに存在しているように感じました。

うつくしいということを、
さまざまな状況や意味や思考と
ごちゃまぜにして理解することは、
すこし危険なことのように思います。

うつくしいと感じること自体は、
ある意味で
条件反射のようなものかもしれない。
うつくしがることを肯定してもいいけど、
一方で、そこにあるものをとにかく慎重に、
よく見なきゃならないと思いました。

九月二十五日

今日は釜石でお話を伺う。
津波当日のこと、亡くなったご友人のこと、
まちのこれからのこと。
釜石で生まれて釜石で育って
釜石から出たことがないよと言う
おじいさんは、
時々涙を浮かべながら
たくさん話をしてくれた。
生まれてずっとここにいるから、
ここ以外で暮らすことは
考えられないんだよなあ。
私はね、いま仮設に入っている人たちが
元の集落に戻って、
またそこで生活をして欲しいんだ。
釜石には釜石から出たことがない人が
たくさんいる。
知ってる人、知ってる土地、
知ってる景色の中で暮らすことが
とても必要で、
それを目指すことが励みになる。
早く、またそうやって暮らしている様を
見たいんだよ。

あるまちで生まれて育って
仕事して家庭を作る。
そこで暮らしを作って来た人にとって、
そのまち、その場所以外で暮らすことは、
ありえないことなのかもしれない。

高台に移動したら、堤防を建てたら、
安心なまちなのでしょうか。
そこに暮らす人が
そこに暮らすという意識を持って、
そして幸せに思えないと、
まちなんて意味がないのかもしれない。

九月二十八日

南相馬市にてお話を伺う。
小さなお子さんがいる、若い女の人。
震災前は南相馬市で
旦那さんもご両親もお仕事されていた。
三十キロ圏内に
ほぼ新築の持ち家があるけど、
いまは宮城の南の方にアパートを借りて、
それぞれ車で一時間半以上かけて
仕事場まで通っている。
お子さんは宮城の保育園に通っている。

南相馬に入ってくることは
大変なことかもしれないけど、
中に入ってきてしまえば仕事もあるし
お店もやっているしで、
ふつうに暮らせてしまう。
でも、この生活は続かないと思います。
子どもをどの小学校に行かせるか、
持ち家に帰れても安全なのか、
引っ越すにもお金は、仕事は。
すべて不安だらけですから。

野菜は遠方のものを買っているし、
水はミネラルウォーターを使っている。
線量もネットでチェックしたり。
周りには全く気にしていない人も
そうじゃない人もいるから、
会話に気を遣うこともある。
この家庭はこうなんだって、思うしかない。
個人の判断で、選んでいくしかない。

私たちはお話を聞いていて、
終始うまく返事ができませんでした。
よく来たね、怖くないの？と聞かれて、
怖いですと答えたら、
つい一緒に笑ってしまった。
また話を聞きに来ていいですかと言ったら、
ありがとうね、と言ってくれた。
また行こうと思いました。

さっき書き忘れたこと。
子どもは三人欲しかったけど、
いま悩んでいる。
夫は事故後もずっと南相馬にいたし、
私も出入りしているから不安がある。
多分、そうやって悩んでいる人が
いっぱいいると思う。
とおっしゃっていた。
すごく大変なことが起きている、
と思った。

九月三十日

忘れないために、
ということを考えるときには、
忘れなければならない、が
そこにあることを了解すべきだと思う。
すべてを忘れないで保存し続ければ、
容量がいっぱいになって
暮らしは立ちゆかない。
忘れるべきでないものを
忘れないために、
忘れなければならないものを
選ばなくてはならないのだと思う。

それを選ぶ基準は何だろう。
私は〝暮らす〟なんじゃないかと考える。
暮らすために、
津波に遭った持ち物を片付ける。
残った家の土台を壊して整備する。
新しい土を盛って、新しいまちを作る。
目に見えなくなって、忘れていく。
時には、忘れたくないものも、
忘れなければならないもの、に
分類されていることもある。

十二月

十二月二日

三沢港には、
たくさんの漁船が順番に氷を積んで、
沖に出て行く姿がありました。
イカ釣り舟のランプが煌々と灯って、
漁師さんたちは淡々と作業を進めて、
海に向かっていく。
真っ暗な海を軽やかに行き来する灯りは、
とても必要なもの、に思えました。

十二月四日

ひと月ぶりの石巻、
駅前や市街地は夜も明るいです。
四月に来たときは
夜が暗すぎて怖くて仕方なかったけれど、
いまは怖くはない。
でも、お話を伺っていると、
色々な問題が明るみに出て来ているのを
実感します。

ボランティア団体が
色々な催しをやってくれるけれど、
それは経済活動とは結びつかない。
おばちゃんは、
人ってこころと経済活動の
両方が結びつかないと、
満たされないのかもね。とつぶやいた。
それもこういう資本主義の社会だから
かもしれないけれどね。
どう生きるのかってことを、
みんなが突きつけられてると思うわ。

おばちゃんやおばちゃんのお友だちが
抱えている問題は、
きっと震災の前からあったことも含んでいる。
経済のあり方、こころのあり方、
雇用のあり方……。
それで、どう生きるの？という問いは、
東北だけの問題ではなくて、
みんなに突きつけられている。
それを忘れちゃいけない。

十二月五日

陸前高田にいます。
いつもこのまちが気になっています。
それは、ここで会う人たちの、

失ったものに対する悲しみが
すごく大きく感じられるからかと思います。
被害の大きなまちは他にもあるけれど、
人の中を占める悲しみの割合が
特に大きいと感じるのが、
このまちだと思います。

もちろん人によって、
感じ方、考え方は違います。
でもこのまちでは、
なんで私が生き残ったの、とか、
他の人の方が辛いから弱音を吐けない、
という言葉を
特にたくさん聞く気がします。
悲しみを共有するというよりは、
一人ひとりが抱いている、
という感じがするのです。

何度かお話を伺っている
地元の方に尋ねると、
それはそうかもしれんなあ、とつぶやいた。
東京の報道では復興復興と言っているが、
このまちはそのスタートラインにも
立っていない。
状況も気持ちも、まだまだなんだ。
他のまちのスピードとは違うかもしれない。
失ったものが多すぎて
呆然とし続けているのかもなあ。

その感じの中心がどこにあるのか。
まちにあるのか、地形にあるのか、
状況にあるのかはわからない。けれど、
四月に見た、まちの中心がぽっかりと
平らになった景色の印象と、
いまも一人ひとりが抱える悲しみの輪郭が
どうにも重なる気がするのです。

東北の沿岸をまわっていて、

まちによって、人も景色も歴史も
さまざまだなあと思います。
そしてそれらが、まちという境界線で
さまざまに分かれていることも
不思議だと感じます。
人と人との繋がりが強いまち、
土地と個人の結びつきが強いまち、
職業と人の関係が強いまち……。
それは、東京で生まれ育った私が
知らなかった感覚でした。

十二月六日

山田町にて、何度かお会いしている
漁師さんたちを訪ねました。
彼らに初めて会ったのは七月で、
国の緊急雇用で海から流れ着いた物を
片付けているところでした。
といっても彼らは
あくせく働いているのではなく、
話したりお茶を飲んだりしながら、
燃やしている漂流物を
見ているだけのようでした。

仮設で点呼を取り、浜へ移動。
漂流物を拾って集め、そこに火を点ける。
交代でお昼を食べ、
三時にはコーヒーを飲んで、
三時半になったら
海から水を汲んで火を消す。
津波のあとの漁師さんたちの一日です。
それは、九ヶ月が経ったいまも同じなのです。

けれど、緊急雇用の次の予算が立たないので、
あと一週間でこの仕事は終わるそうです。
何十人もの漁師さんたちの仕事がまた、
なくなってしまう。
ほんの近くの未来を、

誰もが想像したくないという感じでした。
未来を想像したくないから、
話せないし考えられない。
そうなってしまう状況は、
大変なものだと思う。

十二月二十日

この震災を忘れない、
ということは、とても長いスパンで
考えなくちゃならないことだと思います。
それは、またいつか必ず起こる
自然災害で人が亡くならないために。
でももうひとつ違う次元で、
いま忘れちゃならない、
ということもあると思う。

それは、東北で亡くなった人や
生き残った人たちの抱える
〝さみしさ〟の大きさに
関わることだと思います。
親しい人たち、まち、財産、景色、時間……
などをいっぺんになくした人が
たくさんいる。
その〝さみしさ〟は大きすぎて、
もっと大人数で分けあわないと
抱えきれないんじゃないかと思うのです。
もちろんその大きさは
私が想像できるものでもないけれど、
何度か東北に足を運んで、景色を見て
人と話していて、そう思うのです。
なので私は、
東北と東京の間を行き来して
言葉を書き続けたいと思っているし、
小森には映像を撮って、
それを見せていって欲しいと思っています。

十二月二十六日

失うことのさみしさと
足りないことのさみしさのふたつが、
暮らしの動機なんじゃないかと
思ったりしています。

二〇一二年

―― 一月 ――

一月二十日

五月に畑の片付けの
お手伝いをさせてもらった
陸前高田の果樹園にいます。
二階の床上まで浸水したお家は、
いまはほとんどがピカピカに改装されて
新品の畳のにおいがします。
まだ改装が完了していないので
ご家族は仮設で暮らされていて、
七十代のご夫婦ふたりだけが、
ここで暮らされています。

今日の夕方、私たちが突然訪ねると、
おばちゃんは、
いまちょうどおじいさんがお出かけ中で
さみしいからあがっていってよ、と言って、
私たちにあたたかいお餅を
振る舞ってくれました。そして、
さみしいなあと思ってたら
あなたたちが来たんだものねえ、
何でもお互いにちょうどよく
出来ているのかもねえ、と笑いました。

おばちゃんの地区では

おばちゃんのお家以外は
ほとんど流されてしまい、
ご近所さんたちはみんな仮設に暮らしている。
周りに誰もいないからね、
おじいさんがいないとほんとにさみしいのよ。
誰もいないの、
犬のトムはいるけども、しゃべんないからね。
お店も近くにないから
出かける場所もないしねえ。

いまご夫婦は、本宅の横にある、
農機具の倉庫だった小屋を
自分たちで改装して暮らしています。
小さな居間は、
あたたかくてテレビの音がして
こたつの上には食べ物があって、
私たちが話すと
おばちゃんは愉快そうに笑って、
とても心地よい場所です。

日が落ちて暗くなったころ、
私はひとりで外に出てみました。
街灯のひとつもなく真っ暗やみで、
車の音も人の話し声もなくて、
本当に静かでした。
曇っていて風もなく、
そこにはただ
空気の塊があるだけのようだった。
自分が息を止めたら、
そこに自分がいるのかさえ
わからなくなりそうでした。

おこがましいかもしれないけれど、
おばちゃんの言っていた、
さみしい、のなかにあるものが
すこしだけわかるような気がしました。
しばらくしたら雪が降ってきて、
それが土に着地する音がしはじめた。
音が聞こえるとその空気の塊が
やわらかく離散して、
やっと自分もその隙間にいることが
できるような気がしました。

十八時くらいにおじちゃんが帰ってきて、
おばちゃんは一枚の封筒を手渡しました。
それは一周忌の法要のお知らせでした。
中には十人の方の名前が書かれていて、
亡くなった日はすべて三月十一日。
みんなご夫婦のご親戚だそうです。

これが俺の妹でな、これはその旦那で
お義父さんでお義母さんで……。
おじちゃんは一通り説明すると、
悲しいよなあとつぶやいて
手紙を封筒に戻して引き出しにしまいました。
そして私たちに、
ごはんたくさん食べなさい、と言って
笑いかけました。

お家や畑はきれいになって、
高台でりんご畑も再開して、
ご夫婦の生活は津波の前と同じこの場所で、
毎日静かに営まれている。
私には、そこへ更に
必要なものがあるのかはわかりません。
けれど彼らは、身体の中に
大きな体積を持った何かを抱えていて、
それは容易に小さくなるものでも
ないのだと思います。

何か、の中身はそれぞれ違うと思います。
そしてそれは
去年の三月十一日に生まれたものなのか、
その前からあったものなのか、
あったものがその日の出来事をきっかけに
急激に大きくなったのか、それはわからない。
けれど確実に、
身体の中にあるのだと思います。

そして更に言えば、それは人ごとではなく、
私や、ここにいなかった人の中にも
少なからずあるものでしょう。
ものすごく抽象的になってしまいましたが、
個々の身体の中にあるその何かを
お互いに想像しあうことが、
さみしさを和らげるひとつのヒントに
繋がるような気がしています。

一月二十二日

昨日陸前高田のおばちゃんが
大量の写真の入った箱を
見せてくれたのを思い出す。
津波で流されたものを、ボランティアさんが
洗って戻してくれた写真だという。
その中にはおばちゃんの
結婚式からお孫さんの運動会まで、
一家のさまざまな写真が入っていた。

おばちゃんは、
これはおらが可愛くないからいらんなあとか、
これは汚れてるからいらんとか言って
写真を選り分けはじめた。
その手元はぱっぱと迷いもなく、
いる、いらないの選択をした。
私はそれが、
なんだかきれいな動作だと思った。

色んな所で
写真洗浄をしている現場を
見たことがあります。
誰かが、知らない誰かの写真のすべてを、
選ばずに一生懸命洗っていて、
それはとても尊敬できることだと思った。
そしておばちゃんは
そうしてもらって戻ってきた写真を、
選り分けて捨てる。
それもまた何か正しいことだと思った。

二月

二月十一日

二月十一日の午後は、
陸前高田の市街地を歩きました。
公民館、市役所、交番、一本松。
瓦礫の山にのぼって、
海を見ながら手を合わせている家族が
数組いらっしゃった。
海は濃い青色で、時々吹雪が吹き付けた。
私は身体が縮こまるようでしたが、
彼らは身体をまっすぐにして、
海に向かって祈っていた。

今日は土曜日で、作業の車もありません。
広い広い市街地には
ほとんど人はいませんでした。

住居や田んぼだった場所は
すっかりと片付けられ、
マス目をひかれたような
茶色い土地になっていて、
そのあいだにぽつりぽつりと、
壊れた大きな建物が残っています。
鉄筋で出来たそれらの建物から、
キイキイと小さな音がしています。

静かで人気のない市街地に、
キイキイと音がする。
音の先を見上げると、
ひしゃげた市役所の非常階段に
色々なものがぶら下がっています。
たとえば扇風機が、ふとんが、靴が、
自転車が、服が、ヒーターが、
コーンが、車のナンバープレートが、
車いすが、写真が、本が……
そう、なんでもかんでも。

季節も、大きさも、生死も、年齢も、
においも、時間も、やわらかさも、器用さも、
大切さも、必要かどうかも、うつくしさも、
何も関係なく、ごちゃ混ぜになっている。
きっと、暮らすことは
秩序を立てていくことに似ていて、
津波はそういったものを、
頭で想像できない巨大な力で
ごちゃ混ぜにしたのだと思う。

四月に初めて津波のあった場所を訪れたとき、
そのごちゃ混ぜの中に、
きれいに並べられたお皿があった。
砂ができるだけ取り払われ、
大きさ順に積み重ねられているその様が、
とてもうつくしいと思った。
ごちゃ混ぜのなかに秩序を与えること。
誰かのその行為が、その一手が、
まちを作る最初のことなのではないかと

思ったのです。

陸前高田の市街地に残った
大きな建物たちは、あのときのまま、
誰の手も入っていないように見えました。
その代わりに、なのか、入り口には
お線香が供えられるようになっている。
その場所に立つと、
私が目にしたことはない黒い波を、
十一ヶ月経ったいまでも思い描くことが
できるように感じます。

それは、
あまりにおこがましいことかもしれない。
けれど、あのごちゃ混ぜの怖さを、
私の想像力の最大限で考えるには、
あの場所に立つ他に
もう方法がないようにも思えました。
怖さを想うことで、

ここに居合わせた人のことを、考える。
そこで何が起きて、
どんな想いがあったのか、知りたいと思う。

たくさんの人たちの手で
ごちゃ混ぜになった場所が
片付けられていく様は、
とてもうつくしいと思う。
暮らしが積み上げられていくのも
うつくしいと思う。
けれど、そのうつくしさで
覆いきれないものがきっとある。
無理に覆う必要はなくて、
ほころびから、怖さや痛みが見えてもいい。
まだ十一ヶ月しか経っていないのだから。

あとひと月で一年です。
普段私が暮らす東京では
報道も落ち着いて、

あのとき何が起こったか、に
触れる機会も減っています。
一年という区切りで、切っていいものと、
まだまだ絶対に切ってはいけないものが
あるんだと思う。
見えている皺や傷が
そのまま覆われてしまうことは、
あまりに不自然だと思う。

二月十六日

大槌町には九月ぶりに行きました。
灰色の、平らな基礎が遠くまで並んでいる。
線路や駅舎のなくなったホームに立って
まちを見渡すと、
道がどう通っていたかが見えてきて、
そこにあったまちの造りを
想像することができました。
けれど、私が想像するまちと、
以前そこにあったまちは
全く違うものにしかなり得ません。

高台の大きな墓地を歩きました。
下方は津波で墓石が散乱していて、
上方は整然とお墓が並んでいる。
登ってまちを見下ろすと、上から順に、
並んだお墓、散乱して割れた墓石、
灰色の基礎、海岸、海、と続いている。
私にはその景色全体が、
大きな墓地に見えました。

流された家屋の灰色の基礎に、
新しい花が手向けられているのを
見るときがあります。
ずっと持っている疑問のひとつとして、
たくさん人が亡くなったその場所に
なぜまた住もうとするんだろう、
ということがあります。

けれど、そこで人が亡くなったからこそ、
そこにまた住むのだろうとも思うのです。

毎日お墓に花を手向けること、
亡くなったその人を想うこと、祈ること、
その瞬間にあった想いを察すること。
そういうことが、とても必要なんだと思う。
必要なものを必要なものとして、
面と向かって向き合うことは、
しんどいことかもしれない。
けれど、それでも、どうしても、
必要なんだと思う。

二月十七日

津波でたくさんの人が亡くなったこと、
それが起きてしまったことで
眼の前に突きつけられた亀裂や皺、
それすらも覆ってしまおうとする
強靭な生活という課題。
その土地に住んでいることで、それらに
向き合わざるを得なかった人たちがいる。
当たり前だけどその人たちは
私と変わらない、ふつうの人びと。

親しい人、財産、景色、家、土地……
自分に近しいさまざまなものを
流された人たちが大勢いることが、
ひとつ事実として存在して、
その大きなさみしさに触れることは
すごく怖いことだと思っていました。
けれど、その人も私も同じ人間で、
会えば何とか話をしたいし、
わかりあいたいと思うのです。

最近東北で聞いたなまりのある言葉たちが、
頭のなかに浮かびます。
その度に、悲しい言葉も楽しい冗談も

つまらない噂も苦しい声も、
全部等しく、同じように、
大切なものだと思うのです。

二月二十日

今日は四月から住む家を決めるために、
住田町に行きました。
住田は陸前高田と大船渡に面した
山あいにある農業が盛んなまちです。
紹介してくれた農家のおじちゃんと
大家さんのお家でお茶をいただきました。
冗談の応酬で笑いの絶えない時間のなかで、
ふと、静かになるときがあります。
津波の話をするときです。

親戚の家を六軒も流してしまったんだ。
おばちゃんはため息をついて続けました。
親戚もたくさん亡くなった、
十一人亡くしてしまったんだもんなあ。
おらいの妹とその旦那とそのお父さんと
甥っ子と姪っ子と……。
おばちゃんは指を折々数えていって、
十まで行ってもう一度折り返した。
十一人、なあ。三月には一周忌だ、
まとめて十一人分の一周忌だ。
こんな酷いこと、あるのかねえ。
三月はとっても忙しい月に
なってしまったねえ。

私は、その言葉に対して
何を言っていいのかわからなかった。
口を開くのがとても怖いと思ってしまう。
みんながすこし黙ったあと、
大家のおじちゃんが
うんうんと深く頷いて
こちらに向き直り、
あんたも結婚するなら浜の男はやめなさい、

と冗談めかして笑った。
結婚しても家は高台に建てるんだなあ。
農家のおじちゃんはそれを受けて深く頷き、
大変だよなあとつぶやいた。

ここに暮らす人たちは、
自分の大切な人や持ち物を
流されなかったとしても、
日々、大きな気遣いと
一緒に暮らしているんだと思います。
口をつぐんだり表情を選んだりしながら、
それぞれにあの出来事を
抱えているのだと思います。

私はあの津波で知人を亡くさなかったし、
これまでその場所を訪れたことも
ありませんでした。
何万人が亡くなったと言われても、
その一人ひとりを想像することは
できないと思っていました。
ただこの場所に来ると、
その一人ひとりを想う人が目の前にいて、
その人を通じて、
名前のある誰かが亡くなったのだということを
実感するのです。

いくら壊れた景色を見ても、
ここにどういう人がいたのか、
顔が見えてくることはなかなかありません。
そこに加えられてしまった巨大な力に
恐れおののくことしかできない。
私は、生きている人、
またその人の言葉や仕草を通してしか、
そこにいた人を想うことは
できないように感じています。
亡くなった人は、自分が亡くなったことを
誰かに伝えることもできない。

それはすごく、さみしいことかもしれない。
うまく言えないけれど、
生きている人、生き残った人、
それを知ってしまった人たちが、
そのさみしさを、
すこしずつでも代わりに抱えるべきなのかも
しれないとも思うのです。

それはとても難しいことで、
気が滅入ることで、
でも些細なことかもしれないと思います。

二月二十一日

人びとがその身体で暮らしている
〝普段の生活〟を、
はるかに飛び越える出来事が
起きることがあるのだと実感する。

けれど、
生活を営むこと、暮らしが立ちゆくことで、
それを想像する力は再び弱まっていく。
決して忘れてはいけないことのひとつ。
自分の想像力など
本当にちっぽけだということ。
それを超えることは必ず起きる。

三月

三月十一日

市街地近くの
海沿いの道路を歩いていたら、
遠くに人が集まっている場所が見えた。
近づいてみると、
山みたいに大きな瓦礫の塊の上に
たくさんの人がいて、

平らになった市街地を見ていた。
ここに何が建ってたんだっけねって
指さして話しながら、
目の前の景色を
よくよく見つめていた。

友人たちと途中ではぐれてしまったので、
私もそこから景色を眺めていた。
しばらくすると、
人びとに動線があるのが見えてくる。
瓦礫山の上から
ひとしきり景色を見たあと、
山の反対側に降りて一本松に向かう。
その後、海岸まで歩いて海と向き合う。
瓦礫山から海まで、
人びとが列になって繋がっている。
私もそっと付いて行った。

海に向かう列は
家族連れや友人同士が多いようで、
色々な話し声が聞こえた。
若い人も子どももお年寄りもいた。
私服だったり喪服だったり、
神妙な顔だったり笑っていたりして、
みんなそれぞれにそこを歩いていた。

一本松の横を通って、出来立ての、
ゴロゴロとした石が積まれただけの
堤防の上にあがる。
みんなが海に向かって並んでいる。
横一列に並んで、
一人ひとり海に対面するみたいに、
それをお互いに邪魔しないように
気遣いをしながら、静かに立っている。
誰もしゃべらない。波の音がよく聞こえる。
遠くの方で防災無線が鳴る。
すこし遅れて、汽笛が鳴る。

横に立っていた女性が息子さんに、
涙が出ちゃった、と言った。
息子さんは、うんと頷いて歩きはじめた。
みんなも歩きはじめる。
それでもしばらく誰も話しはじめなかった。
泣いているのかはわからなかったけど、
女子高生もお年寄りも赤ちゃんもヤンキーも、
みんな静かにその場所を歩いていた。

また列は連なって、先ほどの道順を戻る。
入れ替わりに海に向かう人もたくさんいた。
すこしずつ話し声が聞こえはじめた。
子どもたちがはしゃぎはじめる。

大きな道路まで戻った所で、
いつもお話を伺っている
おばちゃんを見かけた。
おばちゃんは喪服姿で、
お友だちと三人で歩いて

一本松の方に向かっているようだった。
髪もきちんと染めてお化粧もして、
お友だちと楽しそうに話しながら歩いていた。
いつものさみしさが混ざる笑い顔とは
違ったので、私はほっとした。

平らになった市街地には、
たくさんの人が歩いていた。
私はこの場所にこんなに人がいるのを
初めて目の当たりにした。
ここにまちがあって人がいたということを、
やっとすこしだけ想像できるような気がした。
ここにまちがあって人が歩いて
話し声があったんだって、
そういうことが色味を持って
目の前に立ち現れるようだった。

津波があって、
そこにあったものが流されて、

残ったものも片付けられた
平らな市街地を歩く。
ぽつりぽつり花を手向ける人がいる。
その人たちは迷うことなく、
その場所を、その方向を選んで花を手向け、
手を合わせる。
お線香の煙が、まっすぐに立ち上っていく。

いまでは家々の境界もなくなって、
私にはただ広い平らな土地に見える。
けれど、その人たちには違うのだ。
そこにはかつて暮らしたまちがあって、
家があって、そこで亡くなった人がいる。
私は、その人たちの残した花で、
やっとそこに人がいたことを
想うことができる。

巨大な巨大なさみしさが
その場所にある、と思う。

けれど私にはそのさみしさの細部が、
どのように一人ひとりの身体に
入り込んでいるのかは、わからない。
そしてその巨大さも、
わかりきることは決してできない。

でもきっと、
そのさみしさはとてもとても巨大で、
その場所にいる人たちで
抱えきれるものではないんじゃないかと思う。
亡くなった人は
声を発することはできないし、
生き残った人たちは
自分や相手の境遇の間で口をつぐんだりする。
口に出せないさみしさは、
その場所に染み付いているような感じがする。

何とかしてそのさみしさを、
一緒に抱えるような勇気を、

そのために必要な大きな想像力を
持ちたいと思う。
だから私は、その場所を訪れることを
やめたくない。

そして、見聞きしたことを覚えておくこと、
なるべく丁寧に書き留めておくこと。
いま、いまよりちょっと先、ずっと先に
それらを受け渡していく方法を
考え続けること。
これは、亡くなった人と生き残った人、
これから生まれる人を
繋ぐことだと思う。
続いているはずのものを、
続いているものだと
常に認識し直すこと。

さみしさについて

二〇一一年。東京と東北を往復しながら過ごしたこの一年は、さみしさというひとつの媒介を見つけていく時間だったと思う。それからずっと私は、このやっかいな感覚を相棒にして、人に会いに行って話を聞いたり、絵や文章をつくったりする旅を続けている。そしてきっと、これから先もそれはあまり変わらないという予感があるから、東日本大震災が起きて、津波に洗われてしまった土地土地を歩いていくなかでどのようにそれと出会ったか、ここに記しておきたいと思う。

三月十一日に震災があったとき、私は東京の美大生だった。同級生とシェアしていた家も地震で揺れて、とりあえず外に出てみようと友人と連れ立ってコンビニに買い物に行ったら、駅前のジムのプールから水がじゃんじゃんと噴き出していて、ああこれは大変だと思った。夕方ごろには近所でひとり暮らしをしている友人らも集まってきて、それから数日は、ひたすらに居間のテレビを囲んだ。SNSのタイムラインには、流されていくまちや、煙の上がる原発に上空のヘリコプターからちょろちょろと水がかけられる映像などが繰り返し投稿され、その隙間に「私は何をするのか」「どんな態度をとるのか」などという、急に本質を突くような問いが現れては消えていった。ざわざわとする気持ちを分けあうような居間の会話から時おり離脱して、私は自室で、とりあえず何かを描こうと思ってスケッチブックを開いてみる。しかし、そこに手癖みたいないつものモチーフが現れるたびに、こんなことをしている場合なのだろうかと辟易した。このまま絵を描くのが嫌いになったら嫌だなあと思いながら、このとき私は、絵を描くことや何かを表現することが、社会と繋がっているのだということを、まるで初めて知るみたいに驚きながら実感していた。地続きの場所で何か大変なことが起きているらしいとき、私は一体何を描けばいいのだろう。

それから三週間。私はともかく何が起きているのか、起きたのかということをまずは体感的にわかりたい、すべてはそれからだと思い込んで、大学の同級生で、その後作品制作をともにする映像作家の小森はるかとともに、レンタカーを借りて被災した沿岸へと旅に出る。

風景は想像したこともないような力でねじ曲がり、色を失っていた。想像力とは、この世にはありえないものを想い描く力のことだと思っていたけれど、目の前にあるそれは、誰かが想像したどのフィクショナルな世界よりも、よっぽど現実から遠いものに見えた。でも、それは手で触れられるほど近くにあって、想像では追いつけないことが現実に起きるのだということを、なかなか腑に落ちないながらも呑んでいくしかなかった。

一方で、〝未曾有の〟出来事の渦中で出会ったのは、紛れもないふつうの人たちだった。ボランティアとして私たちが出向けば、「わざわざ遠い所までありがとうね」と労われ、レンタカーに乗って冷えたおにぎりをかじっていると知れば、「かわいそうだ」とあたたかい豚汁が差し出される。親切であるといえばもちろんそうで、感謝しきりだったけれども、彼らは非常時だからと言って特別な対応をしているのではなく、ごく当たり前のことをしているだけのようだった。

彼らは同様に、被災してねじ曲がったまちを歩き、気になったものを見つければ、ごく自然な手つきでそのまわりを片付け、倒れたそれを立たせた。そして、必要なときには花を添えた。灰色の風景の中にひしゃげたぬいぐるみがちょこんと座っていたり、欠けた食器が大きさ順に整然と重ねてあったりするのを見つけると、私はどこかほっとするような気持ちになった。倒れたものを見つけたら立てるという所作自体はどこにでもあるもので、だから、ここにもある。ここに確かに、〝人〟がいる。私は、一つひとつの丁寧な手つきによって生まれる秩序と、それが平然と現れることの当たり前さに、なんだか憧れのような気持ちを抱いていた。

たった十日間の旅で、幾人もの大切な人に出会った。北茨城では被災したまちの案内を買って出てくれたお坊さんに、石巻では複数の家族が集まってつくる非常時なりのあたたかい食卓や、使えなくなった家を丁寧に片付けるおじいさんに。宮古ではふるさとの壊れた姿を代わりに見てきてと請うおばあさんに、盛岡ではふるさとを案じて目を腫らすおばちゃんに出会った。一度限りの人もいれば、いまでも付き合っている人もいる。

その後、深い付き合いになったひとりに、友人のつてで出会った、陸前高田に暮らすKさんというおばあさんがいる。彼女の家は高台にあって難を逃れたけれど、たくさんのご近所さんや親戚が被災したのだという。彼女は、「何もない」と言って、津波に洗われた広い地面とその先にある海を指さした。曇り空の下、夕暮れに向かって重い青色に染まっていく風景は、私にはすこし怖いものにも見えた。Kさんは、自身の体験や近しい人たちの境遇について早口で訴えながら、同時に、ここにあったものたちがいかにうつくしかったかを断片的に語っているように思われた。私は、それらを見てみたかったなあと思いながら、決して叶わないのだということを感じていた。

彼女はそのまま日が暮れるまでしゃべり続けて、別れ際に、「ありがとうね、復興したらまた来てくださいね」と言って手を振ってくれた。私はその何気ない一言に、身体の芯がしんと冷えるようなさみしい気持ちになった。復興ははるか遠くだと感じている彼女に、「復興したら」と言われると、もうなかなか会えない（と彼女が思っている）ということや、私はその過程に触れられないのだということを想像させられてしまう。彼女はこうしてたくさんの話を聞かせてくれたけれど、同時に、遠方からやってきた旅の者には、いくら言葉を尽くしてもわからない、伝わっていないと感じたのかもしれない。そしてそれは、私が彼女の話を聞きながら、どこかで感じていた諦めでもあったことに気がつく。わからない、伝わらないだろうという前提をつくる境界線は、普段の生活の中にもあるけれど、あまりにも大きな出来事や体験の前に立つと、それはとてつもなく高く、揺るぎようのない壁として眼前に現れてしまう。

Kさんと別れたあとの車中で、ふと、先ほどの会話を振り返ってみる。彼女は、自分が体験してしまったことの辛さを話しながら、一方で、それを誰にも話せないのだとも言っていた。そして、内陸の親戚から送られてくる物資のことも、自分よりもっと大変な人もいるから、却って申し訳ないくらいだとつぶやいた。東京にいた私から見た大雑把な視点では、沿岸のまちに住む人たちがみんな〝当事者〟のように見えていたけれど、彼ら同士の間にも、いやむしろ強く、細かに、複雑に、それぞれの境遇に対する境界線は引かれ、身動きの取れないほどにかっちりとした語れなさが生まれていた。近しい人、たとえ家族であっても語れないことが、彼女の身体を内側から圧迫しているように思えた。それはいかにも苦しい。語ってみたいこと、語らねばならないことが確かにあるのに、でもそれを大切な相手にさえ発することができない。身体は隣にあるのに、とてつもなく遠い。

彼女の庭先に広がる薄暗い平らな風景を想い浮かべなら、私は、ここにあるものはもしかすると、巨大なさみしさなのではないかと思った。ある出来事を目撃してしまった人たちの間に生まれた無数のさみしさ。それらが結合して膨れあがり、この土地に残されたものたちを呑み込んでしまっている。

私はいま、巨大なさみしさを目撃した。触れ方がわからないから、戸惑いはある。でも、不思議と怖くはないのは、さみしさなら私の中にもあるからだろう。きっと、誰しもの中にもある。先ほどKさんとの間に感じたように、日常の暮らしの中でも、おもには他者のことを想うときに、身体の芯にあるそれが、さまざまな形や強さを持って膨れることがある。何かが腑に落ちたような心持ちになりながら、私は、〝未曾有の災害〟で生まれた巨大なさみしさに対して、不思議な親しみのようなものを感じていた。

ただ、それをさみしさと呼ぶまでにはすこし時間がかかった。たくさんの人が亡くなって、無数の人びとが土地を追われた巨大な出来事を、さみしさというある意味で凡庸な、身近な感覚を切り口に捉えていくのは、あまりに乱暴なのではないかとも感じていた。でも、そこに巨大なさみしさがあるのなら、ともかくここにはもうすこし、人が必要だ。そして、分けてもらえないとしても、そこにあるものを何とかして、分かち持てたらいいのにと思う。道ですれ違った人が抱えきれない荷物を引きずっているのを見かけたら、思わず手を差し伸べたくなるように、巨大なさみしさが偏ってそこにあるのだとしたら、多くの人がそこに足を運んで、ともに支えることができないか。かなりのお節介だし、おこがましいことだけれど、もしそれを分かち持つことができたら、メディアなどを通じて間接的にでも出来事を目撃した人たち、遠い出来事だと思ってその場にとどまらざるを得なくなっている人たちも、すこし救われるような気がした。何よりも私がそうであった。

東京に戻った私たちは、見聞きしたことをなるべくそのまま伝える「報告会」を東京や関西の都市部で開催するようになる。沿岸で聞いたことや見た風景について、何かを象徴しないように弱い言葉で話す。頼りない身体でかろうじて受け取ったものを誰かに手渡すことで、その場所を訪れる人が増えたらいいのに、と思っていた。そこから、私と小森は約一年間、一、二ヶ月に一度沿岸を訪問し、都市に赴いては報告会を開いていくことになる。

五月にも友人を連れて沿岸を訪れた。同じ人に二度目に会いに行くことは、あれがその場限りの出会いではなく、この先も関わり続けるのだ、という約束をしてしまうように思えて、すこしだけ勇気が必要だった。いま思えばおかしな話なのだが、知り合った年配の人たちがいつか亡くなるのを経験していくのだと想像し、先回りして滅入ってしまうのだ。なんとも一方的だけれど、でも、えいやと二度目の訪問を繰り返す。小さくとも、互いに共有している何かがあるからか、二度目の会話は一度目のそれとは違って、ずっと親密なものに感じられた。Kさんの所へも立ち寄る。彼女は驚いた顔をしながら、またたくさん話をしてくれた。「何が起こるかわからないから」と、どこにも出かけなくなったと言う。ひと月経って、悲しみはより深く、彼女に染み込んでいるように感じられた。その一方で彼女は、丁寧に手をかけている庭先の水仙を指さして「塩水かぶっても季節になると花咲くから偉いよねぇ」とほがらかに笑う。

特に夏になると、被災したまちには植物が茂りはじめる。ひしゃげた車のシートから青い芽が伸びて、時には花まで咲かせていた。土台だけになった家屋跡を高い草が覆い隠す。塩害に効くというひまわりが咲き、人びとの気持ちをほぐす。

巨大な災厄に見舞われたあの日から、風景も人も日々変化し続けている。訪れるたびにそのあり様に驚かされ、憧れるような気持ちになる。私はここで起きていることの細部をもっとよく見て、できることなら書き留めておきたい。いっそこの土地のどこかに暮らすのもいいかもしれないと思って、いつかの移住の前段として、九月には一ヶ月間の移動滞在を試みることにした。

九月の滞在で印象に残ったことがある。それは、福島沿岸の最北のまち、新地町のある夕暮れのこと。津波に洗われ、下がった地面には広く水が溜まっていた。海から数百メートルは離れた草地に、小型の船がころりと倒れている。海沿いの流された集落。どこからか家族連れがやって来て、小さな子どもが壊れた家屋の白い土台の上を、両手を広げて慎重に歩く。転げそうになれば、父親が手を引いて助ける。弾むような高い声が響く。薄桃色に染まる空とそれを映す広大な水たまり。その間にいくつかの家族連れの姿。私はその光景をただうつくしいと思った。

その夜私は、夕方の出来事を思い出していた。いいものを見たなあと確かに思いながら、同時に、あの光景をうつくしいと感じるとき、私はあの場所に起きた出来事を忘れてしまっていることに気がついた。たった半年前、集落が津波に呑まれ、多くの人びとが暮らせなくなった場所。それを手放しでうつくしいと感じてしまってよかったのだろうか。うつくしい光景を目の当たりにした時間は、じんわりと、とてもよい気持ちであった。いまとなっては別によかったのだと思えるし、言えてしまうだろう。けれど当時の私は、瞬間的にも大切な何かを忘れてしまっていたことを、怖いと感じていた。

忘れるということ、気づけなくなるということに対する恐れのようなものは、時間が経つにつれて増していった。波に呑まれ、壊れたまちから必要なものを拾い集めたあと、残ったものは瓦礫として除けられ、家屋の土台だけがそこに張り付いていた。やがて草花が茂り辺りを覆い隠し、順繰りに小さな重機が現れて、一つひとつそれを剥がしていく。平らに均された地面は、そこに人の営みがあったことをもう伝えてはくれない。元もとの街並みを知らない私は、何も気づかずに、ずかずかとその場所を歩けてしまう。

冬になると、都市では、震災に対する個人それぞれの態度やポジションのようなものがほぼ固まりつつあり、「忘れない」ということが盛んに議論されはじめ、アーカイブへの関心も高まっていたと思う。また、特に原発事故を受けて、政治的な大きなうねりも起きはじめていた。一方現場では、痕跡が剥がされ、かつてあった街並みの細部が思い出しにくくなるなどの具体的な事象は起きていたものの、出来事自体を忘れるという時期では到底なかった。やっとの思いで仮設住宅に入って数ヶ月。仮住まいと言えど、新しい暮らしに慣れていくための時間を必死にこなしていくよりほかない。

私はといえば、東京とその場所との往復の間で、気持ちも行動も中途半端に引き裂かれていた。ただ、被災した土地で日々起きていること、そこで変化していくものの存在を忘れたくないし、できれば東京や関西の友人や、その他の人にも忘れて欲しくはないと思ってしまう。あの土地で出会った人たちの言葉や表情、路傍に手向けられた花の姿、広い風景、そしてそれらに抱く憧れのような感触が浮かんでくる。忘れないでいようとするのは何のためかという問いは、いつか同じことが起きたときに人が亡くならないように、という答えを引き出すためにあるとも思われたけれど、私としてはそれよりも、いま、同時代をともに生きる人たちが抱えた痛みや感情をないがしろにしたくない、という気持ちの方が強かった。私には、多くはないけれど受け取ったものがあるのに、それを誰かに手渡す術を持っていないことが悔やまれる。忘れられるという感覚は、たとえば幼いころに母親とはぐれて置いてけぼりになったときの強い不安を想起させた。ああそうだ、そういうときはとてもさみしいんだ。いままさにしんどい思いをしているのに、立ち上がってみようとしているのに、そういう自分らの存在を忘れられてしまっていたら、さみしい。まして、亡くなった人は、忘れないでと声をかけることもできない。別にそこまで期待していないし、頼んでもいないよという声も聞こえてきそうだけれど、意外なほどにマスメディアの報道や大きな〝復興〟の物語の陰になってしまうささやかな感覚に、下手なりにもこだわってみるひとりとして、私は存在してみたいと思った。こうして私は、さみしさに出会い直す。

四月に感じたように、一人ひとりが身体の中に抱えるさみしさが、あの出来事によって生まれた巨大なさみしさとどこかで結ばれているとしたら。さみしさという感覚をひとつの媒介にして、互いの存在を再び認知しあうこともできるかもしれない。出来事に対してそれはあまりに弱い媒介かもしれないけれど、それがあるということ自体に救われる気持ちもある。

そうして、小さな相棒を得た私は、起きていることをもっと細やかに見聞きするための旅として、次の春から陸前高田というまちにしばらく暮らしてみることにした。

二年目

二〇一二年三月十二日――二〇一三年三月十一日

三月十三日

野田村と島越に行きました。
平らになって、
土台もきれいに撤去された土地に
雪が降り積もって真っ白で、
とてもうつくしい景色でした。
それは、そこにあったまちとか、気持ちとか
そういうものから切り離されたところにある
うつくしさでした。
まるで、その下にあるさみしさを
覆い尽くすようでした。

うつくしさは、
そこに確実に存在するさみしさを押し返す、
またはそれを抱えて暮らしていくための、
大きなヒントになるのではないかと思います。

三月二十四日

手触りのあるものから
遠くに行くための想像力が必要だ

四月

四月二日

岩手県気仙郡住田町の、小さな部屋に
引っ越しました(小森は隣の部屋にいます)。

私はここで一年間暮らそうと思っています。
沿岸部で仕事をしたり
話を聞いたりしながら、
この部屋で絵を描いたり
テキストを書いたりしていこうと
思っています。

引っ越してくるなんて、
自分としてもなんだか
突拍子もない行動だなあと思います。
でも私にとって、暮らす、ということは、
ここで起きていることをよく見るための
ひとつのアイディアでした。

いいことも悪いことも、
許せないこともどうしようもないことも、
悲しいこともうれしいことも、
どれかに偏ることなく、否定も肯定もせずに、
よく見ておきたい。

そしてそれを何とかして書き留めたい。
ここにある皺や傷を
見ないままにしたくはないと思うのです。

そのためにはきっと、自分自身が
晒される必要がある気がするのです。
色んな、色んな意味で。

四月四日

来週から
小さなお店でバイトをはじめます。
そこは海沿いに出来たプレハブの商店なので、
周りの建物は
津波でぐにゃぐにゃになっています。
私は最近何回もそこを通っているのですが、
曲がった建物を見ても、
それがなんでそうなのかすら
気づかないときがあります。

それは、自分でも驚くことです。
ここで朝起きてご飯を作って
部屋を片付けてバイトに行って、
という生活をしてみると、
曲がった建物も真っ黒い更地も、
生活のほんの一端の景色にしか
見えないときがある。
それについて何かを考えたり、
何があったのかを知ろうとする思考も、
ぼんやりとするのです。

生活をするということは
思い出したり考えたりすることと、
共存しにくいものかもしれません。
生活をする手を止めて、そこから抜け出して
書き留める時間を持たないと、
それらは成立しづらい。

それでも私は、どちらか一方を
諦めてしまいたくないと思っています。
生活を押し進めることと、
立ち止まって（時に深く遡って）
書き留めることの両方を行き来しながら、
考えて、発信し続けること。
それがすこし昔と、いまと、すこし未来を
繋ぐ方法なのではないかと思うのです。

四月十三日

いわき市を走る。
テトラポットと堤防が散らばった
灰色の海と、コンクリートの海岸線。
背の高い城壁みたいな海岸線の上に
道路が走っていて、
そこに真新しいコンビニと
工事中の住宅が数件並んでる。
そこから見ると、
海ははるか下にあるよう。

こんなに近いのに、
海は遠く遠く感じる。

コンクリートで出来た強固な境界線。
自分のいる地面と灰色の海はもう、
関係のないものに感じられてしまう。
海はここまで来ないだろう。
私の家まで来ないだろう。
おそらく津波の前もそう思ったし、
ここに立てば、いまでもそう思うのだろう。

きっと境界線は
固めてつくるものじゃなくって、
波みたいに、揺らぐ余地を
ゆったりと含むべきものなのではないかな。

四月二十五日

陸前高田のりんご農家に行きました。
おじちゃんが今日接ぎ木をした木は、
五年後に実がみのるそうです。
ふと、私はそういう長い時間に
実感を持ったことがないと気がつく。
農業は一年を通して考えるし、
林業となれば六十年後を考える。
こういう仕事に従事している人たちは、
きっと、植物の持つ時間感覚を借りて、
ずっと先の未来を実感することが
できるのだろうなあ。

四月二十七日

ああこの場所が大好きって、
このまちが必要って、
この景色が懐かしいって感じるのだろう。
その感覚が、
とてもわかるような気がするからこそ、
考えたい。

五月

五月八日

この辺りの地域はなあ、
お互いに野菜や米をやりあったり、
力仕事さ手伝ったりすて、
助けあう関係でやっと成り立ってるんだ。
商売で米さ作っても儲けはないけんと、
お互いで行き来してれば
何とかなるがすと。
それで、やっと暮らしてるんだ。
よくも悪くもなあ。

だどもいまは、
セシウムとか何ベクレルとか言うがすと。
そうすっと、
お互いがお互いを必要としあって、
やっと成り立っていた
バランスみたいなものがさ、
がらがらと崩れてしまうんだよなあ。
ほれセシウムでたー、食わせらんにゃあ、
あげられるもんにゃあ、
おらの家には何もにゃあ。

長い間そうやってしか
生きてこねがったでしょ。
そうすっとさ、
なかなか他の生き方に変えられないのす。
作っても食われるかわがらにゃあ
米っこ作ってるんだよ、じっちばっぱがさ。
長い時間かけて大変な労働をしてす、
して、食べられなくて現金もなくてす、
どうやって生きていくのさ。

働いている産直での、
ちょっとした会話の抜粋。

やわらかい方言のなかで、
セシウムとかベクレルとか、
似つかわしくなさすぎて、とても悔しい。

五月十六日

洗濯物を入れようとして、
ふと見る景色がとてもきれいだったりする。
豊かな生活とか発展する未来とか、
そういうピカピカとした言葉の陰で、
こういう幸せについて
価値付けする努力を、
私たちの日常は、
怠ってきたのではないかと思ったりする。

五月になると山々がね、
この世のものとは思えない
うつくしさになるんだよ。
生まれてからずっと
このまちに暮らし続けているおじちゃんが、
そんなことを言う。
毎日目に映る景色が、
そんなにとんでもないうつくしさであるって、
あると思えるって、
どれだけ幸せなことかと思う。

五月二十一日

仙台市の荒浜の橋の上から、
流されたまちを見ていました。
白いコンクリートの住宅の土台が、
遠く遠くまで広がっています。
隙間からは青々とした草花が伸びていて、
それぞれの色をした花を咲かせている。
遠くに黒っぽい一帯があり、
それは流された墓石を集めた場所でした。
その場所に近づくと、多くの墓石の前に

真新しい花が手向けてあった。
倒れて壊れた墓石を何とか起こして、
その傍らにそれぞれに花瓶を置いて、
花を手向けている。
お墓の前に椅子が置いてある所も
いくつかあった。
ここで、亡くなった人と
対話する時間を持っているのだと思う。

帰り際に見かけた言葉が残っている。
「この中はそのままにしてください、
大切にしています」
流されて壊れたお家の庭（おそらく）が
ビニール紐でぐるりと囲ってあって、
そこに挿された立て札にあった言葉。
中は雑草だらけだったけど、
バラが一輪だけ咲いていた。
言葉の主にとって、
ここはいまでも大切な庭なんだ。

五月二十二日

津波のあと、まち全体が
そのままになっているように思いながら、
しばらく歩いていると、
ある区画がすっかりと四角く均され、
砂利が敷かれていることに気がついた。
ちょうど家一軒程の大きさの区画。
真ん中に、花と飲み物が手向けてある。
めちゃくちゃに流れたまちの中で突然、
組み立て直された秩序の場。

大工だったおじちゃんが、
津波で全壊した家を
きれいに片付けていたことを思い出す。
もう建て直さない家だけど、
きちんと更地にして返したいんだ
と言っていた。そうしないと、
次に進んではいけないような感じがすると。

そこであったたくさんの出来事を
思い返しながら、
大切なものを素手で拾いあげ、
持ち帰るような仕草。

人が亡くなったとき、
その死はその場所に、
そっと染み付くような気がする。
だからその場所を丁寧に均して、
持ち帰れるものを持ち帰って、
正面からまっすぐに、
その死に向き合えるように
するのかもしれない。

五月二十三日

津波の痕跡や怖さを
残すことも大事だけど、
いま必要なのは多分、花を手向ける場所

五月二十四日

陸前高田の市街地を歩いていました。
市役所や公民館などの大きな建物を除いて、
広い範囲がすっかりと
更地のようになっています。
所々に、鉄、布、木材などに分別された
瓦礫の山が積まれている。
大きいものでは高さが
五メートル以上はあるでしょう。
そこに登って景色を見る人を、
何人か見かけました。

私には、ここが
どういうまちであったかがわかりません。
でもこのまちが
うつくしいということがわかるし、
好きだなあと思います。
いつか、どのようなまちがあったのかを

知っている人と、ここを歩いてみたい。
でも、それはもっと、ずっと先のことで
いいようにも思っています。

五月二十六日

いつも話を聞かせてもらっている
人たちのほとんどが、
津波のときに、ただそこにいたと言う。
たまたま自宅の目の前で波が引いた、
たまたま二階までは水が入らなかった。
津波で流された人たちと彼らの間には
ほんの数秒、数メートルの差しかない。

生き残ってしまった、と言われるときがある。
その数秒、数メートルは彼らにとって
あまりに生々しいのかもしれない。
もしその数秒、数メートルを
もっと引いた視点で見たらと考える。

大阪から見たら東京の方が近いし、
アメリカから見たら日本にいるだけで
危ないと思うだろう。
私も生き残ったのかもしれないと感じられる。

亡くなった人がいて、生き残った人がいる。
数秒、数メートルの差の中に、
その境界が出来た。それは、
あまりにもはっきりとした境界だと思う。

バイト先の産直で、
あらあんた生きてたの、よかったよかったって
抱きあうのを見かけるときがある。
あーあの人亡くなったのよお、って
悲しみあうのを聞くこともある。
生き残った人たちは生きていることを
確かめあって、また生きていくんだと思う。
私は、目の前のあなたが
生きていて本当によかったと思う。

六月

——

六月四日

昨日は住田町の登山クラブへ。
住田は山あいのまちですが
三陸のまちに隣接しているので、
釜石、陸前高田、大船渡などから
参加されている方も多かった。
△△市出身です、
いまは〇〇仮設に住んでいます。
それぞれの自己紹介で
そのようなことを言う方も多かった。

どちらからいらっしゃったんですか？
流されて何もなくなった□□市です。
やっぱり家も流されましたので、
××の仮設に住んでいます。

そうですか、□□市のどちらですか？
◇◇です。目の前が一面田んぼだったから、
本当によく全部流されました。
いまは何もないですね。何もないです。

山はよく登るんですか？
ええ、山は好きで。
もともとは木材の加工会社に勤めていて、
木が好きなんです。
まあその会社も流されましたので、
いまは失業保険を貰って暮らしています。
なかなか新しい仕事は見つからないですね。
たまにはこうやって、気晴らしに
山を登っても罰は当たらないかなって。

メンバーはほとんどが初対面の方々で、
道中の会話は津波のことが多かった。
溢れ出すみたいに話す人も多くて、
それぞれがあの津波を

抱え込んでいるのがわかった。
家が、家族が、仕事が、財産が、思い出が、
場所が、日常が、それぞれの何かが、
変えられてしまったのだと思った。

六月六日

市街地のすこし高台にある建物から、
海の方を見ました。
太平洋が青々として、
太陽を反射して光っている。
ここから海は見えたんですかと尋ねると、
ここからは見えなかったねと言われる。
ここいら一面に建物があったでしょ、
その先に松原があったからね。
こんなに海が近かったなんて、
知らなかったんだ。

私は平らな市街地しか知らないから、
そこから海まで歩いても、
そんなに遠くはないなあと思っていました。
でも、ここにあった景色の速度は、
もっともっと違ったんだろうと、
そのときすこしわかりました。

六月十日

今日は陸前高田にいました。
お祭りの準備をしている
仮設の集会所にお邪魔したら、
そこは、以前歩いたときにたくさん花が
手向けてあると気づいた地区の集会所でした。
山車は津波で流されて
壊れてしまっていましたが、
みなさんで集まって、
もう一度作っているところでした。
飾りの紙を鮮やかな黄色と赤紫色に
染めていました。

染めの先生だというおじちゃんは、
おらいの弟子は十一人も
亡ぐなってしまったなあ、
と言いました。
そして、みんなが一枚一枚
丁寧に染めている紙を見て、
まだまだだっけ、
もう一回染め直させるようだな。
と笑いました。

＊

あるお店のおばちゃんが、
ここは高田じゃないみたいなの、と言った。
よその国に来てしまったみたいに思うのよと。
景色違うでしょ、
知ってる人たくさん亡ぐなったでしょ。
五十年暮らしたまちが、
ほんとに消えちゃったのよね。

あるお店のおじちゃんは、
まちが蒸発してしまったと言った。
おじちゃんは、
亡くなった人の分もこの体験を
残していかねばなんねえ気がして、
と自身の体験を文章に綴っていた。
母国語で書くのがあまりに辛いと言って、
イチから英語を勉強して、
英語で綴っていた。
とても易しい英語で綴ってあった。

高田松原のうち
津波に耐えて唯一残った松が、
「奇跡の一本松」と称されて
復興のシンボルとされた。
五月二十八日、海水によるダメージで
枯死していることがわかり、
のちにモニュメント化された。

六月十三日

おらす、あの松一本残ってるのを見て、
本当に本当にすごいと思ったんだ。
あの大津波に耐えで、
ひとりになってもそこに立ってる。
たくさんの人に生きる希望を
与えるだろうと思ったんだ。
だから守らなきゃいけないと、
ただ自然にそう思ったんだがすと。
でもね、五月の検査でこの松は
立ち枯れているのがわかったのさ。
本当に本当に、悲しい。

私が最初に一本松のことを知ったのは
ニュース番組だった。
それを見て、マスコミが勝手に
はやし立てているんだと思った。
でもこのまちに来て、

本当にあの松に助けられている人に
会うこともある。
松の姿に、自分やまちを重ねている。
そういう希望の持ち方が、
どうしても必要なときがある。

私は去年の十二月にその松の前に立ったとき、
どうしていいかわからなかった。
根元にお地蔵さんが置いてあって、
訪れた人たちは手を合わせて
祈ったりしていた。
私は、明らかに元気のない松に、
これ以上何かをお願いしたりするのは、
荷が重すぎるんじゃないかと感じた。
松は、寒い海岸に、ただ黙って立っていた。

六月二十四日

被災した私たちの心情はね、
忘れないで欲しいけど、
色々聞かれたりするのはもう
嫌なのかもしれない。
あまり構われるのも
どうしていいかわからない。
でも、放っておかれるのもさみしい。
こんなに大変なことが起きたのに、
忘れられるのは、さみしい。

六月二十八日

このまちですごいと感じる人たちは、
自身のことを生き残ったと
思っている人が多いのではないかと思う。
死者に報いるために、
誠実さの固まりみたいにして、
泣いているみたいな目で必死に生きている。
そして同時にその人たちは、
自分の暮らす土地を深く愛している。

このまちで起きたこと、
その全体を悲しんでいる。

七月

七月十七日

夕方、流れたまちを歩いていたら、
広い花壇が出来ているのを見つけた。
水をやっていたおじちゃんに聞いたら、
ここにあった
町内会一帯に広がる花壇を
作りたいのだと言う（かなり広い）。
このまちはまだ復興しないのかって
言われたら悔しいから、
こうして花を植えたんだ。
このまちの人は何もしてないって思われたら
悔しいから。

八月

八月五日

妙な書体の看板とか、
建物全体が花柄の床屋さんとか、
カラフルな縞模様の喫茶店とか、
黄色い旗の群れとか、
派手すぎる花壇とか……
津波で流されたまちで、
突如として現れたかのようなものを
見かけるときがある。
それを見て何か怪しいものだと思って
ぎょっとして、遠ざかってしまうことがある。
色々な場合があるけど、
近寄ってそこにいる人の話を聞いてみると、
その人は驚くほど素朴に、丁寧に、

それらを作っていたりする。
いままで何かを作ったことのなかった人が
一生懸命に考えて、
手を動かして出来たものたちだったりする。

表現のプロっていう人たちもいるけど、
そうじゃない人もいて、
プロの表現だけに価値がある訳ではない。
表現の技術を持たない人たちの
表現の切実さと丁寧さに、いつも驚く。

八月二十一日

おじちゃんは、自分の家があった場所に
花を植えたときに初めて涙が出た、と言った。
何もせずにはいられないんだ。
何もするなと言わないでくれ。
ここはどうしても、
代わりのない大切なこの場所なんだ。

この花壇はどんどん広がっていて、
いつかこの土地のすべてを
覆ってしまうのではないかと思う。
地面に張り付く色とりどりの花たちは、
永く続く弔いにも思えるし、
この土地に通う理由でもあり、
この土地から離れることへの抵抗にも思える。
ここがとにかく、必要なんだ。
この場所は、彼らの身体の一部なんだ。

九月

九月一日

忘れることと記憶にしていくことは、
きっと同時に起こっている。

記憶はきっと、

作っていくものなのではないかな。

九月二日

震災後にしか
高田を訪れたことのない私にとって、
建物や道路などの具体的な現れは、
津波後の景色とそれ以前の景色、
そして津波のそのときを繋ぐ、
唯一のヒントです。
めちゃくちゃ貧弱な想像力しか
持っていない自分が情けないけれど、
唯一と言っていいと思う、
大切なとっかかりなのです。

九月九日

流された市街地を歩いていました。
家が建っていた場所には
背の高い草が生い茂り、ぽつぽつと花が咲き、
その場所は巨大な草はらのように見えます。
もしかしたらここに
まちがあったことを想うのは、
難しくなってきているかもしれない。
それよりも、目の前の草はらが、強いのです。

残っている道路を歩く。
iPhoneのマップを見ながら歩くと、
これはこの区画なのかとか、
あの仮設店舗はもともと
ここでやっていたのかとか、やっとわかる。
日の前の巨大な草はらが、市街地に変わる。
とても胸が詰まる。

誰かのお家があった場所に花が手向けてある。
コンクリートブロックとペットボトルを
組み合わせた小さな祭壇。
明確なその場所に、

手を合わせるための祭壇。でも、
いまその場所はまるで草はらのようだ。
花は、手向けられてから
随分と時間が経っている。
枯れた花はよく見えない。
草はらに紛れてしまうのだ。

広い広い草はらの中に、
鮮やかな花が咲いている場所がある。
それは誰かが津波のあとに植えて、
ずっと手入れをしている花だ。
自然に生えている草花とは明確に違う。
そこだけ、すごく際立っている。
私はそれを見たときにやっと、
ここに人の営みがあったことを
正確に読み取ることができる。

この場所で何かを感じ取ったり
考えたりすること、
外の人が〝被災地〟を
見に来られるようになること、
復興の名目で予算が決まってしまうこと、
明日を生きるための切実なお金のこと、
この場所が草はらになること。
すべてのスピードが
ちぐはぐなような気もするけれど、でも、
それらはどうしようもなく
同時に起きている。

九月十一日

一年と半年の日でした。
とてもよく晴れた一日でした。
私は高田町を歩いていました。
やわらかい黄色の光が、
草はらのようになったまち全体に反射して、
気が遠くなるくらいきれいだった。
山の際から平地、遠くまで、海まで、

平らに繋がって、それはなんだか
一枚のうつくしい織物を見ているようでした。
私は一年前もそこを歩いていました。
そのときは平らになった市街地を見ながら、
平面と立体のことを考えていました。
いつかアラーキーが言っていた、
写真は死だ、という言葉は、
こういうことかもしれないと思っていました。
平面になることはこんなにもさみしい。
でもそこを人が歩けば、景色は立ち上がる。

巨大な草はらのようになった
いまのこの場所は、平らだけど、
すこしずつ厚みが出てきていると感じます。
それは去年私が想像していた
〝人の行き来で立ち上がる景色〟
ではなくって、草花や風雨による、
野生の土地の隆起のようなものだと思う。

九月十六日

昨日友だちと歩いていたら
高田町に住んでいたおじちゃんに会って、
そのまま流されてしまったまちを
ずっと一緒に歩いた。
ここはあいつの家、ここは薬局、
とか言いながらおじちゃんが指し示す。
おじちゃんの指はiPhoneのマップよりも
ずっとずっと正確に、
細かくその場所を当てていく。
俺には何でも見えてるんだ、と言う。
おじちゃんは流れてしまった自宅跡地で
花壇をやっていて、空いている時間は
自転車で高田町を走り回っている。
商店街のタイルをじいっと見つめて
ふむふむと頷く。
放っておくと忘れちまうからよお、

こうやって見てんの。
みんなは忘れることを怖がっているけど、
俺は忘れないようにこうして見てるから、
大丈夫なの。

見渡せば、この街場に
人が歩いているのはあまり見かけない。
いても市外からの観光バスや
ボランティアの人たちが多い。
ここで仕事をしている人がほぼいないし、
暮らしている人もいない。
ある人が、流された商店跡に
店を再開したK夫妻の姿が
希望の光に見える、と言っていたのを
思い出す。

ああここに住んでたんだって、
ここは辛いだけでなくて、
いまも僕たちの大切な場所なんだって
思えたのがどれだけうれしかったか、
とその人は言った。

おじちゃんの案内でまちを歩いているうちに
日は暮れて、
また花壇の手入れをする時間になった。
じゃあまたなって手を振って別れて、
なんだかそれは夕暮れどきの小学生の
バイバイみたいな感じで、
またここで会うんだろうなあって思った。

九月十八日

私は津波の前のこのまちを見たことがない。
けれど、ここにあったものを
想像することはできる。
写真を見たり、話を聞いたり、
どこかに似た景色を探したり、そうやって
想像のピントを合わせていくことはできる。

すこしずつ、
そうして見えてきた像を形にしたい。

私は、かつてここにあったまちと
ぴったり同じまちを見ることはできないだろう。
でも、私のつくったものを見た人が
頭のなかに結ぶ像は、
かつてそこにあったものに
なり得るかもしれないと思ったりする。
その像は、それぞれに違うかもしれないけれど。

九月二十五日

夕方、市民体育館の前を歩いていたら
いつものおじちゃんに会った。
おう、また会ったなあって言って、
一緒にお線香をあげた。
ここで仲間がたくさん亡くなったんだよなあ
って言いながら、
おじちゃんは小さな祭壇の奥から
消防団のヘルメットを引っ張り出して
脚立の上にそっと置いて、手を合わせた。

亡くなった人多いからさ、俺はここに来るの。
あっちの市民会館でも市役所でもさ、
知ってるやつ亡くなったから、
暇なときは必ず来るの。
放っておけないよ。いまみんな忙しいんだろな、
あんまり人も来ないからさ。
でもさみしいかもしれないじゃない、なあ。
だから俺みたいな暇人はさ、せめてさ、
ここに来るの。

もうすぐ建物壊すんだよなあ。
建物なくなったらなあ、
どこに線香あげようかなあ。
おじちゃんはうーんと考えて、
あ、大丈夫だ、そのときまでには

俺の胸のなかに居場所作っからなあ。
と言って、へへっと笑った。

十月

――

十月一日

自分の目で見ているものは、
どうしても、どうやっても、
自分の目に映るものでしかない。けれど、
自分自身で抱えきれないものを見たとき、
それを誰かに話して、分かちあいたいと思う。
あまりにもうつくしいもの、大変な出来事、
理解できないほど巨大な力、など。

目の前の出来事を誰かと分かちあうことで、
それをすこしゆだねる。
いつか忘れてしまう日のために、形に残し、
未来の自分や誰かにそれを、すこしゆだねる。
伝えることは、何かを忘れないための、
失くさないための
ひとつの方法なのかもしれない。

けれど、そもそも、忘れることは、
なぜこんなにも怖いのだろう？

十月二十日

俺たちが見てきたものは絶対的に
寒色の世界だ、冷たい、辛い世界だ。
それをそのまま描いてどうする。
その中にも色があるはずだ。よく見ろ、
それを描くんだ。
違うと言われても迎合するな。
芸術ならそれをやれ。
お前のやろうとしていることが芸術なら、
それをやり通せ。

お世話になっている方からいただいた言葉、
最近いつも頭の中で繰り返される。

十月二十九日

新潟県山古志へ。うつくしい天空の山村。

二〇〇四年の地震で水没してしまった集落、
土砂に埋まった家々はそのまま保存してある。
地震は悲しい、辛い、
せつないことだったけどね、
これを取っておけば教訓になるでしょ。
こうしてみんなも見に来てくれるでしょ、
そうすると伝わるでしょ。
いますこし辛くても、明日のために、
未来のために、繋がるからね。
それが大事なの。
未来に繋がることをしていかなきゃ、
選んでいかなきゃって思うの。
その集落の区長さんはそう言った。
彼は三年間仮設で暮らし、
水没した家々が見える高台に
新しい自宅を建てた。
集落は人口の半分が外に出てしまったけれど、
小さな産直が公民館のようになって
いまもゆるやかに繋がっている。

十一月

十一月三日

薄橙色の明け方の市街地はとても寒かった。
市役所や市民会館に
静かに手を合わせる人がいた。
花を手向ける人がいた。
お互いに気遣いあって

順番に、お線香をあげていく。
一人ひとり、一対一で、
その建物を見上げている。
日中の解体工事がはじまる前の静かな、
特別な時間。

＊

来週末、
市役所と市民会館のお別れ式がある。
たくさんの人が亡くなった建物。
残すか残さないかの議論もなされないまま、
お別れ式の日程だけが発表された。

一体何にお別れをすればいいのだろう？

十一月四日

今日も明け方から市街地に行きました。

解体工事がはじまっている市民体育館が、
朝陽で燃えているみたいだった。
先週まであった中央公民館は
もうなくなっていた。
博物館も図書館もなくなって、
壁の抜けた体育館の輪郭が
逆光に縁取られて、よく見えた。

このまちで働いていた人と話しながら歩く。
ここは工場、ここは友だちの家、と
一つひとつ確かめながら彼は歩く。
ふと、ここは何だっけ、とつぶやいて
立ち止まる。思い出そうとして、
思い出せなくて泣き顔になる。
ここにあったものを忘れてしまったことに
気づいてしまった、
それは悔しそうに立ち止まる。

忘れてしまったことに

気づくことができるのは、
忘れたくないと
強く思っているからだと思う。
覚えていたいけれど、忘れてしまう。
忘れることにはいつも、
悔しさがつきまとうような気がする。

繰り返し語ること、
繰り返しそこを訪れることで、
忘れたくないことを
忘れないようにしているのかもしれない。
それは、弔いのようだと思う。
弔いの場に生花を添えるのはきっと、
繰り返しそこを
訪れるためなのだろうということを、
市役所や市民会館に手向けられた
鮮やかな花々を見て思う。

花には季節がある。
季節の花を添えるとそこは
秋になり、冬になる。
あの時間で引っかかったまま、
止まってしまったように思えるその出来事を、
流れていく時間に寄り添わせるようだ。
それは、自分の身に引き寄せるための方法の
ようにも思える。

十一月七日

昨日とは正反対に気持ちのよい秋晴れ、
流された市街地を歩く。
大きなトラックが
黒い煙を吐きながら通り抜ける。
作業する重機が大きな音を淡々と立て続ける。
市民体育館。
津波で抜けてしまった以外の壁が
ついに崩されて、その中がよく見える。
小さな重機が二台、せっせと働いている。

私はそこで
知っている人を亡くした訳ではないけれど、
そこで大変な出来事があったことを
色々な人たちから何度も伺った。
崩されていくその建物に、
何か見落としたものはないか、
何かもっとわかることが
あったんじゃないかと思って、
じっと目を凝らす。

十一月十日

うちの隣の工場から
お醤油のにおいがしてさあ、とか、
用水路の脇にこんな花が咲いててさ、とか、
そういうまちの細部が、おじちゃんの言葉から
とてもくっきりと見えてくる時間だった。
それは何度歩いても
私には見えてこなかったもの。

地図や写真からは立ち上がってこない
ささやかなもの。

十一月十五日

今日の明け方見た夢に、
お世話になっている人が出てきた。
私はその人と、
高田のまちがよく見える場所に立っていた。
彼は平らなまちを見て、
とんでもねえよなあ、と言って涙を流した。
やがて日が暮れて、まちは黄色く光っていた。
私は彼と一緒に泣きながら、
その景色をとてもうつくしいと思っていた。

十一月二十二日

生きていくことの大部分は
受け入れることで、

つくっていくことではないのだと思う。
つくることは時に、
何かを受け入れるための術になり、
それがあることでやっと
暮らしが立ちゆくのかもしれない。
生きるなかに暮らしがある。
日々を受け入れるための術を、つくっていく。

十二月

―

十二月二日

今日は久しぶりのおばちゃんと立ち話。
おばちゃんの家の跡地から
見える景色を描いた絵を渡した。
おばちゃんはとても喜んでくれて、
こんな被災に遭ったけど、ここが
大切な場所なのは変わりないのよ。と言った。

私が、またここに住みたいですか？
と尋ねると、
とんでもない、と笑った。
ここは津波が来ないって言われてたのに、
こんなに来たんだもの。
嵩上げしていくら安全だって言われてもね、
そう思えないの。だから、
津波の来ない高い場所に暮らしたい。
子どもも孫もその孫も、
安全に暮らせるまちにしたいもの。

ここでたくさんの人が亡くなったの。
だからね、今度は安全な場所を選んでね、
そこに住むのよ。
ここが大切な場所なのは変わらない。
だからこそ、私たちはここには住まないの。
またここで同じことが起きて欲しくないのよ。
決して同じことを
繰り返してはいけないのよ。

十二月十二日

高田病院の近くの田んぼに
たくさんの水鳥が来ていた。
市街地の山手にも
結構冠水している所があって、
そこにも水鳥がいた。
私が近づくと一斉に飛び立った。

海だった場所を人間が切り拓き、まちにした。
それがまた
海に戻ろうとしているのかもしれない。
海と陸、潟というやわらかな境界。

十二月二十一日

まちづくりとは、
死者の声に耳を澄ますことなのではないかな。
生き残った人たちは、亡くなった人たちと

一緒に生きているのだと感じる。
まず、死者の声を聞くこと。
それを怠ってはいけないと感じました。

十二月二十八日

あのな、おらは妻と体育館に逃げたのす、
でな、津波が来てな、
最初は手を掴んで
一緒に波に揉まれたのす。
でもな、おら、
手を離してしまったのす。
その手の感触がまだ、ここにあるのす。

あるおじいさんが
ぼろぼろの写真を持ってきてそう話したんだ、
と写真館の店主は言った。
彼も、奥さんと娘さんと
消防団の部下を亡くした。

写真屋やってるとそんな話ばかり聞かされる。
もう俺を解放してくれと思いながら、
でも聞かない訳にもいかないから、
頷けもせずただ聞いてるんだ。

写真を探す人がたくさんいた。
波に揉まれぼろぼろになった写真を
洗う人がたくさんいた。
その写真を見て涙を流す人がたくさんいた。
画像が溶けて、面影もほとんど
わからなくなった写真を握りしめて
思い出すことは、
ピカピカの写真から思い出すことと、
きっと随分違うのだろう。

それでも、やはり写真が必要なのか。
失ったものを何とかして忘れないために?
失う前の時間に戻るために?
亡くなったその人の代わりにするために?

十二月三十日

悩むな、いまお前がやってることも
絵を描くことだ。
いま書きたいなら書きなさい。
文章を書きなさい。
きっと繋がるから、書きなさい。

二〇一三年

一月

一月二十七日

言葉が持つ力を
体感するような日々だ。
震災があってからずっとそう感じている。

二月

二月一日

ある小学校の卒業アルバムの
編集を手伝うことに。
学校の校庭の背景には流されたまち。
運動会のソーラン節の背景には
被災してひしゃげた公共施設。
トリミングして、
なるべく背景が入らないようにする。
これがよいのか悪いのかよくわからない。
これは倫理観による判断？
それだけとは言えない気もしている。

思い出ページ用にと
担任の先生たちが選別した写真には、
被災した校庭でたった一本咲いた

桜の木の写真がたくさんあった。
根元には
流されてきた家々が引っかかっている。
私はまたなるべくトリミングをして、
でもすこしだけ流されてきた屋根を残す。
この桜が重要なのは、
津波の中で生き残ったためだから。

津波がなかったことにはできない。
決して、なかったことにしてはいけない。
思い出という言葉が
適切かはわからないけれど、
津波があったから、いまの景色がある。

先生がこの写真をぜひ入れたいと言う。
緑色のテントの中で、
友だち三人でピースする女の子の写真。
彼女は津波で亡くなったという。
写真を見ただけでは、私には
その子が亡くなったということはわからない。
ただ、卒業間際のみんなより
すこし幼いということだけが感じられる。
確かに彼女は卒業写真にはいない。

悲しい、さみしい、
どうしていいのかわからない。
写真の中のその子たちは、
ひたすらにかわいい。
私はすこし大きめにその写真を配置する。

このまちで暮らすということはきっと、
こ、う、い、う、ことと、
ともに生きていくということ
なのかもしれない。
景色の端や言葉の末尾や
一瞬の表情のなかにある、
こういったことたちの存在に気づき、
その都度戸惑うということ。

二月二日

バイト先まで歩いていたら、
いつものおばちゃんに会った。
春めいて、なんだか元気そうだった。
私最近あそこでバイトしてますって言ったら、
おばちゃんは、
あら、あの方には津波のとき
本当にお世話になったわ。
大変なご苦労だったと思うの、
私、いつも労いたいと思ってるのよ。と言う。
労うという言葉が、
いまとても必要なもののように思えた。
その人の努力を、涙を、気遣いを、労う。
ありがとうと伝える。
あなたがいたから、私はいま、こうなのよ。

すこし突飛かもしれないけれど、
労うこと、感謝することは、
弔うことと近しい感情から
湧くもののような気がしてる。

二月十一日

地震から津波までの約四十分、
避難を呼びかけ続けた人。
あのときなぜ
避難しろ、としか言わなかったのだと
自分を責めて涙を流す。
高台へ逃げろと指させばよかった。
すれ違ったあの人も
名前も知らないあの人も、
生きて欲しかった。
一人ひとり全員覚えてる。
毎日夢に見る。
助けたかった、救いたかった。

ずっと背負い続けるしかない。

命は重すぎるほど重い。
津波と対面し、
慌てて走って逃げたとき、
すれ違ったすべての人たちの顔を
はっきりと覚えている。
命は、一つひとつが重すぎるほど重い。
私はずっと、背負い続けるしかない。

涙を流すその人の話を、
私はただ聞いていた。
彼は、また泣いちまったと言って
鼻をすすった。
私に気遣ってすこし笑う。
私はいつも、頷くことしかできない。

二月十二日

自分の存在をやわらかく保つように
意識し続けること。

私の役目が決まってしまったら、
このまちにいる意味が
なくなってしまうように思う。

二月二十二日

数日でそこにあった建物が解体され、
更地になる。
被災し、流されても
そこに確かにあった街角が
崩されて、なくなっていく。

悲しくて見られないから
早くなくなってほしい、
という人もたしかにいる。けれど、
そういった意見は
思いのほか少ないと感じる。
むしろ、そう思っている人でも、
反対に、なくなって欲しくない

という気持ちを抱えているようにも感じる。
なくなって欲しくない、
忘れたくない。
ずっと暮らしてきたまちだもの。

なくなってしまうものに対する郷愁だ、
思い出を美化して愛でるのは人の習性だ。
自分でも、そうも思うんだけれどね。
でも、あの喫茶店のコーヒーのにおい、
シャッターに描いてあった変な絵、
商店の前でたむろする子どもたち……
それらがどんな位置関係で、
どうやってここにあったか、
隅々まで、全部大事なんだ。

まちとは、居場所のことだったんだ。
誰かがどこかにいるための。
そして誰かと誰かが話すための。
まちがなくなったら、

みんながばらばらになってしまったように
感じられる。
ここにいれば、それらがまた、
集まってくるような気がする。
そんなことはないんだけど、
ここじゃなくてもいいのかもしれないけど。
でも。

二月二十三日

人は言葉で生きているんだ。
居場所を与えるのも奪うのも言葉だよ。
関係ってそうやって出来ているんだ。
声かけてな、ここにいてよ、いていいよって。
だから生きていけるんだ。
その場所にいられるんだ。
でもな、それを壊すのも言葉なんだ。
一言でな、
取り返せないこともあるんだ。

三月

―

三月十日

午後には、平らな市街地で凧揚げがあった。
晴れていてものすごく風が強かった。
凧は地面すれすれを走るように浮かび、
平らな土地に幾筋も一直線で並ぶ。
おととしの三月十一日の津波で
亡くなった人を悼む、
およそ一九〇〇枚の白い凧。

薄茶色の土埃が舞う平らな市街地と、
鮮やかな青い空とを行き交う
白い凧の列。
上空と地面を行ったり来たりするその姿は、
ここにあったものといまあるもの、
その両者のすべてを慰めるようだった。

家族を亡くされた方が、
生き抜く、という言葉を
遣っていたことが印象深い。
そして、未来はこれから、と。

三月十一日

今日は晴れていて、静かな一日でした。
祈りを。

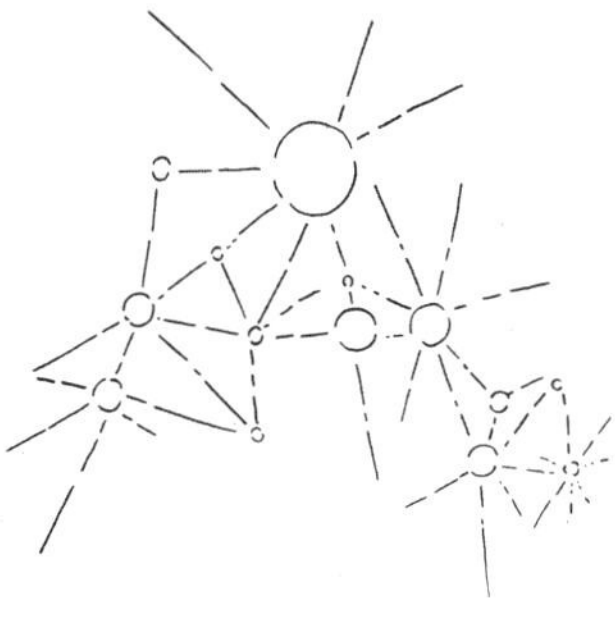

うつくしさについて

二〇一二年の春先のこと。私は同級生の小森はるかとともに、陸前高田に生活の拠点を移そうと、またもレンタカーを借りて北上していた。引っ越しに当たって、市内に家を借りようと考えたこともあったけれど、震災後の住宅事情もあって、隣接する山あいのまち、住田町の家に決めた。いまではすっかり忘れていたが、当時は一年間と決めていたらしい。大学院の学生だったこともあって、長めのフィールドワークといった感覚で、滞在の終わりに作品をつくろうというイメージがあったのかもしれない。結果的に私たちは、およそ三年間そのまちに暮らすことになる。

数ある沿岸のまちから陸前高田を選んだのには、ふたつ理由がある。ひとつは、前章で触れた〝さみしさ〟が色濃くある場所だと思ったこと。これはあくまで私が訪れた範囲で感じたことだけれど、沿岸各地を巡り、出会った人に話を聞いてきたなかで、陸前高田の人たちが際立って、しんみりとしてさみしそうに見えた。このまちでボランティアセンターの運営にあたっていた人にそのことを問いかけてみると、彼は「それはそうかもしれんなあ」とつぶやき、「喪ったものが多すぎて、しょげ返っているのかもしれないね」と続けた。震災が起きて間もないころから、被災した沿岸の各町では、復興について、新しいまちづくりについて、盛んに議論されていた。もちろん乗り切れない人も多くいたけれど、訪ね歩けば、そういう話題について希望を持って話せる人に当たるものでもあった。しかし、これはたまたまかもしれないのだが、当時の私は、陸前高田ではそんな人に出会えなくて、人が、そして広く流された風景が、まだまだそんな段階には行けないし、行かないよ、とでも言っているような気がしていた。

もうひとつの理由は、このまちの風景がうつくしいと思ったこと。震災からちょうど一年の日に陸前高田を訪れたとき、まちの人が海辺に出来た瓦礫山に登っていくのに付いて行って、その上から流された広い市街地を見たことがあった。その日の朝は雪がちらついていたけれど、十四時ごろにはすっかりと晴れていて、遠くまで見渡せた。晴れ空の下で見るこのまちはとてもうつくしかった。そしてその感覚は、どこかで絵を描こうと思い続ける私の欲求と重なりあった。

引っ越して間もなく、私と小森は大船渡市の仮設商店街で働きはじめる。住田町の人がオーナーをしていた産直でレジを打ち、休みの日には陸前高田の流された市街地に出かけ、残った道路跡を頼りに地図を見ながらとにかく歩いて、写真を撮ったりスケッチを描いたりしていた。立ち止まるタイミングのほとんどは、ここで撮りたいとか描きたいと思うときで、それは目の前の風景をうつくしいと感じることとほぼ同義であった。手向けられた花に立ち止まってよいかどうかにはまだ戸惑いがあって、目の端で見つめながら通り過ぎる、という感じだったと思う。当時の私は、個別の場所に、震災前までどのような暮らしがあったかという知識がほとんどなく、むしろ自由に歩けてしまう状態にあった。壊れた市役所の向かいに、ひしゃげた乗用車が無数に積み上げられていたころである。まだ瓦礫の撤去も終わっておらず、あらゆる作業は復興工事の手前にあった。時おり、壊れたままの街並みをおずおずと進み、花を手向けに来る人がいて、その人と目があったときのずしりと重い気まずさは、いまも身体に残っている。

六月ごろからは、産直のはす向かいにあった関東の法人が運営するアーカイブセンターで働くようになる。この施設の仕事は、近隣地域の震災に関わる記録をするというものだったが、内容の詳細は指示されていなかったため、地元のスタッフらと話しあって、その日その日で記録の対象や方法を決めて取材に出ていた。そこで小森と私は、仕事として陸前高田へ取材に行かせてもらえるようになり、まちの人たちに、特に発災時の話を聞く機会が増えていく。

語られる内容はあまりにきつい。波に呑まれていく肉親を見た。流されているさなかで愛妻の手を離してしまった。避難所で凍え、亡くなっていく人を助けられなかった。消防団として捜索に行った先で、知人らの遺体が絡まりあって硬直しているのを収容した。仮設店舗の従業員や学校の先生、祭りの準備をしているおじちゃんやお茶飲み話をするおばちゃんからそんな話が出てくる。当たり前のことだけれど、いまはふつうの身なりをして、せっせと日常生活を営んでいる人たちからそんな体験を聞くと、その人の身体が目の前に存在することの奇跡を強く肯定したいと思うと同時に、こんな話をさせてしまうことの罪悪を感じずにはいられなかった。しかし、インタビュー相手の多くは、「この体験は残さなきゃいけないから」と疑いもないように言い、カメラの前に座ってくれる。聞き手として私がいること、小森がカメラでそれを撮影することが、人の気持ちを動かし、語らせてしまう。

当時センターでは、集めた記録を利活用するための計画が不明瞭なところがあった。デジタル時代の大震災で、とにかく記録をするのだという意思と行為がそこかしこから湧いていたけれど、まだその先は暗中模索の状態にある、というのが当時の社会状況でもあっただろう。たとえ活用の方法や目的が決まっていなくとも、記録すべき対象は変化し続け、それにともなって忘却がはじまっているような気もして、記録の欲求は更に高まる。そして、見返せるはずもないほどの記録データが日々山積していく。そこでは、肝心なものであるはずの語り手の意思や当事者の心配ごとが、もっとも置き去りにされがちであった。

私は、日々記録の仕事に携わりながら、そうではない書き留め方を自らの手で発見し、実践していくことの必要性を感じていた。被災地の前線に思いのほか存在していないその手法はきっと、芸術に関わる何かであろう。このまちにいる時間を重ねるほどに、その予感ははっきりとしたものになっていく。けれどその一方で、私自身にはここですべきことがあるのか、どういう態度でいたらよいのかという迷いは深まり、日々ツイッターに綴っていた文章すらもうまく書けなくなっていった。


その夏のある日のこと。私は、山際の一角に大きな花壇が出来ているのを見つけた。夕暮れに光って、つやつやとうつくしい。水をやっているおじちゃんに声をかけると、この花壇は、自分たちの町内会一帯を花で埋めつくしたいと、何人かの地元有志ではじめたものだという。彼は、「まだ復興しないのかって言われたら悔しいから」と照れくさそうに続ける。調子に乗って次の日も遊びに行くと、おじちゃんは「お前の家でも育てたらいいべ」と言って、花壇から渋いピンク色のコスモスを引っこ抜いてくれた。

それから私とおじちゃんは散歩仲間になった。流された市街地を歩いていると、たびたび行きあうのだ。おじちゃんは津波で同居していた母親を亡くし、家財一切も流してしまい、いまは無職で暇なのだという。何も知らない私に教えようとしてくれているのか、それとも独り言なのかという微妙な調子で、ここは醤油屋でこんなにおいがしたとか、ここは同級生の家で子どものころ遊びに来たんだとか、冗談交じりに笑ったり泣いたりしながら、あちこち指をさし、どんどん歩いていく。私には、その店やその人がいまどうしているのかはわからなかったけれど、彼の話を聞いていると、壊れる前のまちの営みの細部が、自分の身体の中にやわらかく立ち上がっていくような気がした。たしかにここは彼らにとって、あまりに辛く凄惨な体験をした場所だけれども、同時に、大切な暮らしを長年積み上げてきた親しい場所でもある。それはただ当たり前の、紛れもない事実だ。私は、当日の出来事とそれよりもっと前の営みが、足元のひび割れたアスファルトと地続きに繋がっていくのを感じた。すると、それらに照り返されるようにして、すこし未来のことさえも、ふっと想像できるように思えた。

目の前の風景がうつくしくて立ち止まる。そういうことが、ここではよく起きる。足元の地面が過去と地続きであるならば、目の前のうつくしさも同じように、過去に存在したそれと繋がっているのではないか。いつからか思い描いていた仮説に、自分自身が納得していくような体感があった。いま見ているものがうつくしいのなら、いつかここにあった風景もまた、うつくしい。実際のところはわかりようがないけれど、そう思うことにしよう。

私はそれからぽつぽつと、日々歩きながら撮影してきた写真やスケッチをもとに、色のついた絵を描きはじめる。目の前の風景は、過去へも未来へも繋がっている。それならば、幾度も目を凝らし、細部やその奥を発見しようと試みながら絵に描いていくという行為が、この場所の、現在以外の時間へと旅するための、ひとつの手法にならないか。迷いながら、間違いながらも遠くを見ようとした筆跡が、目の前の風景をブレさせ、その他の時間を想起できるような余白をつくってくれたなら、と思う。ひとまずは、足を引き止められたその瞬間の風景を描いてみよう。私がうつくしいと感じたその場所は、誰かが大切にしていた場所と、そう異ならないような気もする。

結果的に、そのとき描いた絵を私はとても好きになった。それまで大学という狭い世界の中で生きていて、絵は描きたいけれどそのモチーフが見つからず、浅はかな自分史を掘るように制作をしてきた私にとっては、自分の外に、絶対的に描かれるべきものを見つけられたことが、まず大きな喜びだった。それに、このまちの風景を描こうとすると、出会った人たちの姿や聞かせてもらった言葉、その周囲で見たものの断片が浮かんできて、いままで引いたことのないような妙に軽やかな筆致が現れてくる。また、このまちで得た知識や思考はあまりに膨大すぎて、一枚の絵ではそのほんの一部しか表せないのだという諦めも、私を気楽にさせた。いま、このまちで絵にできることはほとんどない。けれど、私にとって描くことは楽しいし、他の方法ではできないような旅の経験をさせてくれる。完成した絵は、私がそれまで描いてきたものと同じように鮮やかな色あいをしていた。

描けた絵をながめながら、やはり気になったのは、まちの人たちがこの絵をどう思うのかということだった。被災したまちの風景をうつくしいと感じ、それを色鮮やかに描くこと。辛い記憶が張り付いてしまったその場所を、絵という装置を介してまた見せられること。そもそも、いまこのまちを描くという行為自体がとても場違いな気がして、彼らに絵を見せる気にはなかなかなれなかった。けれども、「なんでここに来たの?」と問うてくれる人に、絵を描きたくてと小声で答えてみれば、「いつか見せてね」と言ってもらえたことも何度かあって、だからいつかは見せねばという気持ちもあった。

それで私は、色のついた絵がいくつか描きためられたころ、ある場所を描いた絵とそこで聞いた語りを合わせて、こっそりとウェブ上に掲載してみることにした。すると翌日、さっそくその場所と関わりのある人から電話がかかってきた。私はとても動揺したけれど、相手は弾むような声で「大事な場所だからうれしい」と言って、いまから絵とテキストをコピーして、元の町内会の人に配りに行くけどいいかと尋ねてくる。その言葉に私は心底驚いて、全身の力が一気に抜けるような心地であった。何も知らないからこそうつくしいと言い切れてしまう不躾な身体なりの、役割のようなものがあるのかもしれない。

この気づきについて、仕事を通して知りあった仮設の写真館の店主に話してみたことがある。すると彼は、ふむふむと頷いて、「俺たちが見てきたものは絶対的に寒色の世界だ」「その中にも色があるはずだ。よく見ろ、それを描くんだ。違うと言われても迎合するな。芸術ならそれをやれ」と一蹴した。私はまた驚いた。ああそうか、それが芸術だったのか。

うつくしさに見惚れて立ち止まり、その芯を見ようと試みること。そして、すこし乱暴かもしれなくとも、それを現そうとすること。私はここで、それをやりたい。いつからか抱えていた迷いがするりと解けていくのを感じながら、はじまりかけた旅が思うよりもずっと長いものになりそうだということに、私はやっと勘づいていた。

三年目

二〇一三年三月十二日——二〇一四年三月十一日

三月二十二日

目の前に広がる風景を
いとおしいと思うことから、
暮らしがはじまるんじゃないかと思う

＊

俺もうこのまちやんたくなった。
どこ見ても悲しいんだもの。
平らになったまち見てると
何もかもこれからなんだと思うべな。
あのまちはもうない、
もう、思い出でしかないから。
これからどんなまちになっていくかは
わがんねえ。
でも、愛せるまちをつくっていくんだ。
怒りは力だよ。そのまちで俺は、
暮らしていくんだ。

友だちが帰ってこられるように
しておくことが、
このまちに帰ってきて仕事してるやつの
役割だと思うべな。
わざわざ何か用意する訳でもねえ。
泊まれるとこ貸してやったり、
話し相手になってやったりさ。
それだけでいんだ。
まずはそこからさ。
まちって居場所のことだから。

まちつくるって居場所をつくることだから。
まちとは居場所のことだったのか。
私はあの大きな地震のあと、
色々なまちを訪れるたびに、
そのことを感じている。
流されてしまったまち、
住めなくなってしまったまち、
差別をされるようになってしまったまち。
そういうまちを訪れては、
そう感じている。

居場所をつくることはとても簡単で、
でもとても難しい。
声をかけるだけでつくれるときもあるし、
莫大なお金が必要なときもある。
でもどちらかというと、実は、
声をかけることの方が
勇気のいることなのかもしれない。

四月

四月十五日

津波前、津波後という言葉が
会話のなかで用いられることがある。
あそこにお菓子屋さんがあってさあ、
津波前だけどね、とか。
あの喫茶店、
津波後は内陸に行ったのよ、とか。
巨大な力によって、分かたれてしまった時間。

四月二十六日

お店の再開のニュース。
変わってないね、あのときの味だねと
喜ぶ声が聞こえる。
ここにあったものを知ることは、

津波前にここを訪れたことのない私にも
うれしいことだ。
すこしずつ、このまちらしさが見えてくる。
きっとずっとあったのだけど、
見えにくくなっていたものが、
ようやく見えるようになってきた。

まちはなくなった訳ではなくて、
見えにくくなっていたのだと思う。
再開したお店の店主さんに挨拶をしたら、
その言葉遣いや表情に、
ここにあった商店街の姿が見えるようだった。

五月

―

五月十四日

散歩してるとよく会うおじちゃんに、
今日もやっぱり会った。
俺もさ、ここに何があったかを
どんどん忘れているのさ。
昔の写真を見ることはあるけんともさ、
いまのこの場所を見ることは
少なぐなったんだなあ。

俺自身ここを歩くことが
だんだん少なぐなってる気がするの。
建物も何もない。見るものないでしょ。
あるかもしれないけどわかんないでしょ。
不思議ね、忘れることが怖かったのに、
忘れてしまうことすら忘れてしまってる。
結局さ、いま目の前にあるこの場所と、
あのまちが
繋がりにくくなってるのかもしれないなあ。

おじちゃんはいつもの調子で、
恥ずかしそうに言葉を探しながら話す。

私は、なんでお墓がいるのかなあ、と
病床の知人が言っていたことを、
なんとなく思い出していた。

市民体育館があった場所には、
瓦礫処理プラントが出来ていた。
市役所や市民会館があった場所は、
重機の基地みたいになっていた。
この場所に花を手向けていた人たちは、
いまはどこで手を合わせているのだろう。

まちの中にある花には、
家族以外にも、手を合わせる人や
思いを巡らす人がいるだろう。
お墓やお仏壇は、基本的に家のものだ。
死は家庭に持ち帰られる。
とても難しいけれど、
何とかして痛みを分かちあうことが、
これからも必要なようにも感じている。

あのとき震災を知った人びとは、
それぞれに動揺したと思う。
人を亡くさなくても、まちを知らなくても、
何をどうしたらいいのかと
慌てふためいたのだと思う。
そのような人たちが手を合わせる道筋も、
ある方がいいとも感じている。

被災した人とそうでない人、
当事者とそうでない人、
このまちでもその境界は、
揺らぎながらも存在する。
このまちを出たらまた、状況は変わるだろう。
それぞれの立場によって、
言ってはいけない言葉も、
やりすぎてはいけない行為も
たしかにあるだろう。
けれど、思いを巡らせ手を合わせることは、
誰だってしてもいいはずだと感じている。

五月十六日

色々なこと、
本当に色々なことを、
普段の生活で意識しない瞬間がある。
ここが海の近くだということ、
津波が来た土地だということ、
人がたくさん亡くなった場所だということ、
さまざまな暮らしがあったまちが
確かにここにあったということ。
そういうことが、
頭からふと抜ける瞬間がある。

普段からずっと、ひとつのことを
意識し続けられる訳ではないだろう。
だからまちは、人が亡くならない構造に
しておかなきゃいけない。
逃げればいい、
とはいかないことが現実にある。

人を守るのは、まちだと思う。
まちづくりは、過去、いま、未来に、
この場所で生きる人を守るためのもの。

五月二十日

津波に遭った人のお話を聞いていて
生きた、という言葉を聞くことがある。
そのとき私は、屋上にいたから生きたのよ。
その瞬間で生が一度途切れたような、
またはそこからはじまったような表現。
過去形にするのは
この辺りの方言かもしれないけれど、
生きた、にその瞬間の強烈さを思う。

強烈な分断、
入り交じることのない境界。
そのちょうど真上に立ち続けている人も、
このまちにはたくさんいるように感じている。

六月

六月七日

おとといの夕方から、陸前高田には
やませという濃い霧がかかっていた。
息をするとひんやりとして、
草の濃いにおいがする。
クローバーの群生する広い草はらを見ながら、
ここにまちがあったのだ、と考える。

公園で遊ぶ子どもたちとか
下校途中の中学生とか、
夕飯の出来るにおいとか、
お風呂の湿っぽい空気とか
居酒屋さんの賑やかな笑い声とか、
そういう色んなものがここにあって、
そして霧に包まれる、
そういう夕方を想像する。
まちは複雑で想像しきれないけれど、
歩きながら想像し続ける。

霧の夜だな、あそこの家のおんつぁまさ、
飲みすぎて奥さんに怒られるって、
玄関そおっと開けてな。
霧で見えねえがら大丈夫だって
入っていったんだけんども、
奥さん玄関に立ってたんだっつぁ。
途中で見つかって大げんかよ。
それ見てみんなで笑ってた。
そんな夜が大好きだったのさ。

＊

去年の秋、
おじちゃんが話しながら指すその先には、
アーケード街のタイルだけが残っていた。

いま変わったことは、そこに
クローバーの花がたくさん咲いていること。

市街地があった場所には、
角張った盛り土が出来はじめた。
その上に公営住宅が建つらしい。
まだ、ここに人が住むということが
うまくイメージできない。
津波で洗われた最前線のこの土地に、
幾分かの土を盛る。
その高さが、広大な景色に対して
余りにちっぽけに見える。
自然には敵わなかった、
堤防やまちづくりと同様に。

私が津波の前のこのまちを
知らないからかもしれないけれど、
被災し根こそぎ流されたこの場所に、
まちを作るイメージがわからないでいる。

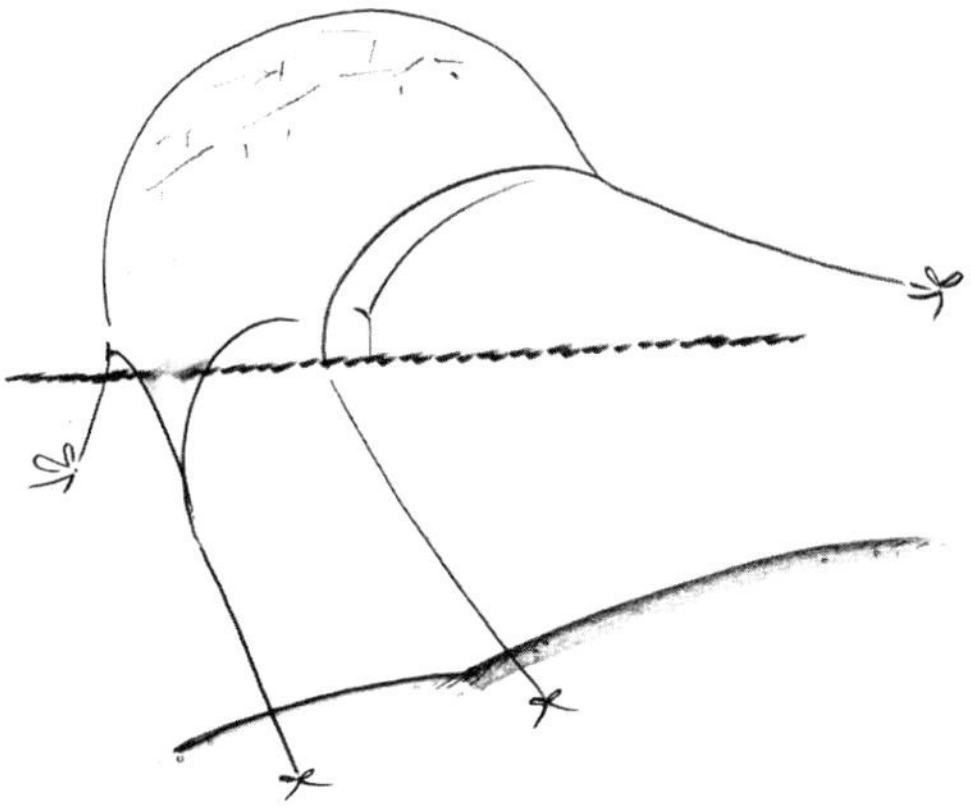

ある人が言った、
ノスタルジーだけじゃ未来は作れない
という言葉を時々思い出す。

七月
――
四月より、
市内の写真館の仕事に専念する。
――
七月五日

今日はずっと遺影を作っている。
津波で流された写真を修復し、
そこから故人を切り抜き、
グレーの背景の上にのせる。
切り抜いたそのときに、
この人は本当に亡くなったのだろう
ということを実感する。
お盆の前までにという依頼が多いので、
これから増えていきそう。

まとめて四、五人分頼まれることが多い。
一枚の写真から数人分作ることもある。
この人とこの人と、あとこの人も。
この人はうちの親戚でねえけど、
みんな流されちまって
誰も作る人いないだろうからさ、
小さくてもいいから、
作ってやろうと思ってさ。

お財布に入るサイズにして、
という依頼もよくある。
突然いなくなってしまったからさ、
せめていつも身近に持ち歩いていたいのです。
この人主人なんだけんどもさ、
この人だけ切り抜いてな、

背景は白くしてさ、
このくらいの、カードと
同じくらいのサイズにして欲しいのす。

この写真しか、もうないがらね。
とってもとっても大事な写真なのす。
だからね、ずっと持っていたいの。
なのに、津波でやられた写真は
塩水に浸かってしまって、
長くはもたないんだって。
ここに写ってるこの姿が
消えてなくなってしまう前に、
何とかせねばなんねって思ったのさ。

七月八日

言葉はね、
簡単に口にすることができるけど、
きつくて重いんだ。

目の前に死にそうな人間がいたとき、
かけてあげる言葉を考えなさい。
身体が弱ったとき、
最後に残るのは聴覚なんだって。
生かすのも、死なすのも、
言葉なのかもしれないよ。

七月二十日

今日はおじさんたちの
サッカー大会の撮影をしました。
この場所でまた集うための、
亡くなった仲間を偲ぶための大会でした。
広く平らなグラウンドを駆け回る
赤と黄色のユニフォームは、
まるで花みたいだと思った。
また来年もやろうと、
みんなが声を合わせていた。
来年もきっとこの場所で、また集う。

昨日は眠れなかったんだよ。
でも明け方夢を見たの。
津波で流された仲間と一緒にさ、
この場所でサッカーをしたの。
久しぶりだったなあ、
あいつとボールを蹴るのさ。楽しかった、
久しぶりに会えたんだよ。
この場所、ちょうどあの辺りでさ、
あいつが長いパスを俺にしてくれたんだよ。

七月三十一日

被災の跡が目に見えなくなって、
何かを感知するために
必要な段階が増えたと思う。
だからといって、
ここであったことは忘れられてはならないし、
ここにあったものが
なかったことになるのは悔しい。

回路をつくって、繋ぐこと。
それはきっと表現の力。

方法はたくさんある。
語り部さんがいたり、遺構を整備したり。
絵を描いても、文章を書いても、
つぶやいても、新聞記事にしても、
本を作っても、英語のスピーチにしても、
お茶飲みの場をつくっても、
手紙を書いても、歌をうたってもいい。
たくさん、それぞれの方法。

*

誰かと会話をすることで、
頭の中にあったもやが、形を与えられて、
外に現れてくるときがある。
自分の口から発せられたその言葉が、
初めて出会ったもののように感じられる。

もしかしたら、その言葉は
私のものではなく、
私とその人のもの、
なのかもしれないと思う。

八月

―

八月十二日

今日は薄暗くなるまでずっと歩いた。
流されたまちは、
まるで広い広い草はらのようだ。
四角く整えられた土砂の山にも、
青々と草が生い茂って揺れている。
壊れた道の駅の近くの田んぼを覗き込む。
水が澄んでいて底まできれいに見える。
糸とんぼがたくさん飛んでいる、
卵を産みつけている。

水面には水草が生えて、
なんだかそれが、はるか彼方から見た
地球の表面みたいだと思った。
空が映り込んで青く光る水面に、
濃い緑色の水草が大陸みたいに浮いている。
水草の影が田んぼの底に
くっきりと映っている。
小さな魚が影の上を横切って光る。
アメンボがすいすいと水面を滑る。
カモメやカモが群れになって
夕暮れに飛び立っていく。

ただただ、きれいだなあと思う。
この場所は本当に
きれいな場所なんだろうなあと思う。
糸とんぼが棲める水はきれいなんだよって、
そういうときのきれいさと、
私の目が圧倒されるきれいさは、
どこか同じもののはずなんだ、と思う。

二年五ヶ月前までここに
まちがあったということは、
通りすがりの人にはわからないかもしれない。
私は、ここにあったまちは
きれいなまちだったんだよ、
と聞いたことがある。
それは、今日この場所で目の当たりにした
きれいさと同じだろうか。
きっと全く同じではないけれど、
どこか似ているのではないかと思う。

八月十四日

何かがなくなったことに気づくと、
さみしい。
だけど、何をなくしたのかさえも
わからないこともある。

＊

ひまわり畑の写真を、
残暑おみまいのはがきに使いたいと
おばちゃんに言われて、
今日はその編集と印刷をしていた。
夕方にはがきの見本を持っていったら、
数日前まであった
そのひまわり畑はなくなっていた。
私は、突然現れた
四角い空き地にただ混乱して、
そこがひまわり畑だとは思わずに、
あのひまわり畑はきっと
別の場所にあるのだと思い込んでいた。

八月二十七日

六年生の教室からは海が見えます。
津波の前は住宅と松原があって、
海は見えなかったそうです。
いまは、平らな草はらと

瓦礫処理施設と海が見えます。
小学校の校庭の前には土が盛られて、
新しく公営住宅が建ちます。
盛り土の高さはちょうど校庭と同じくらい。
あの日、この校庭に避難していた人が
たくさんいたそうですが、
津波が来て、
みんな必死に、散り散りに逃げたそうです。

八月二十八日

一人ひとりそれぞれの方法で、
弔いを続けている。
弔うことで、生き残ったその人も
何とか生きていく。
亡くなった人がその人を支えている。
亡くなった人と一緒に生きていく。
永遠に続く弔いは、
その人が生きるための術でもある。

心霊体験のようなもの。
亡くなった人が夢に出てきたり、
ふとしたときに
そばにいるように感じたりする。
夢の中でその人が声をかけてくれて、
初めて救われたような気持ちになったという。
それは、生き残った人の
都合のいい妄想ではきっとなくって、
ともに生きているという関係の上に
成り立つもののように思う。

八月二十九日

死者との関係を大切にし続けること。
土着すること、
その土地に暮らし続けることの、
根っこのことのように思う。

話を聞くのに遅いも早いもないと、

最近は感じるようになった。
体験したことは身体の中に残り続ける。
形を変えて、傷みの間隔を和らげながらも、
存在し続けるのかもしれないと。
時間をかけて耳を傾け続ける。
話を聞いたその人はまた、
ともに生き、誰かに伝えていく存在となる。
それもまた弔いの術。
きっと、ずっと続いていく。

九月

九月一日

津波に流されて色が変わった写真から、
遺影を作っている。
やっと写真が見つかったのよ、とおばあちゃん。
写真が一枚あるのとないのとでは、
きっと随分違う。
記憶の中の鮮やかなその人。
それを助ける変色した写真。
写真があれば、
いまは小さい孫が大きくなったとき、
おじいちゃんのこと、思えるでしょ。

九月八日

月命日には自宅跡に花を手向けにいくの。
お墓もお仏壇もあるけれど、そこにいくの。
なんでだろう。
あの人はそこにいたからかなあ。

夕方、流された市街地を歩いていると
ふと、夕飯のにおいがした。
周りには家はないから、
遠くから運ばれてきたのか、
何なのかはよくわからない。

あたたかくて、どのまちにもあるにおい。

まちにはきっと、
いまも過去も、未来も含まれている。
いつかのこのまちにあった風景も、
目の前の夕焼けも、すこし未来の街並みも、
かつて生きていた人も、
いま生きている人もこれから生まれる人も、
みんな含まれて、まちが出来ている。

九月十一日

卒業アルバムの撮影で行った小学校で、
生徒たちと一緒に
海に向かって黙祷しました。
仮設住宅が並んでいる校庭に、
サイレンが響きます。
はじっこでゲートボール中のお年寄りも、
洗濯物を取り込んでいたおばちゃんも、
走り回っていた小さな子どもたちも、
みんな静かに目を閉じていました。

目を開いたとき、
みんな命があることに感謝だね、と
先生が言いました。

子どもたちは小さく頷いて、
さっきよりも静かに教室に戻っていきました。
子どもたちはこうやって
大人になっていくのだろうなと思いました。
二年半前と比べて、
彼らはどんなに大人になったのだろう。

九月十七日

二年半前、津波で流されて
真っ黒になった土地が、いま、
金色の稲穂で染まっている。

流されたりんご畑は、
真っ白い蕎麦の花で光っている。
高台のりんご畑には、
色とりどりの実がなっている。
隣の山は、高台移転で削られるんだよと
おばちゃんが指を差す。
風景はいつも変わっていく。

九月二十二日

縁のなかったまちに
引っ越して来た人同士で話をしていると、
こうやって新しいまちが
生まれてくるのかなあと思うことがある。
それはきっと、
いままでここにあったまちとは別のまち。
同じ場所にあっても、違うまち。
いつか、ふたつのまちが交わることも、
あるのだろうかな。

十月

―

十月六日

記念写真を撮りたいという気持ちは、
もう次はないかもしれない
という予感と隣りあっている。
いつだって、
もう一度同じことが起こるなんてことは
ないのだから、
それはいつも同じとも言えるのだけど。
写真には、常に別れの予感がある。
特別な目の前のひとときと、
その後に訪れる時間とを切り離す。

十月八日

もし自分が幼いころに、
親が思い出話を
繰り返し語りかけて来たらどう思うだろう？
と考えてみる。
もういいよって思うだろうか。
親が愛したそのまちを誇りに思うだろうか。
新しく作っていくまちを
もっとよくしようと奮い立つだろうか。

未来を見ること、
いまを精いっぱい生きること、
過去を語り継ぐこと。
もしかしたらそれらは、
世代によってそれぞれが担っている
役割なのかもしれない。
未来を見る子ども、
いまを動かしていく大人、
思い出を語り継ぐお年寄り。
それぞれの役割、
どれも等しく必要なもの。

十月十一日

負ってしまった傷は、
時間をかけたり
誰かと分かちあったりすることで、
すこしずつすこしずつ、
癒えていくのだと思う。
けれど、あまりにも大きな傷は、
完治することはないのかもしれない。
傷とともに生きていくこと。
そういう身体とこころと、
一緒に生きていくということ。

傷とともに生きる人と、ともに生きていく、
ということは、
とてもふつうのことだと思う。
相手をよく知って、
お互いに気をつけなきゃならないことに
気をつけあうこと。

十一月

十一月六日

すこし久しぶりに高田のまちを歩きました。
陽射しがぽかぽかとして、
秋の植物がたくさん伸びて、
奥には紅葉で赤くなった山が見えて、
とてもきれいなんだけど、
これから色あいが
さみしくなっていくんだなあと思いました。

所々で高台の造成がはじまり、
不自然なほどに直線の
角ばった巨大な山が出来ていて、
その奥には、自然のやわらかな山々の稜線が
ずっと遠くまで伸びている。
工事車両が脇目も振らず作業をする横で、

小さな花束を手向けて、
辺りをじっと見渡す人がいる。

流されたまちの
施設を解体したあとに建てられた、
とても大きな瓦礫処理場の横で、
犬の散歩をしている人がいる。
高台の造成を進める傍らで、
自宅の跡地に
せっせと花を植えている人がいる。
新たなまちづくりのために剥がされる道路を
器用に除けながら、
中学生たちがそれぞれの家に帰っていく。

十一月十八日

ここに生きたもの、
いまいるもの、
これから生まれるもの、
すべてが同じ場所にいるような気がする。
時間から切り離されて、
この場所に重なっている。
私の目には、
いまあるものしか見えないけれど、
ただ見えないだけのような気がする。

ここに確かにあったまちを、
白く光る商店街のタイルや
曲がった看板で、知ることができる。
ここにいた人を、
手向けられた花やお線香で
感じることができる。
その上に重なって伸びる草花や、
鳴く虫の声で、
いまここに生きているものが見える。
まちの人と話すと、
これから出来る商店群を
想像することができる。

十一月二十四日

夕方、五十代くらいの
優しそうなご夫婦がお店に来た。
遺影を作り直したいんです、とのこと。
着物を着せて欲しいと言うので、
喪服ですか？と問うと、
いえ、晴れ着です、と言う。
津波で亡くなった娘が、
生きてたら今年成人式だったんです。
だから、みんなと同じように
晴れ着を着せてやりたいんです。

明るい元気な子でね、
すぐにみんなを笑わせる子だったんです。
だから写真はいつも変顔なんかしてね、
それもいいんだけどね、
きれいな着物できれいな写真、
撮れたらよかったなあって。

おすました写真、
学生証用に先生が撮ったのしかないの。
これでも何とかできますか。
きれいにしてあげられますか。

十二月

—

十二月二日

詩や歌がとても必要なのではないか。

十二月五日

昨日は震災から一〇〇〇日目の日だと
報道などで目にして、
何か思うかなと思いつつ一日が過ぎました。

この一〇〇〇日の間に

家族同然の付き合いをする人も、
大切な知人友人も出来ました。
そして、この間に知り合って
亡くなってしまった人も、
いま、身体を壊している人もいます。
この一〇〇〇日は、人間関係においても
個人の身体や精神においても、
特殊な圧力のかかった
時間だったのではと思います。

一〇〇〇日間必死に働いて、
亡くなってしまった人がいるということ。
波から逃れた命が尽きてしまうには、
一〇〇〇日という日数は
あまりに短いのではないかとも感じます。
色々なことは思うけれど、
この一〇〇〇日間のその人の姿はきっと、
とてもかっこよかったのだと思います。
どうか、安らかに。

この一〇〇〇日間で出会って
結婚して子どもが産まれた人もいる。
東北に来て家族同然の関係を築き、
地域に受け入れられている人もいる。
分野の壁を越えて信頼しあえる友人や
仲間を得た人もいる。
その時間の密度を想う。
地層が揺れ、地盤が落ちたことによって、
ぎゅっと密度が詰まる。
そんな感じかなあと思う。

この先それが解かれていくのか、
それとも、より詰まっていくのか、
それはまだわからない。

十二月十日

真っ暗な市街地を車で走る。
何もないから直接風に煽られる。

たくさんの人が亡くなった
体育館の跡地に出来た、
瓦礫処理場だけが光っている。
そこで働いている人と
さっきまで話していた。
彼は地元の青年で、
この市街地で弔いの祭りがしたいと
話していた。
何もない市街地の夜は
砂ぼこりで色がくすんでいる。

十二月十六日

車を運転しているといつも
何かにぶつかっちゃうんじゃないかと思う。
というより、何かに
ぶつかり続けているんじゃないかと思う。
数秒前、数分前、数時間前に
この地点にいたものを、

私は見えないふりして
通り過ぎ続けているのではないかと思う。
場所って、
時間の交点なのだろうなって、いつも思う。

地点には、さまざまな瞬間が堆積している。
私はそこを通過する。
堆積したさまざまな瞬間、
そこにいた人や
ものの記憶に気づかずに歩く。
立ち止まると、自分の重みで
その地点がすこしひずむ。
足下を覗き込むと、そこにある記憶の一端が
見えるのかもしれない。

掘り返すという行為は、
乱暴になってしまうことがある。
粗雑に行なうと、
その地点が崩れてしまう。

十二月十八日

出来事を、記録を、
フィクションに引き上げること。
そうすることでそれは媒介となり、
対象と鑑賞者を対立関係ではなく、
やわらかく繋ぐだろう。
いまとても、フィクションが必要だと思う。

十二月二十八日

境界線があったとして、
それは乗り越えるべきものではないとして、
異なる側に立つ者同士は、
一体何を話しあうことができるだろう。

境界線があるということは、
分断されているということと、
決して同じではない。

二〇一四年

一月

一月一日

被災後の風景の変化はとても速い。
それは必要な速さだと思いながら、
この速さのなかで、
ここにあったまちの風景と
これからの風景が断絶してしまう、
そんなこともあるのだろうと
感じるときがある。
忘れてしまうのが怖いと言って、
被災したまちを歩き続ける
おじちゃんの姿を思い出す。

あのまちはなくなってしまったって
みんな泣くけどさ、
あのまちはちゃんとここにあるって、
俺はわかるの。
歩いているとさ、思い出すでしょ。
ここに何があった、
そこからこれくらい歩くと
あのお店だったって。
それは変わってないんだよ。
何がどう変わったって、
ここがあのまちだったことはさ。

けれど、もし山や海や道の姿形が
あまりにも変化してしまった場合にも、
その場所に立てば
そこにあった風景を思い出す、
ということは可能なのだろうか。
もしくは、
まちの風景の記憶が
土地と切り離され、
個人の中だけに成立するということは
あるのだろうか。

一月五日

ほんとにすごい言葉ってのはさ、
とても短くって簡単な単語を遣っていてね、
誰にでもわかるものなんだと思うんだよ。
きっと、詩のようなものだと俺は思うね。
そんな言葉で話せる人、
あんまりいないよね。

一月六日

津波から助かって
もうすぐ三年経つという寒い日に、
海に向かっていったおばあちゃんの話を、
高台に住むおばちゃんから聞いた。

ここいらは自ら海に向かう人も、
昔から割に多いと聞くのよ。
海に行った人はね、
潮の関係であっちの浜にあがって、
漁師さんが見つけたりするんだって。
生きるも死ぬも、海ね。

一月八日

景色が何枚も重なって、
互いが振れあって、
風景になる

一月十二日

成人式のニュースを見ていたら、
先月お手伝いした晴れ着の遺影を、
彼女のお友だちがしっかりと
胸に抱いていている姿が映っていた。

亡くなった十二人の新成人、
みんなに抱かれて、あの場所にいたのかな。
成人式は、みんな集まるからいいんだよね。

一月二十二日

人は亡くなるとき
息を吐いて亡くなると思っていたけど、
吸って亡くなるという説も多い。
こちらの空気を吸って持っていくんだそうだ。

一月二十三日

亡くなる三日前、その人は、
俺はこの一年でまた
人間として成長しちゃったぞ！
と言いながら、
うまそうに煙草を吸っていたんだ。
人生色々あるな、感謝だなって。

三年も作れなくて、ごめんね、ごめんね。
ぶ厚く積もった白い雪が溶けて、
その地面にまた光が届くまでには、
どのくらいの時間がかかるのだろう。
閉じ込められてしまった人たち、
潰れてしまったビニールハウス、
壊れてしまった構造物、
凍えている動物たち、
凍ってしまった植物たち、
まぶしくて見えなくなっているたくさんのもの。
早く光よ、届け。

三月

三月十一日

吹雪になったり青空になったり、
なくなった景色を見たり、
死んだ人と手を繋いだり、未来と会話したり、
そういう不可能のようなことを、
本気で試みたいと思う。とても正気で。

二月

二月一日

遺影を二パターン作ったので、
選んでもらおうと依頼主に来てもらった。
依頼主であるおばあちゃんは、
作った遺影を見るなり泣いてしまった。
遺影に写っているのは四十代くらいの男性、
おばあちゃんの息子さん。
やっと作れたの、写真がやっと見つかったの。

二月十九日

不思議な天気。
陸前高田はいま晴れています。

＊

明日早いので早く寝なくちゃと
布団に入って寝るぞ寝るぞと念じていたら、
屯所で飲んでいる酔っ払いの
おじちゃんたちから電話がかかってきて
目が覚めてしまった。
みんな今日は朝まで飲むのかな。
明日は市内の中学校の卒業式。
震災のとき小学六年生だった子たちが
卒業します。

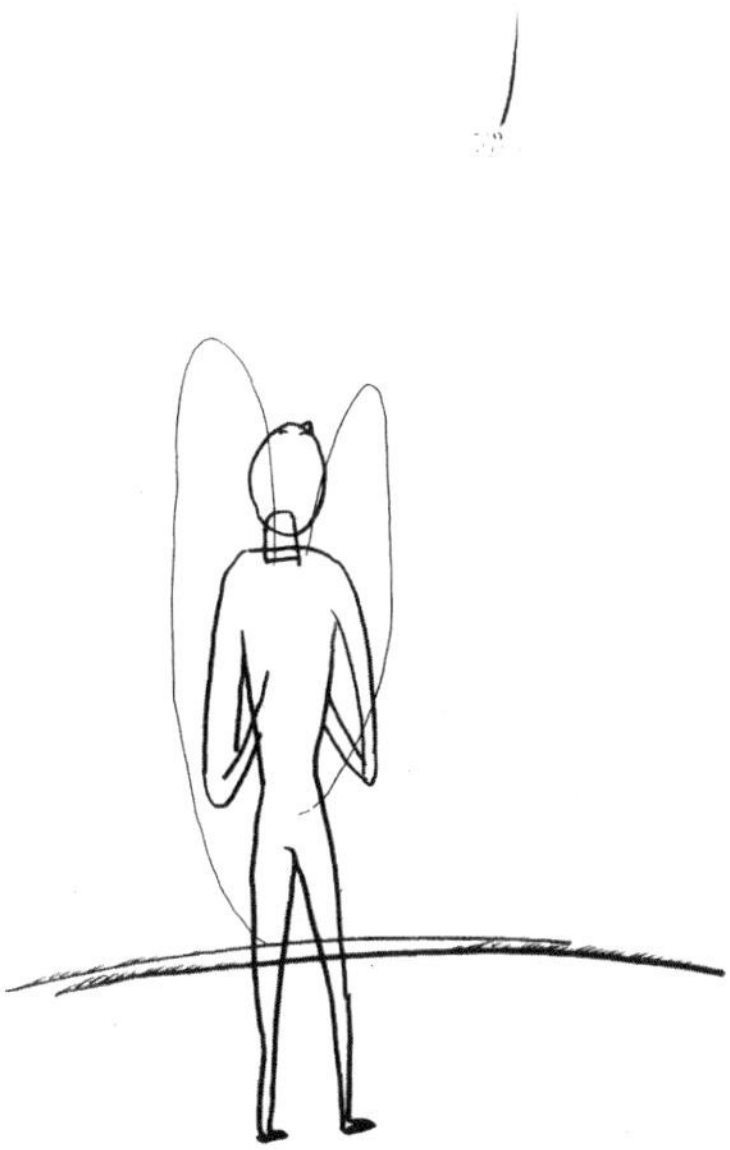

距離について

二〇一三年。被災直後によそからやってきた人たちは、すでに土地や人びとと馴染み、まちの営みにとって、とても必要な存在になっていた。この年、それまで陸前高田に定位置を持たなかった私も、思いがけずまちの中で働くことになり、ある特定の人たちと深く深く関わるようになる。だからこそ、自分の役割や立場について考えることが増えたし、特に、人やコミュニティとの距離をどうするのかという問いは繰り返し浮かび上がった。そして、その答えは否が応にも、私がどうやってものを見聞きし、何かを表現しようとするのかということに深く関係していた。答えはすぐに出せるものでもなかったけれど、私は日々の仕事や近しい人たちとのやり取りのなかで、その問いに実践的に向き合っていくことになる。

一月の半ばごろだったか、私は仮設の写真館で働きはじめた。最初はアーカイブセンターの仕事と掛け持ちしながら、店主がやりきれずにいた近隣の学校の卒業アルバムを編集していたのだが、やがて写真館に専念することに決めて、その仕事全般を引き受けるようになった。

　被災したまちの写真館でのおもな仕事は、学校関係の仕事と遺影づくりだった。午前中は学校に出向き、子どもたちと一緒に遊ぶようにしながらアルバム用のスナップ撮影を行ない、午後は写真館に戻り、津波によって色の剥げた写真をデジタルデータ上で修復し、写っている人物の遺影をつくる。両者ともに、これからに必要な写真をつくる仕事に変わりはないけれど、一方は生きている子どもたちを写し、それらがいつか本人たちによって見返されることを想定できるものであったが、もう一方は被写体が死者で、新たに撮影することは決して叶わず、いまつくっている写真が今後その人を表象していく唯一の存在になってしまうだろう、というものだった。たった一日の仕事のなかで顕著になる、一枚ひらの写真が持ってしまう意味や、その重さと軽さの振れ幅に驚きながら、また、その事実に引き裂かれるような心持ちになりながら、日々の仕事をこなしていくよりほかない。当時の私は、ともかくこの場所こそが写真というメディアの切実な現場だと感じていて、そのしんどさに巻き込まれていくことを、どこかで楽しんでいるところがあったと思う。

　店主はといえば、ともに店を営んでいた家族を津波で喪い、その悲しみを抱えながら、震災後に雇ったパートのＳさんとふたりで店を切り盛りしなくてはならなかった。更に、仕事の相棒であった写真に触れること自体も日に日に辛くなっていく。楽しかったはずの学校での撮影も、「笑って」とカメラマンとしての何気ないひとことを発すれば、親類を喪った子どもを傷つけたのではないかと後悔し、また、撮影したデータの中に笑顔で撮れた写真を見つければ、どこかで嘘をつかせてしまったのではと感じて、強い罪悪感に苛まれるのだという。

彼は折に触れて、「写真屋はまちの記録係だ」と話していたが、小さなまちの写真館は、お宮参り、七五三、小学校から高校までの卒業アルバム、毎年の夏祭り、結婚式、歳祝い、金婚式、そして遺影まで、誰かやある家族の人生のひとことおりを撮影し、形づくり、保存するための拠点として存在していた。それなのに、預かっていた記憶を、記録を、津波で流してしまった。引き受けていた役割を果たせなかったことにショックを受ける間もなく、大きな災厄の直後から写真館に求められた仕事は、他でもない遺影づくりであった。店主にとっては、拾われてくる写真の多くは知人が写っているもので、その中のいくつかは、かつて自分が撮ったものでもあっただろう。遺影をつくって欲しいと依頼に来る人のほとんどが遺族であるから、写真を前にすれば、故人の思い出や震災の記憶について話しはじめることも多くある。それは、地元で顔の広い店主を相手にすればなおさらで、彼はこの写真館の小さな応接間で、その想いをただ受け止め続けるしかなかったという。「まるで仙人になった気分だ、ただ頷いて聞いているしかないんだぞ。その気持ちがわかるか？」私とふたりきりになると、店主はそんなことを漏らした。

　写真はいつだって、そこに写っている対象の記憶を引き出してしまう装置である。非常時には、その特性が更に剥き出しになる。流されたまちからも写真は拾われ、丁寧に洗浄され、被災した人たちの手元まで返されていった。一枚一枚に写っている人が誰で、ものが何であるかはわからなくとも、それがきっと誰かの記憶にとって必要なものだと多くの人が考えるからだ。そうして受け取った写真を記憶のよすがとして、胸に抱きとめる人がたくさんいた。壊れた写真は、いつかの時間を保管してくれている貴重な装置である。しかし一方で、それは物質として、津波の痕跡を生々しくまとい、過去と現在にある決定的な隔たりを感じさせてしまうものでもある。そして、前述のような写真館での仕事に際しては、出来事の当事者に、より強い、深刻な負荷をかけてしまう。私が被災地域における写真のあれこれを興味深く感じ、それにまつわる仕事にしぶとく取り組めてしまうのは、出来事との距離があるからにほかならなかった。

　店主は当時、消防団の団長も務めており、まちの人たちに何かと頼られる存在であった。発災当時は、生存者の捜索や遺体の収容の第一線で指揮を執り、その手腕を発揮していたと、まちの人たちからもよく話に聞く。ただ店主は、どこかで孤立しているような節があった。もっと助けられた人がいたのではないか、部下を死なせたのは俺だと自分を責め、そのうえ家族を喪ったことへの悲しみも深い。そのようなこころを抱えながら、舞い込んでくる仕事をこなさなくてはならない日々で、新しい〝まちづくり〟に奮闘する人たちにはついていけないところがあったのかもしれない。店主は「まちとは居場所のことだ」とよく言っていたけれど、自分にとっての居場所が失われてしまった、もうない、という感覚が強くあったのではと思う。

発災から二年、私が写真館で働きはじめたころ、店主は身体を壊し、余命は短いと宣告された。病室に見舞いに行くと、店主は「俺って、物語的なやつだと思わね？」と言って笑った。

その後は、他県で修行をしていた息子さんが帰ってきて一緒に仕事をするようになり、パートのSさんと私と三人で店を切り盛りするようになる。仕事が終われば誰かが病院に顔を出し、日々の業務の報告をしたり、店主の体調や治療について話を聞いたりする。最初のころは特に、まちの人たちがひっきりなしに見舞いに訪れた。ある日、震災後のあれこれで疎遠になっていた人たちが来て、一緒に泣いてくれたそうだ。店主が、「生前葬してもらったみたいに思ったよ」と、どこかほっとしたような顔つきで話してくれたことがある。仲間同士であったはずなのに、誰もが安心して暮らしていきたいだけなのに、まちづくりのこと、コミュニティのこと、責任の所在についてなど、考え方の、特に細部の違いに引き裂かれ、交われなくなっている関係性が、被災後のまちには無数にあった。店主は死の淵に立つことでやっと、大切な人たちと再会した。

店主は数ヶ月の入院を経て、自宅療養に切り替えることになった。ふらつく身体で愛車を乗り回し、隣町でケーキなどを買ってきては写真館に現れた。そして、店主の一声でお茶の時間がはじまる。私は、他愛もない世間話で笑うこの時間がとても好きで、店主がまちの人たちや私たちに話す言葉をひとつも聞き逃したくないといつも思っていた。そこには、いつかいなくなってしまう大切な人の形見をすこしでも多く持ちたいという気持ちと、同時に店主を通して剥き出しになるこのまちのひりひりとした〝震災後〟を、自分の身体でできるだけ受け止めておきたいという欲があったことも告白したい。

それから、店主は拒絶していた写真にもすこしずつ近づきはじめ、遠方から友人が訪ねてくれれば一緒に記念写真を撮ったり、自分の作品を撮りたいと言って、その計画を話してくれたりすることもあった。悲しくなるから見たくないと、被災したまちをずっと避けていたようだけど、七夕まつりの日には自宅跡まで降りていって、草はらの向こうを運行する山車を「きれいだ」と言って、自ら写真に収めた。「これが最後かもしれないから」という冗談めかした言葉とともにシャッターが切られるたび、店主が写真と和解していくのが伝わってうれしくもあったけれど、それは同時に、彼がやはり死の淵にいるのだということを近くにいる者たちに強く実感させたと思う。

当時の私は、この写真館と、店主が起こすさまざまなことに夢中であった。けれど、それゆえに〝距離〟に関して戸惑うことも多かった。仕事先や店主の知人に会ったときには、まるで写真館の家族であるかのように扱われ、店主の様子などを問われたりすることも多かった。私は、それにそつなく答える自分に対して、なんとなくの居心地の悪さを感じていた。そんなことも店主は察していたのだろう。彼は折に触れて、「土着するなよ」「お前はもっと遠くに行けるぞ」と励ましてくれた。たしかに生活としては、時間の共有の仕方としては、まるで家族のような距離感で、私としても、なぜここにいるのかさえわからないし、それでもいいと思う瞬間が増えてはいたけれど、出会って間もないころに店主に言われた「何かをつくったり書いたりするやつは、対象と距離を取らなくてはだめだ」という言葉を思い出せば、随分と冷静になることができた。いま思えばそれは、店主が写真というメディアを扱い、小さなまちで他者の記憶を形づくる仕事を引き受けていくなかで身につけてきた技術そのものであった。

　対象に、土地に身体ごとどっぷりとつかりながら、でも決してそこに土着しない旅の者である。自分自身をそういう存在にしてしまうことで、私はやっと、物語的な死の淵にいる人の傍らにいることができる。その旅の仕方を教えてくれたのは、他でもなく、渦中にある店主その人だった。そしてこの感覚は、いまも私が何かをつくるときの芯となっている。

最後にひとつ記しておきたいのは、二〇一四年の一月、消防団の出初式のこと。年に一度の大舞台で、店主は団長として、団員たちの前で訓示を述べることになっていた。その前日、店主はいつもと同じように写真館に現れ、コーヒーを飲んでいた。明日は何を話すのかと問うと、「まだ決めてねえ。明日あいつらの顔を見てから考える」とうそぶいて、考え込むような姿勢になる。そのまましばらく寝てしまって、起き抜けで自宅に戻ろうと靴を履いた店主が、不意にこちらに向き直り、「今年の出初ではな、俺はあえて震災の話はしないぞ。これからのことを、希望の話をするんだ」と言った。もう三年も経つから、希望の話が必要だろう、と。当日は店主とともに会場に向かったけれど、結局その年は式が中止になってしまったために、ついに店主がその話をすることはなかった。そして、そのおよそ二週間後の早朝に、店主は自室で息を引き取ったという。四十九日が三月十日で、「震災から三年目の日を待たずに逝ってしまったんだねえ」とSさんが教えてくれて、出来すぎですね、とみんなですこし笑った。

店主が話そうとした〝希望〟が一体どのようなものであったのか、復興工事が進んで明かりの灯るまちを見ながら、いまもときどき考えている。

四年目

二〇一四年三月十二日——二〇一五年三月十一日

三月十三日

初めて東北で納骨の場に参列しました。
骨壺はなく、
焼かれたお骨が入った真っ白な袋を、
そのままそっとお墓の中に入れる。
白い袋は時間とともに朽ちるのか、
お墓の中には先に入ったご家族の骨が
広がって眠っていました。
その人もゆっくりと、ご家族と一緒に
眠るのだろうなと思いました。

その人の骨を包む白い袋も、
やがて朽ちるのだろう。
骨は、ひとりの個体という縛りからも
解き放たれて、
脈々と繋がってきた流れのようなものへと、
きっと還っていくのだろう。
流れに還って眠る、その安らかさを想う。

四月

四月一日

こちらも大分あたたかくなってきた。
山から降りてまちを歩く。
商店街のあった場所で
野球の練習をする家族がいる。
住宅のあった場所に

花壇をつくるおばちゃんたちがいる。
道路工事の休憩で煙草を吸う
おじちゃんたちがいる。

ぐるりと見渡す。
この前まで枯れた白色だったのに、
いつの間にか青い草が一面に芽を出している。
残っていたＮＴＴの建物も
解体がほぼ終わり、
流されたまちには道の形だけが残っている。
三年かけてここまで来た。
とにかく遠くまで見渡せる。
その先にあるのは、黒く青い海。

ここにまちがあったということが、
まず時間軸で、
どうしようもなく遠くなっていく。
感触、記憶、面影、におい、音、
これらはどうだろう。

いくら広く平らになっても、
死者を弔う花は、鮮やかにぽつりぽつりと
その場所に手向けられている。
現在に咲く花は、
それらの途方に暮れてしまうような距離を、
とても容易く縮める、もしくは、
なくすようだと思う。

高台を造る嵩上げの工事がはじまれば、
花を手向けることはできなくなるだろう。
おばちゃんたちがつくっている花壇も
埋まってしまう。
野球の練習をする草はらも、
おじちゃんたちがタバコを吸って
談笑する時間も。

三年経って、
やっとはじまる、本格化する。
あのまちから新しいまちへ。

その繋ぎ目の時間は、
どのようなものになるだろう。
生きている人たちにとってその時間は、
別れとはじまり？
そのふたつはちゃんと繋がっていくだろうか。
その繋がりが、工事のシートで覆われて
見えないままでは、いけない気がする。

四月二日

今日の午後はずっと、
流されたまちを歩いた。
晴れて、寒くはなくて、
日射しのきれいな午後だった。
大通りから一本入れば工事車両もなく静かで、
ただ右も左も平らな草はらが広がっていた。
ぽつりぽつり、花が手向けてある。
想い想いの小さなメッセージボード、
「守れなくて、ごめんね」。

広い市街地の草はらの中、
工事のおじちゃんがとことこ歩いて来て、
赤いスプレーで何やらマーキングをしていた。
ここもうすぐ工事？
二人組で仕事するおじちゃんたちは
なんだか仲がよさそうで、楽しそうだった。
広い草はらには、他にあまり人はいない。

五時のチャイムが鳴ると、
工事作業のおじちゃんが
たくさん並んで帰っていく。
色んな地方の方言が聞こえる。
おじちゃんたちは、どこに帰るのだろう。

四月七日

中学校の入学式、集合写真を撮りにいく。
震災から四回目の新一年生たち。
よく見ると、

体育館のステージ幕に縫われている校章は、
彼らの胸に付いている校章とは違う。
ここは間借りの校舎の体育館。
先月卒業していった三年生たちは、
自分たちのものではないこの校章の下で、
入学式も卒業式もやったのだ。

卒業アルバムの表紙の写真を
先生と検討していて、
体育館のステージで合唱している写真に
しようという話になった。
私が、幕の校章は見えないようにしましょうか
と聞くと、先生は、
いいんです、みんなあんまり
気にしていないですよ、と笑った。

四月十二日

どこに暮らすってさ、
その場所のことをみんな
よく知って暮らすべきだって思うの。
自分の子どもはもちろんだけども、
隣近所の人にも伝えていってさ、
未来にもずっと伝えて、大切な人さ守るの。
危ないとこに住むなら、その頭でいるのさ。

まちさ安全な所に作るにも
限界があるべな。
土地の問題、資金の問題、しがらみの問題、
技術の問題、さまざまあるよ。
完ぺきな安全安心なんかあると思うのかな。
過去の災害を知って、
できるだけ安全な所を選んで、
それでやっと、
その土地の現状をよく知る。
その場所に暮らすことができるんだと思うよ。
その場所に暮らすって、そんなくらい

覚悟と知識がいるもんなんだよね。
ただなんとなく
いてしまうかもしれないけんと、本当はさ、
そういうもんなんだとおら思うよ。

四月十三日

海辺には数キロメートルもある
ベルトコンベアが出来た。
対岸の土をすこしでも早く運んで
高台を造るためだ。
山を削り、土を運び、
また別の場所に山を造る。
動かざること山のごとし？
いま人は、山を動かしてしまうことができる。

復興という名目で
何でもしている、ようにも見える。
壊れたものを直すためなら、
何でもしてしまう雰囲気がある。
自然災害で変わってしまった風景を、
今度は人の手で変えていく。
どうして欲しいという話はよく聞くけれど、
さてどこまでやっていいのか？
という話し合いはほとんど耳にしない。

はて、風が強くなったもんだ。
海辺のもの何にもなくなったうえにさ、
山さも削れて、それはそうだよねえ。
鹿だのタヌキだのも居場所なくなって
下りてくるよね。
みんな居場所追い立てられてさ、
俺らみたいに仮住まいを探してる風だ。
いま我慢すれば、本当に
いいまち出来るもんなのかなあ。

壊れた田んぼは
ゆがんだ曲線で出来ていて、

そのふちに青い草が伸びて
色んな虫や鳥が住んでいた。
ここ半年くらいで直線がすごく増えた。
新たに区画が整備され、
工事のための構造体も増えた。
更に山も削れて、
やわらかな稜線はもう見られなくなった。
不自然に禿げた山は、
あれはもう山じゃないみたいだ。

もう我慢の限界だ。
いくらお金がかかっても、
多少自然がゆがんでもさ、
早く安心して
ふつうに家で暮らしたいんだよ。
それをわがままだと言われるのかな。
でもさ、どうしたらいいのかなんて、
俺にはわかんないんだよ。
ふつうに暮らしたいだけなんだよ。

＊

震災後のいままでの時間を、
復旧までの仮の姿、
仮の生活だと思いすぎることは、
すこし悲しいことだと思う。
さまざまな出会いや
語り合いがあったはずだ。
それは必ずこの先に繋がる時間で、
その前の暮らしとの
大切な接点にもなるはずだと思う。

色んなものが仮だとしても、
いま生きている時間が本物だということに
変わりはないはず。

四月十六日

まちの未来を考えようって言われてもね。

私らみたいなばあちゃんは
若い人たちの世話になるばりだからね、
あまり口出しできないなって思ってんの。
この仮設から出る足もないからす、
こうしてばあちゃんたちで集まって
体操してさ、
せめて病院行かなくて済むようにって。
それでみんなで笑ってね。

そうだねえ、若い人がまちにいないでしょ。
それがさみしいの。
小学校も昔は三組あったのが
いまはひとつ。
近ごろは大学さ出すのがふつうになって、
そうしたら帰ってこない人が多いよね。
うちの孫もそうなんだけんと、
その方が孫にとって
幸せかもしれないとも思うの。
だから口出しはしないのね。

ばあちゃんにできることは
自分の健康維持と、
感謝の気持ちを伝えること。
それが関の山だと思ってるの。
あんたらもこんなとこさまで
来てくれてありがとう。

＊

小学校の卒業文集。
「六年間で印象に残っていること」
というお題の作文は、
運動会のこと、修学旅行のこと、
学習発表会のダンスのことがほとんどだった。
震災のことを書いたのは
ひとりだけのようだった。
みんな色々なことを気遣って、
暗黙のルールを感じたりしながら、
言葉を書いているのかなと思った。

四月二十五日

桜の季節なので、
学校の校舎の撮影に走り回る。
校庭に仮設住宅が建っている学校、
他の学校に間借りしている学校、
被災したまちがよく見える学校……
それらのことを写さないように
撮影した方がよいのかと迷う。
子どもたちがこれから一生持つであろう
卒業アルバム。
みんなの学校は、どんな学校？

四月二十九日

三年目にしてね、
市街地にあった最後の建物が
解体されたでしょ。
そのときが一番ガクっと来ちゃったのよ、
とおばちゃんは言った。
いまは更にその上に土かぶせちゃってね、
ここがどこだかわかんないよね。
私はどこにいるんだろうって思うのよ。
最近ずっと風が強いよねえ。自然が怒ってる。
ねえ、そう思わない？

五月

五月一日

一年とちょっと前のこと。
津波に呑まれて辛うじて助かった人が、
携帯の機種変更の手続きを待ちながら、
津波がまちを襲う写真を
その日初めて見たという。
俺、じっと見て探してしまったよ、
俺と一緒に流されて死んでいった仲間が

写ってるんじゃないかって。
写真の中をずっと探したよ。

見えなかったけどさ、
この中にいるんだと思った。
俺は仲間を探し続けなきゃいけないから。
あいつまだ行方がわかんないからさ。
見つけてやんなきゃなんねんだ。

五月三日

仕事で花巻へ。
花巻は小さなまちで、でも
日常生活に必要なものは揃っている印象。
私が訪ねたお家は沿岸の出身の方で、
震災で友人知人がたくさん亡くなったという。
ここにいるとね、
震災のこと、考えられなくなるの。
だから私は震災の本が出るとみんな読むの。

そして時々海を見に行くの。

考えられなくなることがとても悔しい。
近いといえば近いのに、
このまちの人たちはふつうに暮らしてるでしょ。
私もふつうに暮らしてしまいそうになるけど、
いや、ふつうに暮らしてるんだけどね、
何が起きたか考え続けたいし、
友人たちのことを想い続けたい。
本を読んでるとね、
ひとりぼっちじゃないんだって思えるの。

ふと、高田のおばちゃんの言葉を思い出す。
その人は震災のとき、
内陸の親戚から何度も
うちに来いと言ってもらったのに断り続け、
六ヶ月も避難所にいたという。
みんな大変なのに、私たちだけ
楽してしまうのは何か変だと感じて、

それでここにいたんだけどね。
あのとき大変だったことを
みんなで乗り越えられたって、
それがいまでは自信になってるのよ。

―

五月六日―六月六日
小森はるか＋瀬尾夏美、ロンドンで滞在制作
（「ART ACTION UK The Residency 2014」）。

―

五月八日

ロンドンに来て初めて見た夢が、
高田のおばちゃんたちといつもの友だちと
みんなでレジャーシートをひいて
外でお弁当を食べているという夢だった。
おばちゃんたちは
支援でひまわりをもらったお礼として、
かわいいブローチを作って
みんなにプレゼントしていた。
おばちゃんたちは元気にふるまって、
どこかさみしげ。

レジャーシートの上でみんなが話す。
伝えることの大変さ、
忘れることの怖さとどうしようもなさ、
報道の大きな力と日常生活、
若者たちの気遣いとさみしげな顔、
あの人はいるけどあの人はいない、
被災の差によって
いびつになってしまった会話、
家の再建について、開発で壊れる風景、
生き残った後悔。

わかってもらえる訳ないのよ。
わかって欲しくもないのよ。
私たちには先もないしね。

おばちゃんたちは笑った口調で話す。
被災の軽い人(そんな人いるのだろうか)は
目を伏せる。
若者は微笑んだまま固まる。
よそ者はよそ者として口をつぐみ、
彼女らの目を見つめて頷く。

五月十五日

お世話になっている人が言っていた、
誰もが誰かを亡くしている、
それがこのまちなの、
ということをまず知ってもらう。
たくさんの人たちが
いまも仮設住宅に住んでいて、
大切な記憶の詰まった風景の上に
土が盛られていくのを見ている。
津波が置いていった痛みと、
そこに被さるように生まれる痛み。

五月十七日

流された高田のまちを新たに耕して、
畑を作っているのをSNSで見かけた。
そこは元住宅地で、およそ一年後には
嵩上げで土が被せられるはずの場所。
それでもその土地で、
土をおこして種をまき恵みを受けるという、
暮らしのはじまりをつくりだす。
この夏にはきっとその芽が出る。
その風景を想像する。

五月二十一日

大災害に遭って、つくってきた建物や道路や、
築いてきた人間関係が大きく傷を負う。
そのときに大切なことは、
生き残った人たちがどうやって、
いままでの暮らしの続きを生きていけるか、

ということなのではないか。
新しい物事をはじめるのではなくて、
災害で負った傷を労わりながら、
続きを生きること。

傷を労わるということは、
ただ悲しみに蓋をすることではない。
傷は、痛くても洗わなければならない。
つまり、なぜこうなってしまったのかを
しっかりと見つめ検証しながら、
同じことが起きないように
暮らしの続きをつくっていくということ。

今度こそ、
悲しみを伝える方法も、つくりだす。

五月二十七日

巨大な、希望のようなものがある。
それは見る間に膨れていって、
そこに暮らしている人たちを
押しのけてしまう勢いだ。
それは誰のものでもない、中身は誰も知らない。
希望と呼ぶことができるのかさえわからない。
でもそれが希望だと
信じている人がいる限り、
それは希望なのかと問うこともできない。

復興という名のもとに
行なわれる巨大な土木工事、
さまざまに入り組んだ差別や偏見、
人の気持ちを無視して下される
こころのない決定。
自然災害がもたらした傷は
確かに大きいけれど、
その上に人間が重ねていく傷の方が
痛いかもしれないね、
とおばちゃんは言った。

六月

六月八日

人の想像力なんて小さなものだと思う。
誰かの身に起きたことを
自分の身に引きつけて考えること、
想像を続けることには、
身体的にも精神的にも
かなり努力をしなければ難しい。
毎日の習慣にするくらいでなければ、
多分続かない。
食事の前に感謝の祈りをささげるように、
毎朝新しいお水を供えるように。

六月九日

一ヶ月離れていた高田に戻りました。

細かい雨が降る濃い霧の中
目を凝らすと、
風景はあまり変わらないようでいて
大きく変わっていました。
土を運ぶベルトコンベアが
市街地まで延びてきている。
山が削れた分だけ、かつてのまちの上に
四角い小さな山がたくさん乗っかっている。
工事の音が、どこまでも響く。

雨が降ると、削られた山が崩れていく。
盛った土が流れていく。
この上にまちを作るんだよ、
杭を深くまで打てば大丈夫なんだってさ。
元の土地まで届くような
途方もなく長い杭を打つんだ。
俺たちが暮らしたまちに届くようにな。
おじちゃんは目を細めて、
視線を地面へと逸らした。

六月十日

まちがあった場所に一面のシロツメクサ。
家々の区切りも、小さな路地も境目なく覆う。
ここ、家のあったとこなの。
きれいに咲いたから孫と一緒に
散歩に行ったのよ。
きれいね、悲しいけど、花きれいね。
おばちゃんはそう言って、
私に写真を見せてくれた。

この上に土被せて新しいまち出来るでしょ。
まちは早く出来て欲しいけど、
工事がはじまって、
ここに来られなくなるのが怖いの。
私、忘れたくないから
忘れないようにしてるのに、
いつか忘れてしまう気がして。
工事がはじまってみるとね、
触れられなくなるとね、
きっとわからなくなるの。

六月十七日

私病気あるからさ、遺影撮って欲しいんだ。
写真の現像を頼みに来たおばちゃんが、
ついでみたいに言う。
私ね、あのとき病院にいたから
波に流されたんだけど、
ぎりぎりで引き上げられて助かったのさ。
だからなのかな、死ぬのは怖くないけんとね、
家も流されたしさ、
一枚くらい写真遺すのも必要かなって。

めんこくして来るからさ、
うんとよく撮ってよ。
それが私の身体の代わりになるんだもんね。
ずっと飾られるんだもんね。

飾ってくれるかなあ。
小さくていいから飾って欲しいよね。
自分で額も選ぶのよ。
おめかししてね、納得のいくように。
急なお別れはみんな辛いよねえ。
お別れには準備が欲しいよねえ。

六月十九日

先日来てくれたおばちゃんから電話があり、
午後に遺影の撮影。
おばちゃんはきれいにお化粧して
上半身だけ正装してやってきた。
おばちゃんも私も緊張していた。
すこし話しながら、
でもやっぱりやわらかい表情の方が
おばちゃんらしいやと気づく。
緊張しますねって、
笑いあいながら撮影する。

来月娘に会うからね、
娘にどの写真がいいって決めてもらうの。
ずっと持っててくれるのは
きっと娘だもんねえ。
娘にとってのお母さんらしい顔がいいよねえ。
私が思う私じゃなくって、
娘にとっての私がいいかなって、そう思うの。
私、いままでの写真、流しちゃったもんね。
だからせめて、ねえ。

六月二十一日

流されたまちに咲いた弔いの花畑が、
嵩上げ工事のために撤去されることになった。
その通知が届いたのは、
ボランティアさんが瓦礫を取り除いて、
花畑を広げてくれた次の日だったという。
おばちゃんたちはすこしさみしそうな顔で、
今月末で立ち入り禁止となる花畑の

一部に咲いた花を分けあっていた。

でもね、私たちは
復興の妨げになることはしないと
最初から決めていて、役場にもそう伝えて、
この場所を使わせてもらっていたの。
この花畑がいつか消えるっていうことは、
最初からわかっていたことだから。
だからね、終わるときはそれでいいのよ。
おばちゃんは毅然としてそう言った。

暮らしていたまちが流された。
多くの友人たちが亡くなった。
その土地に触れながら花を咲かせて、
土の中まで染み込んだ哀しみを解していく。
それが、おばちゃんたちが
どうしてもと選んだ弔いの方法だった。
終わりがあることはわかっていたけれど、
ついに、そのときがやってきた。

復興によって、弔いの方法すらも、
変えざるを得ない時期が来た。

復興と弔い。
それらは反対しあうものではなくて、
とても近しいものだと思う。
しかし現場では、特に心情において、
さまざまなひずみを
生むことがあると感じている。

六月二十八日

一九九三年に
津波被害があった奥尻島に、
陸前高田のみなさんと視察に来ています。
いま奥尻に住んでる高校生は
津波のこと、知らないのさ。
当時ぎりぎり現役に復帰した
漁師さんもいまはもう辞めたのさ。

復興から十五年あまり経って、
いままた正念場だと感じるとのこと。

嵩上げ地も十五年も経てば
すっかりと馴染んで見える。
ずっと昔からこうなのかなあ、
いつからこの風景なのかなあ。
かつてここにあった風景を
想像することは、とても難しい。
築き上げた山の上にまちが出来て十五年。
その上で産まれた高校生は、
見たことのない元の風景を
写真の中に見たとき、
懐かしい、と言ったそうだ。

六月三十日

今日でおしまいの花畑。
たくさんの人が来て、

色んな場所に花を持って行った。
明日から嵩上げ工事の準備で重機が入る。
みんなで記念写真を撮って、
それぞれの場所に花を咲かせる約束をした。
それが、みんなが選んだ
この場所とのお別れの方法。

私は山の上のばあちゃんと一緒に
花を貰いに行った。
ばあちゃんと花畑のご夫婦は
とても久しぶりの再会を喜んで、
花畑がなくなることを一緒に悲しんだ。
ばあちゃん家の仏壇にはユリを、
花壇にはチューリップとアイリスを。

花畑が出来たことで、
たくさんの人が出会ったし、
再会もしたと思います。
おばちゃんたちのおかげだよ、すごいよ、
ありがとう。
この花畑はなくなってしまうけれど、
それがただ喪失感だけをもたらすのではなくて、
ずっと大切な縁として生き続けますように。

七月

七月一日

ずっとここで手を合わせてたけれど、
それもできなくなるねえ。
いまのうちにこの土地に触れておきましょうね。
感謝、感謝。
津波前から本当にお世話になりました。
そして、喪ったことの辛さに
耐えかねていた私たちに、
たくさんの花を見せていただきました。
ありがとう。

七月六日

一年前と同じように
バーベキューをしようとしたけれど、
真ん中に座っていた人が
今年はいないから、全然違う。
いることといないことは、
こんなにも違うのか。
いないことをみんなが知っているから、
より違う。

一人ひとりにとって、
その人の〝居なさ〟が違う。
不在を、見えなくなった、
触れられなくなったものを
共有することは
とても難しいということに気がつく。
この場にその人がいれば、
みんながその人がいることを共有できる。

しかし、その人がいなければ、
〝居なさ〟は、個々の、
死者との距離の取り方に依っていく。

亡くなっても語りかけ続ける人、
亡くなったら別の世界だと割り切る人、
生前と変わらないと言い張る人、
もう逝ってしまったんだ諦めろと言う人。
不在との距離の取り方は、
存在するときと同じようには共有できない。

七月九日

下を向けないおじちゃんは、
疲れていても、がんばろうと繰り返す。
俺らが引っ張ってやんねばなんね、
そうでなくては、まちはなくなってしまう。
おじちゃんの言ってる、
なくなってしまうものってなんだろう?

それはきっと、
ずっと昔からここに暮らして来た人たちが
次の世代へと受け渡してきた何か。

七月十九日

嵩上げ工事がはじまるからと片付けられた
弔いの花畑には、
ユリがすっくと立っていた。
ここに花畑があったという
象徴になると思うの。
だからこれだけはもうすこし、このまま。
おばちゃんが言った。
雨に打たれて、ユリの濃いにおいが
辺りを包んでいた。

このユリは、昨日お葬式が行なわれた、
九十五歳で亡くなったおばあちゃんのための
ユリだったんだって。

震災があって、
内陸の娘さんの所に行っていて、
ずっとここへ帰りたいって言ってたんだって。

七月二十日

呼び出されて行ったら、おじちゃんたちが
ふたりきりでお祭りの準備をしていた。
昔はすごかったぞ、
祭りの準備にみんな集まってさ、
夜中までやるだろ。そこから飲みに行くのさ。
朝まで飲んでそのまま仕事に行って
また次の日もおんなじ。
あのころ最高おもしかったなあ。

おんなじにはもう戻れないからさ、
いま思えばあのときを
もっともっと楽しんでればって思うよね。
まちなくなるなんて、

仲間みんないなくなるなんて
思いもしないよね。
戻れないのさ、
もうなくなってしまったんだもんな。
でもまたおんなじのに戻れないかなって、
やっぱりいまでも思うんだよねえ。

新しいまちだなんだって言われてもね、
本当の本当はさ、前のがいいのよ。
そうはいかないのはもちろんわかってるけど、
それでもあれが欲しいって思う。
その気持ちは強くなるよ。
復興工事はじまって
まちの跡が見えなくなってきてさ、
祭りも最後だなんて言われるとさ。
怖くなるんだ。本当になくなるんだって。
めちゃくちゃに色んなもの失くしてから
三年経ってさ、
まだ失くすものがあるなんて、
思いもしなかったよねえ。
色んなもの、これからも失くすんだよねえ。

七月二十五日

仮設住宅から
写真が詰まった封筒が送られてきた。
結婚式、旅行、居間での食卓、
玄関先での家族写真、戦争に行く少年の肖像。
ご本人らしき女の子は
いつの間にかおばあちゃんになって、
仮設住宅でお孫さんとピースをしてる。
おばあちゃんの生きた数十年が詰まった
十三枚の小さな写真たち。
これは大切な写真です。
私は思い出の写真を
すべて流してしまいました。

親戚や友人に借りて、
やっとこれだけ集まりました。
何気ないと思っていたものこそ、
私の、私たちの人生だったのです。
もう一度これらの写真を手元に置けることを、
うれしく思います。

＊

七夕の準備にお邪魔して、
初対面のおじちゃんとふたりで
花を折る作業をした。
おじちゃんは三十年間消防団として活動して、
辞めたすぐあとに震災が起きたそうだ。
消防団は辞めてたけんと、
身体が覚えてるんだよね、
すぐにこの公民館さ来て
避難誘導はじめたのさ。
集まって来た人さ落ち着かせてね。

あのときのことを思い出すとさ、
やり切れないんだよ。
あのときああしてれば、こうしてればって、
尽きないわな。
すこしずつのことで、
生きたか死んだかなんだよな。
俺はね、もっと助けたかった、
全員助けたかった、
誰も死んではいけなかったんだよ。
できることはもっとあったんだよ。

おじちゃんは
目を真っ赤にしながら作業を続ける。
他のまちでは「津波てんでんこ」って
言葉があるけどね、
俺にはなかったんだよ。
このまちにもなかったって思うんだよ。
誰かを守ろうとした人がたくさんいた。
それで死んだ人もあるし、生きた人もあるんだ。

私はある消防団員のおじちゃんが
言っていたことを思い出す。
家族守れねえで、
隣にいた団員も守れねえで、
何が消防団だって言われたよ。
確かに俺らは
家族も団員も守れなかったけど、
それでも消防団が助けた人も
確かにたくさんいたんだよ。
それをちゃんと俺の口から
伝えなきゃだめだって思うんだよ。

誰かを助けようとして亡くなった人、
他人を助けて家族を亡くした人、
目の前で人が消えていくのを見た人。
いま生きている人たちが
それぞれに抱える強い後悔。
自分自身もそれを抱えていたおじちゃんは、
その人たちの生を、
彼らの抱える後悔も含めてすべて
包むようにして、
強く肯定しようとしたんだと思う。
生きている人たちの後悔を
肯定したうえで、
苦しくとも、反省と検証を、とも。

七月二十七日

復興工事が進んで、市街地に入れなくなった。
手向けの花はあちら側へ。

＊

通行止めで誰もいない市街地は、
静かすぎてとても奇妙だった。
ふと、歌が聞こえた気がした。
この土地に染み付いた歌。

八月

――

八月七日

お祭りの終わりはとてもさみしい。
この場所でできる最後のお祭りの夜は、
ここで暮らした人たちにとって、
どのような時間になっただろう。

八月十一日

月命日の花火大会。縁日広場には、
はしゃぐ子どもたち、中高生のカップル、
浴衣姿の若い親子連れ、孫を連れたじじばば、
たくさんの人が集まりました。
全身を揺する爆音とともに光る花火の中に、
生きている人も亡くなった人も、
みんな一緒にいるようでした。

八月十三日

駅があった場所でスケッチをしていると、
開放された駅通りの入り口から、
ぽつぽつと車が入って来るのが見える。
二十歳前後の若い人たちが、
花束を持って降りてきた。
ここ、もうほんとになくなっちゃうんだって。
やばいさみしい。
俺汽車通学だったからさあ。
さようなら、しなきゃね。

草はらのように見える流された市街地を、
彼らは迷うことなく歩いていく。
この場所、この方角、この高さ。
持っていた花を手向けて、手を合わせる。
遠くてよく聞こえなかったけれど、
彼らはその場所でしばらく話をしていた。
そして神妙でもなく、はしゃぐでもなく、

淡々と、来た道を戻っていった。

別の車が入ってきた。
ふたりの小さな子どもとその両親と祖父母。
駅通りに車を止めて、
広い草はらに続く小道に入っていく。
みんなでゆっくり歩いていって、
ある場所で止まって、
しゃがんで手を合わせる。
しばらくすると子どもたちは
はしゃいで走り出す。
お母さんが追いかけて、
みんなが笑って付いていく。

高く盛られた土の上で絵を描いていたら、
おーい、何やってんのって、
お世話になっている写真家の方が
手を振ってくれた。
今日は姉と来たよ、
土地の相談にね、市役所に。
あなたは、絵を描いているの？
その人はにこっと笑って、
続きを描きなさい、という身振りをして、
また手を振ってくれた。

八月十九日

宮城県沿岸のまち岩沼、七ケ浜、荒浜……
亡くなった方たちの名前が彫られた
慰霊碑に手を合わせる。
こうしてそれぞれに名前がある人たちが
本当にたくさん逝ったんだ。
その人に向けて
手を合わせに来る人がいるんだ。
どうか安らかに。

たくさん亡くなったって言うけどね、
誰々さんが亡くなったっていうことなの。

一人ひとり本当に生きていたんだよ。
だからこうしてね、一人ひとり名前を刻んで、
繰り返しなぞって、祈って、
ひとりも忘れられないようにするんだよ。
またこんな大被害が出ないように、
亡くなった人たちの命の重みを
みんながわかるように。

八月二十二日

何が検証は終わっただあ、よく言うよ。
証明写真を撮りにきたおじちゃんが
急にそう言った。
あんだもそう思わね？
このまちの津波の検証はもう終わりって、
そんなことあるかね。
少なくとも俺は何も聞かれてねえど。
生き残ったやつみんなに
聞かなきゃなんねんだよ。

そんなにすぐ終わんねんだ、検証は。
いまはまだ話せない人もいる。でもね、
いつか話すんだ。
戦争の検証もまだまだ終わってねえのに、
三年前の津波の検証が
終わったなんてことあるか？
俺はさ、まだ話さなきゃいけないことも
あると思ってるし、知りたいこともあるぞ。
苦しくても、それをやんねばなんねんだ。
生き残ったんだから。

おじちゃんはそう言って、
自分の免許証を取り出した。
この免許はな、
津波に流されて再発行だって、
避難所で写真撮ったやつなのす。
この疲れた顔を見てけらいや。
見たくはないけんと、

時々見て、あんときのことさ、
思い出すようにしてるのさ。
できればさ、
この写真さ一枚コピーしてけらい。
俺のお守りにするのさ。

なんで俺がこんな経験するのがなあ、
俺が生きてるうちに
震災になったのがなあって
思うときもあるよ。でもさ、
これからは生き残った人間として
生きていくしかないのさ。一生な。
それはもう変えようがないんだよ。

八月二十六日

近ごろは、
高田のまちに延びる復興ベルトコンベアを
写真に撮りに訪れる人も多い。
かっこいいすよね、復興早くなるんすよね。
その無邪気な振る舞いに、
ここにあった風景を想う人たちが困惑する。
削られた山も埋められた草はらも、
失いたくはなかったんだよ。

八月三十一日

失ったものはあまりにも多い。
何十年もかけて作ってきたものを
数年で取り戻そうとしているから、
たくさんのものが同時に壊されていく。
あの山もなくなっつまった、
あの川もコンクリになっつまった、
あの石も埋められつまった。
仕方ないんだ、お金も時間もないのさ。
取り戻さなきゃなんないもの、
どうしても必要なものは何だったろう。
その対価として

何かを失う覚悟はあっただろうか。
失ったもの、失っていくものはなんだろう。

いつかのワークショップで中高生たちが、
震災前は震災前で後は後です、
と言っていたのを思い出す。
べつに不便なのは仕方ないと思うけど、
でもやっぱり海の近くに住みたいな。
海で遊べなくなるのは嫌ですよ。
あと一番大事なことは、
人が死なないことです。
あと必要なものは、特にないです。

九月

―

九月七日

ここが、私の実家なの。

私たちは高く高く積まれた土の山を見上げる。

＊

今日は明け方から、
いつもお世話になっている人と一緒に、
流されたまちを歩いた。
彼女がこのまちで生まれ育って、
結婚をしてお母さんになって、
まちの人と関わりながら、
ご夫婦でお店を切り盛りした
数十年という時間を
行ったり来たりさせてもらった。
彼女の言葉は、風景に奥行きを与えて、
鮮やかな色をつけた。

明け方の薄暗い平らなまちは、
さまざまな記憶を
豊かに受け入れるようだった。

やがて太陽がのぼって晴れ間が見えてくると、
光は無造作に伸びた草を輝かせて、
掘り返されたアスファルトを際立たせる。
記憶たちはそのまぶしさで
見えづらくなってしまうようだった。
さっき見たものを忘れないように、と思う。

なくなってしまったとき、
なくなってしまいそうなときに、
初めて人は消えてしまいそうなそれを
思い出そうとするのかもしれない。
このまちにはいま、
言葉にされはじめた記憶がたくさんある。
忘れたくない、知って欲しい、
残しておきたい。ここにいた、ということ。

ふつうに暮らしていたら
思い出そうともしなかったようなことを
思い出すんだよね。

弟がここでどうしたとか、
娘がここでああしてもらったとか、
ご近所さんのあのときのあの表情、とかね。
そういう何気ないようなものがね、
何だろうね、鮮明にね、ふっと蘇るんだよね。

九月九日

復興工事のベルトコンベアね、
あれが止まったときだけほーっとするのよ。
とっても静かなの。
工事の人たちは休みなく急いで
やってくれてるの、わかってるんだけどね。
すこしそっとしておいて欲しくなるのかなあ。
あれが止まるとね、すごくほっとするの。

九月十一日

私気づいたんだけどね、

ここ数年は魚の肌がきれいだなって。
津波は本当に大変だったけど、
海の汚いものを全部
攫っていってくれたんじゃないかなって。
だから魚もきれいなのね。それでね、
今年はりんごもきれいだって気づいたの。
きっと潮風が
真っ向から当たるようになったから、
つやつやと光るんだよ。

海がきれいになると丘もきれいになるでしょ、
風も水もきれいになるでしょ。
そうするとね、ここで育つものは
みんなきれいになるんだよね。
そうしたらさ、
それを食べてる私たちの身体の中も
きれいになってるかなあ。
言葉もこころもきれいになるかなあ。
そんなことを想像してるのよ。

九月十二日

私もう家を建てたのよ。
だけど正直な気持ち、仮設さ離れたくないの。
ここの人たちは一番大変だったときを
一緒に過ごした人たちだからね。
それに三年かけて気心が知れてるでしょう。
新しい家は周りに知ってる人がいないの。
昔のご近所さんもいないし、
家流された人もいない場所だからね。
温度差っていうの、心配。

それにね、今度は
まちからすこし離れた所なの。
私は車もないし、遠くまで歩けないでしょ。
お隣さん遠い、知ってる人いない、
家族は仕事で夜遅いでしょ。
この歳で新しい部落に入るのは億劫だから、
家にずっといるんだろうね。

引っ越してからの生活を想像すると怖くなる。
せっかく家さ建ててもらったのにね。

仮設にずっといていいなら
そうしたいって言っている人もあるよ。
年寄りひとりで家建ててもなあって、
それならここにずっといて、
同じ気持ちの仲間と一緒に最期までって。
でもみんな事情が違うからね。
考えるだけでね、
なかなか口には出さないんだよね。

九月二十一日

ごろごろとした
アスファルトの塊が散らばって、
まちの中心だった大通りの解体がはじまった。

わあ、こうなっちゃうともう
道だか何だかわかんないよねえ。
ここがあの通りだって、
こんなに簡単にわかんなくなってしまうんだ。
昨日まではわかったのに
今日はもうわからなくて、
明日はもっとわからないかもしれない。
なんていうか、とても怖いし、さみしい。

＊

弔いの花畑の、最後の秋。
たくさんの人が亡くなったからこそ、
この場所に色を取り戻したい。
この土地に触れることで、
亡くなった人を慰めたい。
ここで咲いた花を分けあって、
それぞれの弔いを手助けしたい。
ここで出会った人たちと、
ともに生きていきたい。

九月二十七日、二十八日、
十月四日、五日
小森はるか＋瀬尾夏美、
ロンドンで展覧会
「Deptford X 2014」に出品
(St Paul's Church)。

―

九月二十八日

今回展示をさせていただいているのは
教会の地下室。
昔はお墓だったというこの場所で、
津波のあとを生きる人たちの、
ともに暮らした人たちへの
弔いの所作を、伝えることになった。
遠いロンドンにも、
ともに泣いてくれる人が
たくさんいる。

十月

―

十月一日

トークに来てくれた建築家は、
シリアやイラクのような
戦地の復興に携わっているという。
迅速さを求められる巨大な復興のなかで、
建築の力によって守れる
命の少なさを嘆いていた。

戦地の復興と東北の復興は
似ている部分がたくさんあると彼は言う。
復興工事のなかで暮らす人びとの
抱える想いの複雑さは同じだと思う、と。
だけど、
災害の翌日から立ち上がろうとしたこと、
時間をかけて巨大な復興工事に

集中して取り組めることは、
戦争がなくてお金と技術がある
日本ならではのことだと思う、と。

世界中でさまざまな破壊があって、
人がそこにまた暮らす限り、
まちを直さなきゃならない。
その過程に
国や地域それぞれの事情が重なって、
次に造られるまちの輪郭が決まってく。
理想郷が出来る訳ではない。
ただ、そこに暮らしている人びとが
新しいまちを愛せるようになるかどうかは
その過程にかかっていると私は思う。

いつかここにあったまちと、
これからつくっていくまちが、
いまここで生きようとする人たちによって
繋がれていくことが、とても大切だと思う。

過去を忘れないこと、
いまを放棄しないこと、
未来への想像を怠らないこと。
それはきっと、
同じ過ちを繰り返さないということ。

十月九日

復興工事の邪魔になることはしたくないの、
してはいけないの。でもね、
自分たちが生きてきた場所が
土の下になってしまうんだよね。
辛うじて残ってた道とか大きな岩もね、
ただ平らに埋めてしまうんだよね。
復興って、ここで生きてきた私たちを
埋めてしまうことなのかなあって
思うときがあるの。
過去と後悔とともに生きては
だめなのかなあ。

十月十二日

花畑のお手伝いに、
金沢と盛岡から
二年間通い続けた大学生たち。
昨日今日は花畑の解体を一緒にやって、
持てるだけの花を
それぞれの学校へ持っていく。

ここで出来た縁に、本当に感謝します。
明日は土に埋まる花畑のために、
ありがとうございました。
個人の復興、まちの復興、
これからも長く続くと思いますが、
みなさんに貰った元気を糧に、
私たちはがんばっていきます。
みなさんいままで本当にありがとう。
おばちゃんたちからの感謝の手紙で、
みんな泣いてしまう。

この縁を今日で終わりにしたくありません、
また来てもいいですか。と大学の先生。
ボランティアでお手伝いできることが
なくなってきたとき、
その縁を繋げるにはどうしたらいいのだろう。
支援で出来た関係をどうしていきたいのか、
どのように継続できるかたちに
していくのかということが、
双方に問われる時期になった。

十月十五日

このまちで生まれて育って、
ずっとここで暮らしてきたおじちゃんに
話を聞いた。
おじちゃんは
流されてしまった地区公民館の跡地で
津波の話をしてくれたのだけど、
しばらくすると、

でも楽しいことがいっぱいあったんだよなあ、
と目を細めた。
俺ね、忘れっぽいからかもだけんとさ、
いい思い出しかないいんだよ。

箱庭みたいな小さなまちに
何でも詰まってさ、
俺なんか幼稚園から仕事場まで
みんなここにあったんだ。
ああ思い出す、いくらでも思い出す。
おじちゃんは、幼稚園のメンコ勝負から
退職後の民生委員の集まりまで、
何時間も話し続けた。
色んな行事も街並みもみんな惜しいけど、
一番悲しいのは、
仲間がいなくなってしまったことだよ。
これから仲間つくれるかなあ。
俺にできるかなあ。
でも、やんねばなんねえのさ。

おじちゃんの話を聞いていると、
人が溢れる、きらきらとしたこのまちの日常が
浮かび上がってくる。
おじちゃんにとってのこのまち、
おじちゃんの毎日。
このまちが、おじちゃんの生きてきた日々、
そのもの。

おじちゃんにとっての
きらきらとしたこのまち、
おばあちゃんにとっての戦中戦後のこのまち、
お父さんにとっての
出稼ぎで家族を残したこのまち、
お母さんにとっての働きまわったこのまち、
若者にとっての閑散としたこのまち、
小学生にとっての草はらみたいなこのまち。

色んな世代の人から、
いま聞くことができるおよそ八十年間の、

さまざまなこのまちの姿。
そのどれもが本当で、等しく大切なもの。
そしてこのまちはきっと、
彼らの生きてきた日々の
一部やほとんどを担っている。

十月十九日

すべてを剥がして、埋めてしまったとき、
どうやって現在地を把握しよう。
ここにあった時間軸も、隣近所の関係も、
流れていたリズムもなくなってしまったとき、
それでもここがここであるということに、
どうやって価値を見出せるだろう。
答えはきっと、
いま、ここ、に、
ともに生きる人びとにあることを、
みんなわかってる。

ともに生きる人びととは、
過去にここで生きた人たちと、
いまここで生きている人たちと、
これからここで生きるだろう人たちのこと。

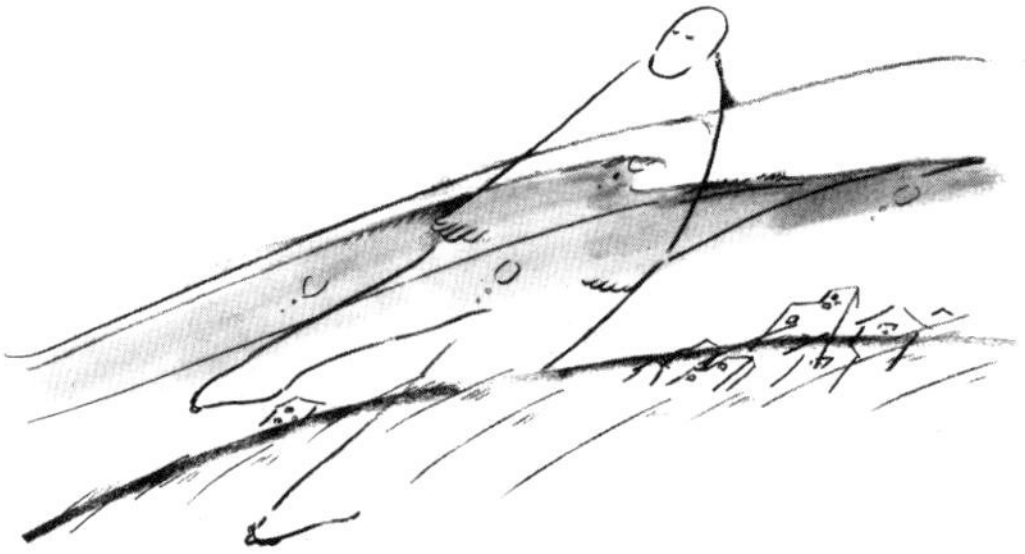

十月二十六日

まちの痕跡はすっかり均されて、
広い砂利地になっていた。
ここに何千もの暮らしがあったということを、
私はたくさんの人の話を聞いて、
知っている。
ここに立てば、その人たちの言葉を
何度でも思い出す。

十一月

十一月五日

久しぶりに流された市街地を歩いた。
駅に近づいたら、駅はなかった。
ロータリーもすっかり埋め立てられて、
十メートルもある山が出来ていた。

私は、よいしょ、とその山を登ってみる。
広く平らな山のてっぺんを
工事のトラックが走っている。
ここはどこだろう？と思う。
もともとあった山は、随分と近くなった。
ロータリーに手向けられていた花や、
駅のはす向かいにあった小さな祭壇や、
通り沿いにあった
いくつかの名前が書かれた立て札を思い出す。
トラックも私も、
その上を無遠慮に動いていることに気づく。
気づけなくなる、次に進む、忘れていく、
新しくなる。

十一月六日

市街地のあった場所の盛り土は、

常に移動したり高くなったり
大きくなったりしている。
以前は、ここまでこうなったなあと
気づけていたけれど、
次第にその変化に鈍感になっていく。
今日も工事中だ、
早く完成して落ち着かないかなあ。
忘れることや迷うことに、
鈍感になっていく。

私の育ったとこも
あんなに山が削れてしまってね。
その土がこっち来てまた山になってさあ。
最初は驚いていたけど、
もう見慣れてしまった。
早くうるさいの終わんねえかなって
思うようだ。
これじゃ新しいまちのことさ
考えてるんじゃなくて、
早く落ち着きたいって、
自分たちのことばり考えてる気がしてね、
申し訳ないっけ。

＊

俺この間ヨーロッパさ行ってね、
高田の状況を話したの。
そしたら相手の人がね、
こんなに自然が豊かな所で、なぜこんなに
人工的な工事をやるのって言ったのさ。
俺何にも言い返されなかった。
ここに暮らしてたら、仕方ないことだとしか
思わなくなってたんだよね。
でも、もう、
これが俺たちの選択なんだよね。
たまには外さ出なくてはだめだなあ。
色んな見方があるっけな。でもな、

もともとはそんな機会の
少ないまちだったのさ。
震災あって、外の人も来るようになってな。
そしてまちの外さ出してもらう機会も
出来たのさ。
いままたすこしずつそういうことも
なくなってきてるけんと、
俺はもうすこし
踏ん張りたいと思ってるのさ。

十二月

―

十二月二日

震災のすぐあと、
新しい言葉を発明しなければ、と
しきりに考えていたことを思い出す。
いまある言葉では表わせないことが
たくさんあると思っていた。
でも、もしかしたら必要だったのは、
言葉を扱う技術の
発明だったのかもしれない。

十二月三日

まだ年賀状を出せる気分ではありません
という人もいて、
それはきっと本当なんだろうと思いながら、
二〇一三年のお正月、ある人に
あけましておめでとう！と
言われたことを思い出す。
家族をたくさん喪ったその人に、
周りの人は気を遣っていた。
彼はそれを察して、
明るくそう言ったんだと思う。

いつまで被災者でいればいいんだ、

三回忌終わったら、
俺だってまた結婚してもいいかなって
思うこともあるんだよ。
気持ちは晴れなくても、
新しい年は来るんだよ、
おめでとうという気持ちを
分かちあってもいいじゃねえか。
俺みたいな立場のやつがちゃんと言わないと、
みんなが萎縮するじゃねえか。

おじちゃんはその一年後に
亡くなってしまったけれど、
私はその不器用な優しさを、
折に触れて思い出す。

十二月二十三日

ふと振り返ったら、道路の反対側で
交通整理をしている人と目があった。
いつもこの辺りで歩いていると会う
おじちゃんだった。
おう、久しぶりだな。
働かねば食えないからな、
おじちゃんはなんだか恥ずかしそうに言った。
工事がはじまってみんないなくなっちまって、
さみしくてな。
俺くらいはここにいようかと思ってさ。

みんな平らになっちまって、
道路も変わって工事の四角い山も
どんどん移動する。
ここがどこだかさっぱりわからなくなるようだ。
でもさ、俺の家はそこにあったし、
俺たちの部落は
確かにここにあったはずなのさ。
すこしでもここを離れたら
それさえ忘れてしまいそうでな。
だから俺はここを離れないのさ。

＊

工事車両が行き交って、
まちの痕跡も山の稜線も
まっすぐに変わってしまった。
ふと、神聖さはどこに行ってしまったのか、
と思う。
それが何を指すかはよくわからないけれど、
それが失われた、
もしくは見えなくなったということには、
気づくことができる。

十二月二十四日

災害公営住宅の奥に
ベルトコンベアが光っている。
夜になると、まるで都会みたいな景色になる。
災害公営住宅とベルトコンベアの間には、
流された平らな市街地がある。
それは、暗くて見えない。

十二月二十五日

嵩上げ工事のために撤去された
おばちゃんたちのお店は、
高台に移動していた。
お店がなくなったら、
みんなが集まれなくなってしまうと
心配していたけど、
プレハブのお店はそっくりそのまま
市街地を望める高台に移っていて、
またその中でみんながお茶をしていた。

おばちゃんたちは、
流された地面に花を植え、
手をかけ続けることで、
津波の前と〝それから〟を
しっかりと繋げてきたんだ。

二〇一五年

一月

一月七日

病気になったり歳をとったりして
すこしずつ死に近づいていくとき、
その時間は
本人にとっても周囲の人にとっても、
死を受け入れる過程になっていく。
その過程はドラマチックなものではなくて、
驚いてしまうくらいに
淡々としたものなのかもしれない。
事故や災害で突然訪れる死には、
その過程がない。だから、
もしかすると、その人が亡くなってから、
その人が死へ向かう過程を
過ごさなくてはならないのかもしれない。
被災したまちで
幽霊を見るようになった人が多いのは、
そういうことなのかなと思う。

時には、本人は死ぬことを受け入れながら
亡くなっていったけれど、
周りにいた人はそれに気づいていなくて、
その死を突然だと思うということもあるだろう。
そしてその逆もまた、あるのだと思う。
そのとき幽霊は現れるのだろうか？

一月十日

震災からの再建を待ってた勤め先がね、
工場建てるのに材料費が跳ね上がってしまって
突然無理になってしまった。

仕方ないからハローワーク行ってさ、
そこで復興関係の人らの
運転手の仕事を貰っていまやってるのさ。
働いてる人、
みんな遠くから来てくれていてね、
そしてとんでもなく意識が高いのさ。

みんな朝から晩まで、大変なときは明け方まで
必死に働いてくれていてね、
地元の俺らが怠けてたらだめなんだって
強く思ったよ。
工事遅いって言う人もあるけんと、
色んな色んなことがあって仕方ないのも
痛いくらいにわかるようになった。
工事現場に行けば、それでも
進んでいるのがわかるしね。

この歳になってたくさん勉強させてもらってね、
これからもっとがんばりたいって思うんだよ。
おらにできることはやりてえって、
俺らのまちのことだから。
そう思えるようになったんだよ。

一月十一日

小学校の卒業アルバム、
思い出ページ用のデータを選ぶ。
今年卒業の六年生たちの、
二年生までの遠足や交通安全教室の写真には
津波前の高田の街並みが写っていて、
三年生の運動会では
子どもたちが走る校庭から
被災した平らなまちが見える。
三年生に上がるときに転校していった子が
たくさんいたことも知った。
十二歳の子どもたちにとって
三年十ヶ月前はどのくらい遠いのだろうか。

大人が思う距離とは随分違うような気がする。
八歳から十二歳、身長もぐんと伸びて
顔も随分と変わって、
知らなかった言葉もたくさん覚えただろう。
彼らの身体の成長と
まちの変化のめまぐるしさは、
どちらが大きいのだろう。

——

二〇一四年十一月十五日—
二〇一五年一月十二日
仙台で展覧会
「記録と想起 イメージの家を歩く」に出品
（せんだいメディアテーク 六階 ギャラリー4200）。

——

一月十五日

展覧会の搬出完了。陸前高田で三年、
仕事をしながら文章や絵をつくって、
小森と住民の方と一緒に映像をつくってきた。
震災後の作品を網羅的に展示して、
地元の人も含むたくさんの人に
ほぼ初めて見てもらって、
一番多く貰った言葉は、
「ありがとう」だった。

一月十八日

風の強い晴れの日、久しぶりに米崎町。
道が変わり山が削られ
堤防の工事がはじまり、
とさまざまな変化はあったけれど、
風景の印象は
それほど変わらないように感じた。
風景とは、どのような変化のなかでも
変わらないもののことを
言うのかもしれないとも思った。

ここに暮らしている人にとっては
大変化が起こっていると思う。
馴れ親しんだ街並みが壊れ、更地になり
その上に新しい道を引く。
それはいままでにない、
目を疑うような大きな変化だけれど、
ぐっと視点を引いたとき、
風景の印象はきっとそこに残っている。
山と地面の関係、海岸の形、
空の色、風、光の射し方、など。

懐かしい風景と、
私の身体の大きさ。
私の身体は風景に対して小さいから、
記憶している懐かしさは
とても細部に拠っているのかもしれない。
すこし引いて見たときに、
風景の変化と私との、折り合いのつけ方が
見つかるかもしれない。

一月二十一日

数日前、居酒屋さんで
知り合いのおじちゃんに声をかけられ、
久しぶりだなあ！俺彼女出来たぞ！と。
おじちゃんは津波で
奥さんとお子さんを亡くしていて、
三年目の三月十一日の飲み会で、
俺も新しい家族作っていいかなあ、
許してもらえるかなあと言っていた。
私は、おじちゃんが笑顔でうれしいな、
と思った。

もうすぐ四年。
津波で配偶者の方を亡くされて、
新しいパートナーと再婚された方も
たくさんいる。
この子とこの子が兄弟になった、
なんてこともある。

新しい命が生まれた家庭もある。
家族一人ひとり、
それぞれに複雑な気持ちもあると思う。
でもその複雑さのなかに、
幸せがたくさんあるのだと思う。

消防団の団長だった店主が
昨年の出初式で話そうとしていたことを
思い出す。
今年の出初ではな、
俺はあえて震災の話をしないぞ。
これからのことを、希望の話をするんだ。

一月二十四日

弔いの花畑があった場所の真ん中に
大きな道路が通った。
おばちゃんがその脇でせっせと土を掘り返し
軽トラックに積んでいた。

もうどこがどこだかわからないわね。
私なんて昨日実家に帰ろうと
車を走らせていたらね、
道に迷ってしまったの。情けないでしょ。
おばちゃんはすこし寂しそうに笑った。

その場所を歩いて写真を撮ったり
スケッチをしたりしてきた
三年間だったけれど、
これからはすこしずつ、
話を聞くことを再開したいと思う。
このまちの人たちの中にはまだ
あのまちがあり、
そこにいた人たちがいる。
すこしずつ色々なことを教えてもらって、
書き留めたいと思う。

いま思っていることのひとつは、
聞き手がいなければ

語りは消えてしまうのかも
しれないということ。
あのまちやそこにいた人たちに出会う場所は、
生きている人たちの
語りの中だけになっていくかもしれない。
だからこそ、話してもらう、
言葉にしてもらう、
その機会を作ることが大切だと感じてる。

一月二十五日

草木がざわざわと揺れて、
中から生きものたちの声がする。
植物と地面に光が跳ねて、
きらきらと踊っている。
自然という
得体の知れない大きな存在の中で、
ちっぽけなひとりとして暮らすことは、
とても気持ちのいいことだと思う。

このまちに暮らす人の多くは、
たくさんの命を奪った自然災害を
恨む気持ちよりも、
命を守れなかったことを
悔やむ気持ちの方が
大きいのかもしれない、と思う。

二月

二月六日

一年ぶりに
海辺のりんご畑のご夫婦のお家へ。
おふたりともお元気で何より。
ご夫婦の畑はお家の裏山にあって、
そこから海が臨める景色がとてもきれい。
今日もそこから写真を撮らせてもらおうと
思って振り返ったら、

りんご畑も裏山もなくなっていた。

復興工事が来たんだよ。
俺らも歳取ってしんどくなってきていたし、
もう辞めることにしてさ、
畑も山もみんな売ってしまったのさ。
安くて安くて驚いてしまったなあ。
おじちゃんは苦笑する。

震災の次の春、
津波で減ってしまった畑に、
おじちゃんは
新しいりんごの苗木を植えていた。
この木に実がなるまでには
あと五年はかかるけんと、
まあやってみようと思ってね、
と言って笑ってた。
まだまだ細いその木には、
実が付くことはなかったという。

二月二十日

広島土砂災害から半年というニュースを見て、
私はやっとその出来事を思い出す。
メディアは、アラームになる。
個人では気にし続けられないことを、
社会という視点が忘れないでいてくれる。
そればかりに頼り続けるのは
危険だと感じつつも、
おかげで私は会ったことのない人たちの
冥福を祈ることができる。

その逆もまた。メディアによって、
私は遠い場所で起きている
悲しい出来事について考えはじめてしまう。
隣町で起きた災害さえ知らずに
幸せに暮らせていた時代とは違って、
メディアによって結び付けられた
遠くの悲しみを背負いながら、

日々の生活を続けなくてはならない。
知る権利と、知らないでいる幸せ。
知る責任と、知らないふりをする自由。
それでも私は知りたいと思う。
それはおそらく
好奇心のみから生まれるものではない。
社会的な私が要請する
想像力の拡張への欲求と、
誰かのことを想いたいという原始的な欲求。
私でない誰かのことを、想いたい。

二月二十一日

復興工事がはじまるからと
撤去されたおばちゃんたちの畑から、
新しい芽が出てきていた。
日差しがすこしだけあたたかい。
きっと、春は近くまで来ている。

復興工事のおかげで、
いままでに見たことのない角度で
まちを見渡すことができる。
この景色が見られるのは、
ほんの一瞬のことだろうと思う。
工事は仮、仮、仮……の姿を
繰り返し変化させながら、じわじわと
得体の知れない新しい風景をつくる。

まちの中心部にあった
駅通りの入り口まで歩く。
元の道を埋めて工事用の道路を通したために、
距離がぐっと近くなったようだ。
こんなに小さな所に、
あんなに色々なものがあったんだねえ、
私の人生のほとんどさ。
交通整理をしていたおじちゃんがつぶやいた。

私がカメラを向けると、

重機を動かしていたおじちゃんは
手を止めてピースサインをつくった。
流された市街地にポツリと建ったコンビニは、
復興工事で出来た需要を
吸い込むだけ吸い込んで、
復興工事に追いつかれて閉店した。
ここもうすぐ土に埋まる。

二月二十二日

知っているおじちゃんがテレビに出てきた。
私が普段接している
底抜けに明るいそのおじちゃんが、
亡くなった奥さんを想って、
お仏壇に手を合わせて泣いている。
おじちゃんの毎日に、
そういう時間があったなんて知らなかった。
みんなひっそりと喪失に向き合いながら、
このまちで生きている。

喪失と向き合う、というよりは、
付き合うの方が近いかもしれない。
見て見ぬ振りをすれば、
傷が膿んでしまうかもしれない。
真正面から向き合えば、
倒れてしまうかもしれない。
傷を抱えながら、
付き合いながら生きていく。
その方法を探りながら、つくりあげながら。

二月二十五日

四年という時間が経って、
より迷いが強くなっている人も多い。
誰もが歳をとるし、まちを離れる人も増える。
過疎化していたまちに津波が来たということ。
震災のあとの大変さがすこし静かになって、
やる気やがんばりでは
紛らわすことのできない課題が、

クリアに見えるようになってきている。

津波が来てからの四年間、
大小さまざまな決定が積み重なり、
後には引けない雰囲気になっている。
ふるさとという言葉は
いまでもうつくしいけれど、
何か重たさのようなものが
付随してきてはいないだろうか。
逃げ出したいときもある、
それでもどうしても大切だと思う、
ふるさと。

誰もが苦渋の決断をしている。
どの決断にもきっと、
さまざまな側面がある。
せめてその決断が、
あまりにも否定しあわれないように、
互いへの攻撃にならないように、と思う。

削られる山を見ながら、
おらいのまちはどこさ行ったんだべ、
と言うおばちゃんたちと、
自分のまちのドキュメンタリーを見ながら、
どうなってしまうんだか本当にわかりません、
と言う都会から帰ってきた若者たち。
俺らが引っ張ってやんねば、
と踏ん張るお父さん方と
家のことも考えて欲しい、と言うお母さん方。
それでもきっと、
色んな想いは共存できるはずだ、と思う。

二月二十八日

四年が経つ。
帰ってこない人がたくさんいる。
いなくなった誰かを探し続ける人も
たくさんいる。

まだ探してるのかなんて
言われることもあるのよ。でもね、
苦しかっただろうから、
せめて骨のひとつでも
拾ってあげたいって思うのよ。
最後に抱きしめてあげたい、
そして、
安らかな場所で眠らせてあげたい。

流された市街地は土に埋まってしまった。
手向けの花も土の下へ。
今年はその場所で
手を合わせることができないという。
工事車両が大きな音を立てて
行き来する旧市街。
せめて防災無線の音だけは
きちんと響いて、
手を合わせる人たちの気持ちが
届くようにと思う。

三月

―三月六日

震災当初にボランティアに入っていた方と
消防団のおじちゃんたちの飲み会。
震災関連のテレビに
知り合いが出ているのを見ながら、
また三月が来るんだなあ、
この四年は速すぎたよなあ、とおじちゃん。
この輪の中心にいたはずの人は
もういなくて、
四年という時間の長さも
同時に感じさせられるテーブル。

不思議だよなあ、
震災がなければあんたがたと
出会うこともなかったんだよなあ。

それがいまじゃこんな風に
思い出話みたいなことで笑ったりできる
仲になってしまったな。
色々なことはとっても大変だけんとも、
出会えたことはすごくうれしいよなあ。
それもまた本当のことだでば。

ここに座っていたはずのあの人にも、
そんな風にうれしい時間があっただろうか。
悲しみと悔しさを抱えながら、
それでもうれしい、楽しいと思える瞬間が
いくつかはあっただろうか。
そんなことを考えるとき、きっと、ちゃんと
神さまが与えてくださったはずだと
思う自分がいる。

全然信心深くなかったんだけど、
震災があってから、
このまちに来るようになってから、
そんな風に思うことが増えた。
祈らずにはいられない、
信じずにはいられないような気持ち。
それを抱えて生きることは、
おかしなことでもないように感じている。

三月七日

ボランティアの
受け入れをしているお兄さん。
あるとき、
学生に語り部を聞かせたら泣いてしまって、
それ以来、学生団体には
津波のことを話さないという。
いまボランティアに来る学生は
震災のこと、よく知りませんから。
津波のことは伏せて、
ただいいとこだなって
思ってくれればいいんです。

色々なことに
疲れてきているかもしれませんね。
聞くことにも、知ることにも、
伝えることにも。
もうこれでいいかなあ、
仕方ないかなあって。

三月八日

細かいことって大事だなって、
最近思うんだよね。
慰霊碑の向きとか追悼式の日取りとか
工事をはじめる順番とか、
そういうところに
心遣いって出ると思うんだよね。
復興復興って巨大な土地作ってもね、
その上に誰がいるか、
一人ひとり、その顔が大切なの。
俺らがここに住み続けたいって、
そういうことなんだよ。

あとね、
しんみりする時間が欲しいなって、
それが必要だったなとも最近思うの。
亡くなった人たちのこと、
もっと考えたかった。
そうしないと先に進めないんだって、
いまさら思うの。まだ間に合うかな。
しょげ返る時間、つくりたいんだよ。

がんばれがんばれ、前を向けって、
おんつぁんたちは言ってくれるけど、
まだ俺らそこまで行けねんだ。
申し訳ないけんと、
まずは後悔に向き合わないとだめだって
最近思えるようになってきたんだよ。
若い男の子は一つひとつ、
言葉を選びながらそう話した。

三月九日

しょげ返るという言葉を、
震災から半年の
このまちで聞いたことを思い出す。
みんなしょげ返ってしまっているようだな、
と言って、
おじちゃんはすこし微笑みながら
眉をひそめていた。
その表情を見た私は、
しょげ返る時間は
出来事に向き合う時間なのだと感じていた。
大変な状況のなかの、
しんみりとした穏やかなひととき。

三月十一日

お昼ごろ、震災の法要の帰りという風情で
見知らぬ男性が店にやってきた。
彼が訪ねに来た相手は、
すでに去年亡くなっていた。
それを告げたときの
男性の表情が忘れられない。
私は、彼にとって
あまりにショックなことを伝えるための
態度が取れていなかったと思う。
彼は無事に帰れただろうか。

弔いについて

二〇一四年。陸前高田では、いよいよ復興工事が目に見える形で進んでいくようになる。かつてのまちの痕跡をきれいに剥がし、掘り返し、生活に必要だったすべての仕組みを地下から取り除き、無機質な更地に仕上げる。対岸の山を削り、ベルトコンベアで土砂を運び、かつてのまちがあったその場所に、十数メートルの高さまで積み上げ、新しい地面をつくっていく。海に近い土地に巨大な土木工事による嵩上げを施し、その上に市街地をつくるというのが、このまちの〝復興〟の大きな軸であった。発災から三年が経ち、その計画は周知されていたはずではあるけれど、いざそれがはじまってみると、人びとは予想していなかった二度目の喪失に出くわすことになる。かつて自分たちが暮らした地面との別れの切なさはきっと、誰もが想像したよりも随分大きかった。また、震災による行方不明者の捜索が不十分なまま、かつての地面を埋めてよいのか、という声があったこともここに記す。

多くの人が亡くなった山際の集落に出来た花壇は、二年あまりで広大な花畑になっていた。聞けば、発災から半年程経ったころ、この一帯にも自宅跡地を中心に花を植える人がぽつぽつといたそうで、その人たちが集まって、せっかくだから元の集落全体を彩るように広く花を植えようと話しあったという。その後、数名の有志が引き受けるようになり、ときにボランティアを募りながら、その全体を世話していくようになった。中心となっていたのは、花畑の道路向かいにプレハブで再開した農機具店のおばちゃんだった。もともとその場所に自宅兼店舗を構えていたK夫妻は、復興工事がはじまるまでの期限付きで店を構え、山の上の仮設住宅から通って仕事をしていた。被災した広い街場に再開した数少ない店舗のひとつで、「農機さんがここに再開してくれたときは、うんとうれしかった。おかげで、悲しいだけの場所ではなくなった」と語る人もいた。暮らしの営みを再開することによって、その場所に張り付いた、津波による喪失のイメージを更新し、過去との繋がりをもう一度紡ぎ直していく。このお店があることで、かつて自分たちが暮らした場所に「お茶飲みでもしよう」と集えるようになり、更に、花畑を世話するという名目で日常的に通えるようにもなった。そこは、広大な草はらのようになってしまったかつての市街地に、彼らが自らの手でつくりあげた〝居場所〟であった。

弔いの行為が居場所をつくる。それは誰かの死とともに生きようとする人間が、その工夫のなかで手に入れる作法や技術においては、ごく普遍的な事実かもしれない。この震災で、五〇〇キロメートルにも及ぶ沿岸が津波に洗われ、二万人近くの死者、行方不明者があった。原発事故で立ち入れなくなった場所のことはわかりようがないのだけれども、私が訪ねたどの集落にも、ぽつぽつと花が手向けてあった。最初は瓦礫を片付けたその一角に、やがて家屋跡の白い土台の上に。痕跡が剥がされてもなお、花はなるべく近い地点に置かれている。誰かの死を悼む人は、手向けの花が枯れ落ちないように訪れ続けるから、その場所を見失うことがないのだろう。手を合わせて祈る間は、故人の、もしくは自らの大切な場所に留まることができる。それは、荒野となったふるさとにゆっくりと触れることができる唯一の時間であったかもしれない。

一方で、手向けの花はその背景を知らない旅の者にさえ、そこにかつて生きた人がいたのだということを知らせてくれる。もはや広大な草はらにしか見えないその場所を歩くとき、旅の者は、その手向けの花を見つけることで、知らない誰かの死を想い、その場に見合う歩き方を選ぶことができる。

荒野を彩る一点の花が、形なき者の存在を表象する。目に見えないものを象り、その存在を誰かに知らせる行為は、表現をするということの原初的な姿でもあるだろう。忘れたくないし、忘れられたくもない。通りすがりの者すらをその悲しみや物語に巻き込んでいくエネルギーは、素知らぬふりをする居心地の悪さから、それに巻き込まれた者を救ってもくれる。生き残った者が荒野につくりあげる祈りの場で、いまは形なき者と旅人と弔う人が出会い、つかの間、ともにいることができる。

山際の花畑は、私にとっても居場所であった。おばちゃんが、「誰でも集える場所にしたいのよ」と言うとき、その〝誰でも〟にはきっと、いまは離散している元の集落の人たち、かつてここでともに暮らした死者たち、遠くからここを想う人たち、そして旅の者も含まれていたと思う。荒野のようになった市街地につやつやと光る花畑には、花がきれいだという一言を持ちあえば、誰もがいてよい。実際に、この場所にはさまざまな旅人が現れる。日本一周を目指す自転車乗り、海外から来たボランティア、話を求めて歩き疲れた新聞記者、突然ジャグリングを披露する大道芸人……変わった人、楽しい人、辛そうな人。本当に多様な人びとが立ち寄るのを、おばちゃんたちは時に楽しみ、時にすこし面倒そうにあしらった。

花畑には、ちょうど昔でいう一里塚のような感じで、いかがわしい旅の者が、その土地に居続ける人たちに何かしらの刺激を運んでくるというひとつの側面があった。特に、遠方から継続的に訪れる学生ボランティアとの交流は、おばちゃんたちの気持ちの大きな支えになっていたと思う。被災したまちでは、どうしてもその当事者性の強弱によって、いてよい場所とそうでない場所が分けられてしまいがちであるけれど、この花畑はそういった境界すらをやわらかく抱擁する、おばちゃんたちが発明した稀有な場であった。私もよくその片隅にいさせてもらって、なんでもない時間をたくさん過ごした。

その花畑の解体を知ったのは、小森と一緒にロンドンでの滞在制作に参加していたときだった。復興工事をはじめるために囲いのロープが張られた様子を、知人がＳＮＳに投稿していたのだ。私はiPhoneの画面に映し出された、囲われた花畑の画像を見ながら、とてもさみしい気持ちになっていた。おばちゃんたちが被災から素手でつくりあげてきた〝居場所〟が、もう間もなく、復興工事によって壊されてしまうのだ。その痛みは、〝これから〟をつくっていくために必要なものらしいけれど、それでも彼女たちからふるさとの手触りを奪う権利が、一体どこの誰にあると言えるのだろう。

陸前高田で復興工事が進んでいると想像するだけで、居ても立ってもいられない気持ちであったけれど、私たちには、ロンドンの片隅で陸前高田のことを伝えるという仕事があった。一ヶ月の滞在中に、小さなオルタナティブスペースの一角で展覧会とトークイベントを行なうことになっている。実を言えば私たちは、陸前高田に拠点を移してからの二年間、まとまった作品を制作していなかった。日々目の前で起きることをメモするだけで精一杯だと思ったし、作品をつくるタイミングがいつなのか、そして誰に見せたいのかなど、なかなかイメージが湧かなかった。それでも何も持たないで来るのは心許ないという話になり、二〇一二年につくった《Ｋさんの話していたことと、さみしさについて》

（小森はるか＋瀬尾夏美）という作品を持ってきていた。これは、二〇一一年の一年間に聞いた陸前高田のKさんの語りとそこにあった風景を描写した、映像とテキスト、ドローイングからなる作品である。遠く離れた異国の地で一体何が伝わっていくのか見当もつかなくて不安だったけれど、ともかく作品を設えて、展覧会をつくっていく。

それでも会期がはじまると、ぽつぽつとお客さんが来てくれた。併設するカフェの利用者や編み物サークルのお母さん方など、普段アートを見ないであろう人たちが多い。彼らは会場に入るとじっと映像を見つめて、ゆっくりと時間を過ごす。そして、思い思いの感想を伝えてくれた。そこには〝東日本大震災〟とか〝陸前高田〟という固有名詞は出てこなくて、「うつくしかった」とか「僕も彼女と似た喪失を抱えているかもしれない」という彼ら自身の身体的な感覚が現れてくる。日本で作品を発表するたびに〝震災もの〟の冠があてがわれ、展示をすることが怖くなっていた私は、遠い土地で、あのまちにある本当に大切なものの芯が、すっと受け取られていくことにとても感動した。映像に映る陸前高田の海を見つめて涙を流す人や、テキストに起こされたKさんの言葉に微笑む人の姿を見ながら、私はあのときあの場所にあったものの意味を、あらためて知っていくように思った。

そして滞在の終わりのころに小森と話しあって、陸前高田に帰ったら、新しい作品と対話の場をつくろうと決めた。あの場所にかろうじて残っているかつてのまちの痕跡や弔いの場、そして、それらに染み付いているはずの人びとの記憶を形にとどめよう。間もなく形を失ってしまうものたちに、別の〝居場所〟をつくろう。

一ヶ月ぶりに陸前高田に戻ると、やはりすこし様子が変わっていた。工事のためのオレンジ色の柵がまちのいたる所に立てられている。手向けの花すらもあちら側に隔てられ、もう触れることができない。花畑はその面積の半分を囲われた。久しぶりに会ったおばちゃんたちは「復興の邪魔になることは私たちの本意じゃないの」と毅然とした口調で言う。どうしたってその奥にある複雑な想いは伝わってきてしまうけれど、このまちにはいま、それを口に出すことが難しい構造がある。

〝復興〟は喜ばしいことであるはずだけれど、ここには確かに違和感が存在している。復興工事の正体は巨大な公共事業であって、緊急的に行なわれるために、人とも自然環境とも対話する時間がほとんどないまま、とてつもないスピードで進められていく。まちの人たち一人ひとりに目を向ければ、友人知人が奮闘している復興の道筋に異論を唱えることは憚られるし、それぞれの〝安住の地〟をできる限り早く手に入れたいと考えるのは、人の気持ちとしてごく自然なことだと思う。自身の身体が拒絶しても、その苦しさを口に出すことすら難しい状況が、あのころ確かにあったのだ。

花畑は、その花を貰い受けたいと言う人たちに分けられていって、日に日に小さくなっていく。色が失われていくことはさみしいけれど、別れの時間はにぎやかであった。私と小森はその様を映像に撮り、居あわせる人たちの会話に耳を傾けた。語られる言葉のその横には、語れなかった言葉が確かにある。それも忘れずに、書き留める。最後のボランティアの終わりに別れと労いの言葉を告げて、涙する学生たち。むき出しになった茶色い地面をいつまでも撫でているおばちゃんの手つき。抜かれ損ねた花の後ろで、懐かしいはずの山の形が壊されていく。私たちは作品に、この違和感や矛盾を確かに残そう。けれど、それをいますぐ根治させる術は、やはり持ってはいなかった。

やがて弔いの花畑は土に埋まった。市街地があった広大な土地には、日々、角ばった小山がひょこひょことつくられ、繋げられたり崩されたりを繰り返しながら、自在に形を変えていく。もうさほど時間はかからずに、かつて暮らしていた地面がすべて埋め立てられ、新しい地面が現れる。その傍らで二度目の喪失に引き裂かれていたとしても、人びとはここで生きていかなくてはならない。誰も止められない大きな構造のなかで、ちぐはぐさを飲み込みながら暮らしを営んでいく。それはきっと、被災地域に限らず、誰しもが抱えている矛盾でもある。悔しさはある。でも、たくましく生きること、したたかに生き延びること、そのこと自体に尊さがある。

振り返ってみれば、〝復興〟における違和感や矛盾がここまで剥き出しになったのは、二度目の喪失に向き合っていたこのわずかな時間だけだったかもしれない。一度途絶えたように見えた弔いの所作も、たくましく、したたかに、形を変えながら新しい地面に宿る。その事実に私は、人が生きるということの本質を思わずにはおれない。

五年目

二〇一五年三月十二日――二〇一六年三月十一日

三月十二日

忘れるか／忘れないか、ではなく、
考え続けるかやめてしまうか

三月十三日

すっかり夜が明けるのが早くなった。
気仙川の河口にかかるベルトコンベア、
つくりかけの防潮堤、
削れた山と高く積まれた土、
奇跡の一本松、
被災し遺構になる予定の中学校。
朝焼けがまぶしくて、
すべて同じように黒い影。

三月十五日

今日はある中学校の卒業式へ。
この学校は校舎が被災したために、
山奥の閉校した小学校を借りている。
卒業生たちは三年間、
スクールバスに乗って仮校舎に通った。
校歌には太平洋を臨む校舎、松原、
自然豊かな山々がうたわれている。
そのほとんどがいまはない。
唯一残った山々も、復興工事によって、
姿を消した。

彼らの先輩がつくった復興宣言は
「形あるものはすべて失ったけれど、

自分たちの心の中にある形のない文化を
引き継ぎ繋いでいこう」というもの。
生徒も先生も入れ替わる、
校舎も場所も風景もまちも変わった。
それでも受け継がれるものって、
何があるだろう？
脈々と手渡されてきた何か。
それをふるさとと呼べないだろうか。

三月十六日

友だちが転勤で内陸へ。
ステップアップのときなのに不安げな顔。
内陸だと震災のこと、
わかってもらえないいんじゃないかって。
たとえば三月十一日に
休みを取らせてくれるのかなとか
考えちゃうんだよね。
仕事場でのささやかな言葉遣い、
ふるまいや決定の一つひとつが
予想がつかなくて怖いんだ、と彼は言った。

三月十九日

生きているということは、
誰かの記憶装置になるということ。そして
蓄えたものを伝える媒体になるということ。
人はお互いにそういう存在なんだと思う。

自分の身体に、外の世界を露光する。
誰かの言葉、表情、風景、歴史、色、
におい、関係性、間合い……
その蓄えが私になる。
人は記録装置、フィルムなのだと思う。
誰かと出会ったとき、そこに写っているものを
互いにじっくりと見あう。
私を見る相手の姿もまた、
焼き付けられていく。

三月二十九日

海の見える露天風呂で
おばちゃんたちが世間話。
あのときね、沖に船を出そうとして
途中で渦に呑まれた方が
たくさんあったのよ。
ぐるぐるぐるって呑まれてね、私、
ここにいるとそれを思い出すの。
おばちゃんは目を伏せる。
そうだったの、
この海の先に行ってしまったのね。

静かにしてると波の音が聞こえるねえ。
風も強くないし、
やっぱり気持ちいいよねえ。
だから毎日通ってしまうんだけんと。
悲しくてやり切れなくても、
ここさ通ってしまうんだよねえ。

四月

四月五日

ひと月ぶりに会ったおばちゃん。
震災後から
ボランティアの受け入れを続けていて、
前年度末で一区切り。
すこしは気が休まったかなあと思っていたら、
随分落ち込んでしまっていた。
ボランティアさんの写真と
被災したまちの写真を交互にめくっては
ため息をついて、動きだすことができない。
被災直後の写真を指さして、
このときはまだこんなに残っていたのにね、
とつぶやく。市役所、市民会館、
スーパーマーケット、郵便局……

被災したけど確かに形は残っていた。
いまはその道すじも含めて、みんな土の下。
私たちの知らない間に工事が進むの。
みんな埋められてしまうの。面影もすべて。
ボランティアさんももう
来なくなってしまったね、
いつかみんないなくなってしまうのよね。

さまざまなものが流されて、
そこから走り続けたおばちゃんにとって、
この四年間は一体どんなものだったろう。
人に出会って、受け入れて繋がって、
その時間は楽しくて
充実していたと語りながら、
四年の節目で去っていく人びとの
背中を見送る。
出会いにともなう別れのショックもまた
大きくて途方に暮れる。

震災で失ったものたちへの喪失感、
悲しみ、さみしさは消えずに増して、
気づけば残ったものも壊されて、
出会った人は去っていく。
五年目がはじまる。

四月九日

お昼休みにプリントに来たおじちゃん。
スマホってかえって不便ですよねえと
笑いながら、赤ちゃんの写真を何枚も選ぶ。
僕ねえ、この前まで愛知で
お巡りさんやってたんですよ。でね、
やっとこっちに来れると思って仕事探してね、
それで単身赴任で来たんです。
娘から送られてくる孫の写真が楽しみでね。
春からスクールバスの運転手になったんです。
あっちこっち仮設住宅巡って帰るんですよ。

子どもたちもなかなか遊ぶ時間がなくて
大変なんだなって。
来るまではそんなことまでわからなかったけど、
みんな我慢してることも
たくさんあるんだろうなって思ってね、
不甲斐なくてね、なんだか泣けてしまってね。

それぞれの時間があって、
五年目の春を迎えている。
離れていく人、離れられない人、
やっと来れた人、まだ来れない人。
それぞれにちゃんと流れていた、
四年の時間。

四月十二日

被災したまちを見るのは辛くて
耐えられねえと話していた人が、
被災直後の写真を撫でながら、
こんなに色々残っていたんだ、
懐かしい、と目を細めることがある。
時間が経って、変わることもある。
被災直後の写真は悲しみだけではなく、
そこにあった
愛おしい暮らしの痕跡も写している。

—

四月二十五日—五月五日
小森はるか＋瀬尾夏美、陸前高田にて巡回展
「波のした、土のうえ」in 陸前高田を開催
（喫茶風［ぷねうま］二階）。
この展覧会は巡回展の形式をとっており、
その後現在に至るまで、日本各地で開催。

—

四月二十三日

陸前高田で初めての展覧会の準備。

喫茶店の二階を借りて、
壁を立てて部屋を区切って設えて、
映像と絵やテキストの展示をつくる。
窓から見えるのは復興工事と、
すこし遠くに海。
この場所でやることに
意味がありすぎるけれど、
やれることだけをやろう。

四月二十七日

悲しいことにね、
地元の人でも色あせてきてるのさ。
すこし前までは、あのまちの痕跡を見れば
ここにあったまちのこと、
ここにいた一人ひとりのことを
思い出せたのにね。
それもいまはないから。
さみしんだ、でも複雑なんだ、
ひとりの中でも仲間内でも、
色んな気持ちがあるんだ。
難しんだ、仕方ねんだ。

四月二十八日

写真より絵を見た方が
色々思い出せるもんだべなあ。
こういうのを想像力っていうんだべ。
おらにもそんなのが一応あったのかって
思うようだ。
たまたま寄ったというおじちゃんが、
カカカと笑いながら話す。
いがった、いがったなあ。

表現を介して、やっとはじまる会話がある。
それは本当にあるんだなあ、と思う。

＊

展覧会に来てくれたおじちゃんが言う。
津波で全部流されてさ、
家とかなんとかなくなったらね、
高田の地形がようく見えるようになったのさ。
そしたらなんでか不思議なことに、
とってもうつくしいなあって思ってしまう
自分もいたのさ。
うつくしいなあ、どうしてもうつくしいなあ、
こんなに悲しいのになって。

五月

五月六日

高田の花畑から貰ってきた花が、
東京の実家で咲いていた。
花畑はなくなってしまったけれど、
あの場所であの人たちが
花を咲かせていたという事実は消えなくて、
現在にきちんと繋がっている。

五月二十五日

きれいだね、たくましいね。
買った花は手をかけても
みんな枯れてしまうけど、これは枯れないね。
また来年も、咲くんだろうね。

新しい地面はいつまで新しいままなのだろう？
いつまで新しくいられるのだろう？
新しい地面が新しくなくなったとき、
何かを忘れてしまった、失ってしまったと
感じるのかもしれない。いや、
それにすらも気づけないのかもしれない。
何日、何ヶ月、何年、何十年……
新しい地面といつかの地面。

時間が経ってその境界が見えなくなったとき、
そこにあるものは、
まさしくここにあったものの
続きであるだろうか？

—

陸前高田市高田町森の前地区に、
地域の憩いの場となっていた
「五本松」という巨石があった。
今度の嵩上げ工事で埋められた。

—

五月二十六日

土曜日、地域のシンボルだった
大きな石のお別れ会。
津波で流された部落の中心にあったその石が、
ついに復興工事で土に埋まる。
津波のあとは地域の人たちが

土地の弔いのためにと、
周りにたくさんの花を植えていた。
花は半年前にすべて抜かれ、
復興工事を待っていた。

石の周りを提灯で囲む。
地域の人たちが輪を作って盆踊りをする。
音楽が流れ出すとみんな無言で踊りはじめる。
その手つき顔つきが妙に色っぽくて、
この人たちはいま、ここにいない人たちと
ともにいるのだなあと思った。
土地が、あちらとこちらを結ぶ時間。

おばちゃんたちが作ってきてくれたご飯を
囲みながら昔の写真を見る。
一枚の集合写真を
何十分もかけてみんなで見る。
ああうちのお父さんだ。あれは私よ。
さあこれは誰でしょう。

あの人名前何ていうんだっけ。
懐かしい懐かしい。涙出る。やだあ私も。

風に吹かれながら小さな灯篭に火を点ける。
俺、どうしてもこれをやりたかったんだよ。
みんなが協力するけどなかなか点かない。
点けるなって言うのかよ、
お前らのためにやりたいんだよお。
やっと火を点けると、おじちゃんは
ほっとした顔つきになる。

会はずっと笑い声であふれていた。
部落の長老が出てくれば
長い話にみんなで付き合って、
名物司会が笑いに変える。
おばちゃんたちの手料理を
子どもたちが配膳したら、
おいしいねえとおしゃべりがはじまる。
思い出話に泣きながら、

お互いの肩を抱きあってそっと笑う。
みんなに役割がある。
おしゃべりも心配性もせっかちものんびりも
何も考えないのもうるさいのもお調子者も、
みんなわかりあっているから、
それぞれの違いを楽しみあえる。
ずっと一緒にいたがらね、
みんなのことよおくわかってっからす、
本当に安心して暮らせるんだよねぇ。

みんなで寄せ書きもした。
五本松の石はこころの支えでした、
ありがとう、ずっとずっと忘れません。

この盆踊りができたのは、おばちゃんたちが
この場所で花畑をつくっていたからだと思う。
その花畑が出来たのは、
この土地に深い愛着がある人たちが、
ここにいた人たちへの想いを
形にしようとしたからだと思う。
深い愛着があるのは、
ずっとずっとここに暮らした人たちの
綿々たる営みの軌跡だと思う。

この場所は土に埋まってしまうけれど、
この部落のことを、せめて、
本にまとめたいと思っています。
会の終わりに若い代表がそう言うと、
おばちゃんおじちゃんたちが拍手をする。
ありがとう、がんばってね、がんばろうね。

五月二十七日

おじちゃんに昔のアルバムを見せてもらう。
お祭り、同級会、登校班、野球チーム、
夫婦バレー、商工会、青年会、婦人会……
家族写真ではない、

地域の写真がたくさん入っている。
ここに写ってる人たちはまず、
みぃんな仲間なのさ。
母ちゃんともここで出会ってなあ。
だから俺はこのまちが好きなんだよ。

生まれたときから地域の繋がりの中にいる。
俺は父ちゃんの息子として生まれてさ、
◯◯さん家の△△ちゃんて呼ばれてね。
今度は俺の息子が△△さん家の□□ちゃんて
呼ばれるようになる。
みんなが誰かの誰かっていう世界なのさ。
楽しくてあったかくて面倒でね。
俺なんかはその外で生きたことがないのさ。

まちが流されて、
みんなが散り散りになった。
何のためって死んでしまった人のために、
まちの続きをつくるんだよ。

いなくなった人たちが
守りたかったまちなのさ、
その無念を晴らすために復興するんだよ。
俺はその想いだけでやってるんだけんとね、
なかなか伝わらない気がしてもどかしいのさ。

いまの風景見てっと、何か大事なこと
間違えてしまったような気がしてね、
すんごく不安になるのさ。

知れば知るほどやんたくなる。
何も知らない方がマシだって
思うこともあるよ。でもさ、
俺にはいなくなったやつらの顔が
見えるからね、
そうも言ってらんねえのさ。
本当は大人だってみんな辛いのさ。
でもね、若いやつらの前で
弱気な顔は見せらんねえよなあ。

＊

息子さんが消防団活動中に亡くなった
おじちゃんに、消防団長だった人が
つぶやいていた言葉を伝えた。
おじちゃんは、そうかあ、とため息をついた。
みんな言えなかったことを
抱えているんだよなあ。
目を赤く腫らしてすこし力の抜けた
その姿を見ていると、私も涙が出た。

六月
――

六月二日

このまちに似合わないような気がしていた
立派な公営住宅にも、
それぞれがそれぞれの
場所をつくりはじめていた。
小さな畑に水をやる人、
集会所でお茶を出す人、
話したい人と話を聞きたい人。
人はきっと、どこにでも根付く
たくましさを持っている。

流された市街地を埋め立てる
新しい地面は、また高く広く、
のっぺりと平らになった。
均された土のある部分を見て、
ここはどこかと想像することは難しい。
高く高く、遠く遠くへ引いたときにやっと、
ここが確かにあの場所だ、
ということがわかるのだと思う。

六月三日

まちの中を歩いていると、

あの花畑と同じ色あいの花壇を
見つけることがある。
高台の住宅地、隣町の仮設住宅、
喫茶店の裏、道路端。
この花どこで貰ったんですか？
これはお友だちが貰ってきたのを、
きれいねって、おすそ分けで貰ったのよ。
どこから来たのか知らないけれど、
きれいよね。

たくましくしたたかに、
遠くの場所で根付いて、
それぞれに伸びていく。

六月九日

山奥の仮設住宅で一日過ごす。
朝みんなで体操して、
ゆっくりとお茶飲みの時間。

私が描いた絵を持って行ったら、
おじちゃんもおばちゃんも
自分が描いた絵を出してきてくれて
ミニ展覧会になった。
もっといっぱいあったんだけどねえ、
流してしまったのす。
いまはもう描く気力ねえでば、描かないの。

私はね、まちを記録したいって
街並みをずらーって絵に描いて
絵巻物にしてたんだけどね。
九十センチを一センチとして描いてたから、
九十分の一サイズだでば。
だから一本が二十メートルもあったんだよ。
それ四本も流してしまったのす。
もったいないね。
いまこそ記録が必要なのにねえ。

でもね、知ってる人や

知り合いの知り合い伝ってです、
流してしまったでしょって、
私が描いた絵の写真やらを
送ってける人も多くあるのさ。
いまとなっては
私が描いた絵の断片さ頼りにして、
記憶をつくっていくようだ。
不思議なもんだでば。

ごめんください、と
仮設集会所の戸を叩く音。
内陸から支援でレタス持ってきました、
と老夫婦。
実は私たちもこっち出身でね、
居ても立ってもいられねくて
何か支援したいって、
震災の年から百姓はじめたんです。
ご迷惑かもしれないけれど、
もしよかったら食べてくれませんか？

おじちゃんの絵をみんなで見る。
ああ懐かしい、思い出す、思い出す。
ここにあの店あったよねえ、
こっちはあれだねえ。
ああ、この絵は比較的新しいから
私たちの暮らしてたときの店は少ないねえ、
震災前は随分さみしくなってたんでしょ、
それもまた切ないねえ。でも、
懐かしい話ができてうれしい、涙出るよ。

内陸にいると津波のこと
話す相手もいねえでば。
話せばなんだか哀れまれてしまうか
煙たがられてしまうかでねえ。
いつもなんだか心痛いの。
みなさんみたいに大変な目に遭ってないのに、
私たちが弱気になってしまって
ごめんなさいね。
いい絵を見せてくれて

ありがとうございました。
本当にうれしかったです。

いえいえこちらこそ、また来てくださいね、
と見送られて
老夫婦は軽トラックで帰っていった。
今日はまず、絵を見てもらえていがったなあ、
あのとき描いていがったなあ、とおじちゃん。
いつかつくった記録はすべて
消えることはなく、断片になりながらも、
いまもあり続けている。

一度形にされた記録は、
すべて消えてしまうことは
ないのかもしれない。
どこかで複写されたり、
断片が拾い集められたり、
誰かと誰かの記憶に残って
像を結ばれ直したりするのだろう。

まず、記録をしようとすること。
そしてそれらが
環境や価値観によって淘汰され、
そのあとに何が残るのかということ。

六月十日

沿岸の小学校の修学旅行。
ガイドさんも同じまちの出身で
地元トークに花が咲く。
みんな浜の子だもんね、
海見るとほっとしない？
ガイドさんも家流したけど、
やっぱり海が好きなの。
ほら、窓の外。
いまは新しい家が建ってるけど、
この辺も津波が来たのよ。
あの防潮堤と同じようなのが
みんなの浜にも出来るのよ、どうかな？

津波の話は、
タブーな雰囲気になっていることが多い。
子どもたちがまちの外で
出身地を聞かれたとき、
沿岸の町名を答えると
相手が動揺することもよくある。
子どもたちもそんな反応を知っているから、
自分たちのまちの名前を答えるのを
すこしためらってしまう。
それがなんだか心苦しい。

今日のバスの車内は心なしか明るい。
同じまちに暮らす人同士だからこその
安心感がある。
それはただ同郷だということではなく、
同じ悲しみや不安を理解しあえている
という安心感なのだろう。
ガイドさんね、
いま一生懸命働いているのよ!
新しいお家を建てなきゃなんないからね。
今日も働くよ!

七月

――

七月二十二日

震災以後なのか時代の感じなのか
私たち、という言葉がわりと
身体になじむようになった気がする。
私の利益だけでない価値を
想像することができる、
ゆるい主体としての私たち。
私たち、として何かを問うと、
その答えの質が変わってくる。

それを主体とすることの怖さも
同時に感じつつ。

私たち、は助け合いの繋がりにもなるが、
時には政治的なスローガンにもなる。
だから、
私たち、という言葉を遣うときには、
そこに誰もが出入りできるゆるさを
持ち合わせていた方が安全だと思う。
範囲を規定してしまった途端に、
その外を排除しはじめるから。

初めて東北に来たとき
かわいそう、という言葉の豊かさに
驚いたことを思い出す。
避難所の人が
ボランティアで泥々になった私を見て、
かわいそうだからこれを使って、
とタオルを差し出してくれた。
そこには上下関係など一切なくて、
私の痛みとしてそれを受け取っている
その人の慈悲のようなものがあった。

私は私たちの一部であるし、
私たちは私の大きな容れものでもある。

＊

高田松原の防潮堤の工事も、
着々と進んでいる。
近くで見ると、とても大きい。
手前の沼も形が変わり、
随分直線的になった。海はもう見えない。
ぐるりと見渡すと、どこもかしこも工事現場。
日差しが強いけど、
どこにも隠れることができない。暑い、暑い。

七月二十八日

まちの痕跡の上に積まれた土の山を見るたび、
何かがなくなってしまった、と思う。
けれど風景ははるか昔から

ここで暮らした人たちが
自然とともに紡いできたもの。ならば、
この大工事でさえも
ひとつの変化に過ぎなかった、
と思えるときが来る、という予感もある。

八月
―

八月五日

こころはどこにあるのか。
こころは、風景の中にもあったのではないか。
かつての風景は消えてしまった。
記録は、よすがになりえるか。

八月十日

海ね、海を恨んではないけど、
波は駄目になった。
川の流れの激しい所は見てられないし、
お風呂もシャワーも嫌になった。
疲れてて油断して、
バチャンと湯船に入ったときに
顔に水がかかるのが駄目なの。
洗い物の水をシンクに流したときもね。
情けねえよな。

九月
―

九月十九日

俺がただ、弱いのかもしれないな。
いまでは洗濯機ものぞけないもの。
世間話の片すみで、おじちゃんがつぶやいた。

話を聞いてもらうこと、伝わるということは、

根本的にとても幸せなことだということを
忘れていた。
メディアの暴力、言葉の搾取、
ひねくれた理解、
さまざまなものに疲れて、その枠組み自体が
歪んでしまっていたかもしれない。
伝わることはうれしい。
とても難しいけれど、そこには喜びがある。

同じように、
旅人が訪ねてくることも、うれしい。
自分の暮らすまちを知ろうとして、
何かを持ち帰ろうとしてくれることにも、
喜びがある。
ここまでよおく来なすった。
ありがでえこった、まんず、あがらい。
ここには何にもねえけんとも、
こっちさ来て、お茶でも飲まいん。
んでは、何か話さ聞かせてけんねえ。

九月二十九日

夢みたい、まだ夢みたいだって
毎朝思うんだべな。そして、
ああ今日も夢じゃなかったって、
この風景見てがっかり思ってね。
夢見てるうちは、
未来なんて考えられねんでねえの。
夢から覚めるために、
俺は毎日ここに立つのさ。

十月

十月四日

弔いの花畑があった場所は
すっかり平らになった。
土が盛られて、削られて、

細かく白い砂利が撒かれた。
このずっと奥には、おばちゃんたちが溢した
種が埋もれているのだろうか。
花はいつかまた、咲くだろうか。

みんなが大切にしていた石は、
なんだか急に老け込んだみたいだった。
この石は昔からここにあってね。
この上で旅人が休憩するから、
お茶出してね、
遠い土地の話を聞いたりしたんだよ。
津波前までは子どもたちの遊び場だったよね。

石はもうすぐ土に埋められる。
その準備のためか、
下の方が掘り返されている。
本当は一緒に新しい地面に
連れて行きたいけど、
大きすぎて無理なんだって。

仕方ないね、申し訳ないね、
いままでありがとう、忘れないよ。

埋められてしまってよかったのかもね、
ある意味このまち全体が、
おっきなお墓みたいなものだものね。
ここで生まれ育った女の子が、
ぽつりとつぶやいた。

津波で流された土地に、
おばちゃんたちは土を運び種を蒔き、
花を咲かせた。
ここにいた人たちとこの土地を弔うために、
ここにもう一度居場所をつくるために、
みなが一緒に集えるように。
復興工事がやってきて、もう一度お別れ。
さあ、次はどこに集おう。

＊

希望という言葉は、
二〇一三年のはじまりくらいに
陸前高田で改めて教えてもらった。
未来という言葉は、
二〇一四年の春くらいから、
私たちという言葉とセットになって
たびたび耳にするようになった。

震災直後は、
未来という言葉を遣うことすらも
躊躇われる感覚があった。
未来に向かって！
という言葉遣いが不気味だった。
ある言葉が遣われることには、
社会の状況や個人の心理状態が
大きく関わるだろう。
すこし警戒しながらも、
希望や未来という言葉を
遣いはじめられたことには、
その背景に何かしらの変化がある。

十月五日

新しい地面は、着々と姿を現わす。
二〇一一年から出ている復興計画図は
何度も何度も見たことがあったけれど、
実際に目の前に現れると、
それは巨大な灰色の砂利の塊だった。
あれ、こんな所も埋まるのか。
いやいや、復興計画の通りですよ。

山側だけかと思ってたけれど、そうか、
市役所も体育館も埋まるのか。すごいね、
本当にまち一個分の地面を作ってしまうのか。
なんだかすこし不気味だね。ＳＦの世界だね。

被災して家失くしたりするとね、
平常時にはわからない格差が見えてくる。

たとえば土地を持ってる人と
借地だった人では、
ふつうにしてれば同じようだけど、
実際には格差があって、
再建するときには
お金の額として突きつけられるでしょ。
親族関係だって、コネだって、
こういうときには露わになってしまうのさ。

十月十三日

死者とともに生きていく。
あれは呪いだな、とさみしそうに笑いながら。

十月十五日

久しぶりにまちを歩く。
壊れた商店街のタイル、でこぼこして、
きっと面影もおぼろげな褪せたあずき色。

しばらく歩いて、ふと足元を見れば、
つるつると無機質な白いコンクリート。
ここは工事用の新しい道路。
すっかり慣れてしまったことに、はっとする。

おらいの永住の地が、
やっと切り拓かれはじめたのさ。
ばあちゃんも弱くなってきてるから、
何とか急いで頼みますよと、毎日祈るようだ。
手伝うにも手伝えねえ、指咥えて見てるだけ。
ただ早く落ち着きたいって
それだけになってる自分に、がっかりしてな。

砂ぼこりの中、交通整理のおんちゃんたち。
あらカメラマンですか、
ご苦労なこってす。いやあ、ゆるくにゃあ、
復興は遠いねあ。あと何日ここに
立ってればいいのかって思うようだっけなあ。
みんな歳くって辞めてしまうよ。

おらもあとどれだけ持つかなあ。

まちの中心にあった駅通りも、
埋まってから久しい。
見るのが辛いと言って、流されたまちに
降りてこなかったおじちゃんと、
一度だけここを歩いた。
草だらけになった自分の店の跡地を見て、
ごめんなあと泣いていた。
いま彼は空の上で、何を思っているだろう。

十月二十二日

最近ずっと、
二〇三一年の物語を書いている。
いまの風景の先に、
何を見ることができるだろう。
被災から二十年後の弔いの形、
亡くなった人たちとともに生きるあり方。

十月二十九日

大合唱の中でも、一人ひとりの声色が
どうか消えませんように。
せめて、それを聞き分ける耳を
持ち続けられますように。
時に音を外す人が現れたとしても、
きちんと抱擁できますように。
でも本当は、ばらばらの歌があちこちで
豊かに響いていて欲しい。
その中で、新しい歌が生まれて欲しい。

十一月

十一月十六日

記録はいつ終わるだろう、
という問いと、

被災地はいつまで被災地ですか、
という問いは
似ているだろうか。

「うしろを向きながら前に進むことにした」
この言葉を話してくれた人が、
ふたりいる。
それは感情としてのうしろ向きではなく、
過去を見て、それに触れながら、
更には掘りながら、
歩いていくという
決意のことではないだろうか。

その歩き方は一見、
不器用に見えるかもしれないけれど、
それを実践しようとする身体は、
とても信頼できるように思える。
過去という手綱を
しっかりと握ろうとすること。

そうしてやっと私たちは、
目の前にある課題や困難に
向き合う準備ができるのかもしれない。

十二月

――

十二月五日

新しい地面は雪解け水を纏い、
夕日に照らされて、
なんだか神々しく光っていた。
どんな風景が見たいのか、ということを、
問われているような気がした。

ここでどんな風景が見たいのか。
それは、
ここでどんな暮らしがしたいのか
という問いに

すこし似ていると思う。
色々なものがなくなっても、
風景だけはどうやってもなくならず、
ただここにある。
形が変わっても、
すべてを引き剥がしたとしても、
見渡せばそこには風景がある。

風景しかない。

*

ばあちゃん連れ出してお蕎麦屋へ。
足悪くなってから世の中見えなぐなった、
どうなったもんかといつも思ってたよ、
こんなに変わっちゃってねえ。
ばあちゃん家からお店までは車で五分。
その間にあった山のほとんどは切り拓かれ、
田畑が更地になった所も。

復興工事はすごいねえ、
何もかも変えちゃうんだもの。
何も残ってないんだよね、驚いてしまう。
ま、でもそんなもんだわな。
ばあちゃんは飄々とした表情は崩さないまま、
見逃すものかという感じで、
慣れ親しんだはずの場所を
じろじろと見回していた。

十二月六日

戦争、震災、破壊のあとには
風景だけが残る。
そのうつくしさと寂しさに
打ちひしがれる時間がある。
そこからまた、
言葉を積み上げていく。

これからも生きるということを、

納得するための物語を編み直す。
そのための糸を、
目の前の風景から集めていく。

十二月十三日

新しい地面に、
ガードレールが引かれていた。
これはただの土の塊ではない、
ここがまちになる。
そんな意思を
改めて見せつけられたような気がして、
なぜだかすこし、
うろたえてしまった。

五本松の大きな石のすぐ後ろまで、
土が迫ってきた。
人びとが集った石も、もうすぐ土の下。
おばちゃんたちのお店があった場所には
新しい道が出来ていた。
まるで、空に繋がる道のようだと
思ったけれど、
この先には、新しいまちが出来るんだ。

まちのあった場所に
土を盛って、その上に暮らす。
青い山を切り崩して、その断面に暮らす。
日々、風景の変化がチクリと刺さる。
でも、思いのほか早く
慣れてしまうのかもしれないとも思う。
新しい風景がやってくる。
その中で、暮らしをつくる。

*

風景をうつくしいと思うこと自体が
罪かもしれないと思ったこと。
それでもうつくしいものに惹かれること。

うつくしくなくなっていく風景は、
どこか病的なように感じること。
何かをつくる過程では、
暫定的にうつくしさを
排除しがちであるということ。

十二月二十日

展示作業をするなかで、
二〇一一年からの写真を
見返しているのだけど、
二〇一一年五月の時点ですでに
「がんばろう！石巻」という
大きな看板が出来ていることに驚く。
いま見ると、
たった一月半しか経っていないのに、
なのだけど、あのときは、
もう一月半なのだから、
だったのかもしれない。

二〇一六年

一月

一月九日―三十一日
小森はるか＋瀬尾夏美、
神戸市にて巡回展
「波のした、土のうえ」in 神戸を開催
（KIITO 二階 ギャラリーC）。

一月十二日

風景が引き裂かれて、
それはまるでこころが壊されたようだった、と
ある人が言った。
悲しみを見ないようにするために、

風景を直そうとするのかと思う、
と言う人もいた。
復興工事は安全のためという建て前のほかに、
傷を隠すという効果があるのかもしれない。

風景だけでなく、
こころも同様かもしれない。
大慌てで「がんばろう」や「前へ進もう」を
施されたこころは、
向き合うべき悲しみを、そのまま
置いてけぼりにしていやしないだろうか。

二十一年の月日が経つ神戸の風景を、
まずはゆっくりゆっくり、見ていきたい。

一月十三日

二十年ってのはちょうどいいと思うて。
震災から十年ではまだ語れへんかったけど、
二十年経ったら語らなきゃって
思うようになったな。
二十年ってちょうど一世代やろ。
神戸もいまは
半分くらいは震災知らない人やから。
伝えなって思うようになって、語って、
やっと胸のつかえが
和らいだような気がします。

一月十四日

誰にでも、それぞれの
震災体験があっていいんだってことを、
いま言いたいと思うね。
震災は被災者だけの特権ではないんや。
体験した人にしかわからんこともあるけど、
それだけではないと思う。
それにこころを寄せる人は、
みんなで考えたらいい。

みんな辛かってん。
そんでな、みんな優しいねん。

陸前高田の人が
神戸の人のインタビューを読んで、
二十年近く経ってもまだ
震災は終わらないんだ、と
つぶやいていたことを思い出す。
震災から二十一年が経つ神戸で、
みんなで話す夜。
震災を経験した事実は変わらない。
そこから生まれた苦労もある。
けれどそれだけではない。
ここには、あたたかいものがある。

＊

いくら復興失敗したっていま言ってもね、
それは後出しジャンケンなんよ。

あのときはみんなして、
新しく出来るまちに夢を見てた。
希望を見てた。
それしかできなかってん。
だからこそ、東北に同じ失敗は
絶対して欲しくないって気持ちがあるんよ。
同じ轍を踏んで欲しくないねん。
幸せになって欲しいねん。

こんな社会の状況じゃ、
震災なくてもしぼんでくのが
目に見えてたやろ。
十五年経ってたから、東北の方が、
それが進んだ状態やったかもしれんけど、
しぼみかけてたのは神戸も同じじゃ。
だからな、震災で壊れたからって
反動で大きくしようじゃなくて、
どう納得してゆるくしぼんでいけるかって
ことだったんちゃうか。

しぼむっていうのは悪いことちゃうねん、
不幸ってことでもないねん。
そのなかで幸せに、
よくしていく努力もできんねん。
ただぼさっとしている訳やないよ。
愛着があるから、それらしくありたいねん。

一月十五日

聞いたことと見たことを、
実際の風景や個人の顔から
ゆっくりと引き離し、
もう一度語ろうとすると、
そこに、物語が発生する

一月十八日

おとといと昨日は神戸に、
東北の、陸前高田の人びとが集合していた。
彼らはきらきら光る
神戸のまちを見回しながら、
私たちのまちは、
どんなまちになるんでしょうね、
とつぶやいた。

＊

阪神・淡路大震災から二十一年の式典には
たくさんの人が集まっていた。
震災のときには生まれていなかった子どもや、
被災した風景を覚えていない若者たち。
いままで来たことがなかったけど、
東北にボランティアに行って、
ここにも来なければ
と思うようになったという。

いま東北は、
もう五年、かもしれないけれど、

二十一年経ってから振り返る五年目は、
震災のすぐ後、と感じられるのかもしれない。
いま神戸で〝震災〟を
考えている人たちのなかには、
震災から十年後に動きはじめた人たちも
多くいるという。

＊

神戸の人たちが語った
震災は被災者の特権じゃない、という言葉が、
東北の震災を目の当たりにして
動けなかった私たちに、
五年あまりの時間を経て届く。
十五年では語れなかったことが
二十一年目にやっと
語られたのかもしれないし、
五年経ってやっと私たちが
耳を傾けられるようになったのかもしれない。

一月二十九日

ひと月ぶりの陸前高田。
二年目の命日をすっぽかしたため、
慌ててお墓参りに行った。
ちょうどその人をよく知る
おじちゃんから連絡が来たので、
一緒に行った。
ふるさとが変わっていく風景を見て、
おじちゃんは
でも、忘れないよ、とつぶやいた。

二月

二月四日

東日本大震災が起きた当時、
神戸の人たちの言う

十五年経っても復興は終わらない、は、
怖いことだった。
けれどいまは
すこしニュアンスが違うように思う。
復興を終わらせないことは、
出来事に向き合い続けること。
忘れないようにすることや
弔うことに似ているように思えて、
それを続ける身体に敬服する。

二月六日

亡くなった人の魂が
すっかりなくなるまでには
三十三年の時間を要し、
それを全うすることを、
弔い上げと言うそう。
私には、三十三年という時間は、
何かが物語になっていく時間と似ている、
という予感がある。
すっかりなくなるけれど、
誰かの身体の中に、
物語として生き直されはじめるということ。

二月七日

物語ることが弔いに似ているということ。
語り手は、
忘れられてはなるものかという
強い意思とともに、
どうしようもない
あきらめを抱えているという指摘は
とても大切だと思った。

二月十一日

たとえば絆とか希望とか、
はたまた未来とかいう言葉を、

いつの間に嫌いになってしまったのだろう。
震災直後、スローガンのように
唱えられた言葉たちは、
自分のこころと
逆行してしまうような強さゆえに、
とても怖かったし、
胡散臭いように思えた。
でもいまもう一度、
それらの言葉を置きなおしたいと思う。

絆も希望も未来も、必要だと思う。
同じ意味を持つ言葉は、
他に思い浮かびもしない。
ある言葉を失うということは、
その意味が指すものに
触れられなくなるということでもある。
消費されてくたくたになった言葉たちを
放っておくのは、
なんだか怖いことのようにも思う。

二月二十五日

防潮堤は大きな壁のよう。
手前は古川沼、
防潮堤の先には広い海がある（はず）。
津波の前、防潮堤の位置には
松原と砂浜があったのだろう。
砂浜のほとんどは波にさらわれたけど、
風と川の流れに運ばれて、
砂は再び戻ってきつつあったという。
大工事は、まだ続く。

土を運び続けたベルトコンベアは、
あっという間に解体された。
山が削られるのも
まちの痕跡が埋まるのも
さみしくてたまらなかったけど、
あのベルコンでさえ
なくなるとさみしいね。

ある人が、
ぶつ切りになって散らばったそれを見て、
人ってわがままだね、とつぶやいた。

＊

今日は一日高田を歩いた。
新しい市街地を作るために運ばれた土が、
歩き慣れた道の上に
たくさんの山を作っている。
下手に曲がった仮の道路が
無数に通っていて、そこを歩くと、
真新しい土のにおいに
五感が持っていかれる。

それでもふと、
生活のにおいがするときがある。
どこかの食卓のお昼ご飯、
タバコの煙、洗濯物の甘いにおい。
人のにおいがするとき、
不思議とそれを懐かしいと感じる。
これは、どこから流れてくるにおいだろう。
高台の家々からなのか、
地中のあのまちからなのか。

＊

私隣の部落から嫁さ来て、
世の中見ねえでずっとここさいでね。
私ね、色んなお店が
どこも賑わえばいいなあって、
ここで思ってるの。
私ね、亡くなった人も海も山も思い出も、
みんな幸せになって欲しいって、
ここで祈ってるの。
なんでここにいるのかなって
未だに思うけどね、私にはね、
ここしかないの。

二月二十六日

月に一度、必ず同じ場所に立つ。
今日は穏やかに光る、新しい地面。
なぜか毎回全く違う表情に見える。
近くに住んでいるおじちゃんは、
双眼鏡を買って、
この地面を毎日見張っているんだって。
おお今日も工事さちゃんとやってたか、
がんばれよ、頼むよ。

おばちゃんが引っ越すはずの高台には
真新しい道が出来ていた。
ここがおらいの安住の地か、
信じられねえなあ。
仮設暮らしも五年になっと、
その前が容易に思い出されなくてね。
それでもまだいまは非日常という感じさ。
でもここさ来たら、
日常が戻ってくるものなのかなあ。

津波で流されて、片付けて、
痕跡だけのまちに花を手向けた。
復興工事で山が削られて
痕跡が剥がされて、
まちが埋められたとき、
まだ失うものがあったのかと驚いた。
目の前で作られる
新しい地面に圧倒されながら、
ここでどう暮らそうかと考えはじめる。

さみしかった、悲しかった、
これからはまだ不安だ、どうやって決めるの、
何を選ぶの、誰がいるの、誰がやるの、
私はどうしたらいい、ここにいたいんだ、
何をすればいい、
ここに私の居場所は出来るのかな、
あの人たちの居場所はあるのかな。

本当にやれるのかな。
新しい地面の上に、たくさんの声。

二月二十七日

風景の中を歩きながら、
この違和感をきちんと覚えていようと
改めて思った。
この上に出来るまちを夢想する前に、
この違和感に向き合い、絵にしようと思う。
うつくしくないと感じるこの風景から
目をそらさないのもまた、
私がここにいることの意味だと思う。

こんなことをしていいのだろうかという、
根にある問いを、ちゃんと持ち続ける。
自然と折り合いをつけながら、
そこにそっと
暮らしを立てて紡いできたはずの風景。

いま目の前にあるのは、
自然を圧倒的に
征服してしまおうとする態度であって、
ヒリヒリと痛い。
これは誰の意思なのか、願いなのか。

風景が変わりはじめてからずっと
目をそらしていたものに向き合いはじめたい。
復興という物語に紛れ込んでやってくる、
大きな力のようなものを、あいまいにしない。
うつくしいと思ったからこそ、
この土地に立つことにしたのだ。
この違和感を、自分が紡ぐ物語によって、
あいまいに処理しないことを選びたい。

おめえ、地元の人間になるなよ、
自分で考えて話せよ、じゃなきゃ意味ないぞ。
お世話になった高田のおじちゃんに
言われた言葉が、いつもそばにある。

風景を描くことと並行して。
嵩上げの大量の土によって
分断されてしまいそうになる、
あのまちとこれから出来るまちを、
物語によって、細い梯子をかけるみたいに、
すこしずつ繋いでいきたい。
亡くなった人とともに生きる人たちの姿は、
きっと梯子になっていく。
弔いの所作を描き出していきたいと思う。

二月二十八日

流された土地に広がっていた、
あの花畑は一体何だったのだろう?
もしかしたらそれは、(結果的に)
その土地への死化粧だったのかもしれない。
そこへ出入りする人びとが、
ともに手をかけて風景に色をさす、
ひとつのお別れの作法。

三月 ―

三月十一日

所在なくて写真館に行って
友だちと話していたら、サイレンが鳴った。
あ、四十六分になったね、と言って外に出て、
ふたりで目を閉じた。
去年も一昨年もその前もこうやって過ごした。
その間に風景が変わって、
いなくなった人もいる。
あなたがいなくても五年目の日は
来るんですねと、
すこし不思議に思った。

その後友だちと喫茶店へ。
いつものグチで笑って怒った後、
彼女は震災の日の話をはじめた。

嫁ぎ先の山間地で働いているときに
地震が来たこと、
何が起きたかわからずに
次の日まで過ごしたこと、
翌朝のラジオで「高田は壊滅」と聞いてから
家族を探しに行ったこと、
山道を何時間も歩いて
避難所巡りをしたこと。

彼女とは三年同じ職場で働いて、
それ以上に色々なことに
一緒に向き合ってきたけれど、
当時のことを聞くのは初めてだった。
そして、五年で色々あったけど、
あたし本当成長したなって思うんだよねえ、
と笑う。
実家流されて、家族も内陸さ行っつまって
このまちに居場所はないのさ。
それがさみしくてね。

暗くなってから
追悼のイルミネーションを見に行った。
去年と一昨年は雪が降っていたけど、
今日は星がくっきり見えた。
暗がりの中で
色んな人に再会しておしゃべりをする。
どこか同窓会のようだった。
若い友だちの多くは、
東京や仙台で仕事に就いたと言う。

おそば屋さんのお家にあげてもらって、
カツ丼をご馳走になった。
今日は特別な日だから
家を片付けてあったのさ、あがらいあがらい。
たくさんの花が飾られた仏壇には、
私が以前作った遺影が並んでいた。
おじちゃんは飼っている猫を撫でながら、
猫さえいなきゃ嫁さんも助かったのにねえ、
と笑った。

帰り道にある居酒屋さんに立ち寄る。
店主は疲れたように、
壁にもたれて隅に座っていた。
おお、俺は見ての通りだ、がんばろうぜ！
「がんばろう」とか「がんばっぺし」とかじゃ
だめなんだよ、
「がんばろうぜ！」じゃないと。
この、「ぜ！」には、
俺もがんばってるっていう
前提が込められてるの。
お前はがんばってるのか？

＊

この五年で知り合って、
亡くなってしまった人たちのことを
思い浮かべる。
彼らはいま何を見て、
何を言いたいのかなあと想像する。

風景について

二〇一五年。発災から五年目に入ったこの年は、人の移動からはじまった。企業単位の支援が終わったり、長い間地域の担当をしていた新聞記者が異動になったりと、震災後をともに過ごした人たちがまちを離れることが相次いだ。震災直後のある特例のような時間に節目が訪れ、通常の道理で日々を進めていく時期に差しかかっていたのだと思う。とはいえ、それは被災地の外の論理であって、現場は復興工事の真っ最中でまだまだ形としては何も現れていないような時期であったから、まちの人たちからすれば、途中で放り投げられたような、とてもさみしい感覚があったのではないだろうか。

そんななか、かくいう私も小森とともに、春先に宮城県仙台市へと引っ越した。その理由をとても単純に言ってしまえば、陸前高田に長く関わり続ける体制をあらためて整えようと思った、ということになる。陸前高田で話を聞き、ようやっと本格化した工事の様子を見ていくなかで、震災という出来事は数年で区切れるものではないと気づき、もっと長く見続けてみたいと思うようになった。そして、それを考えようとすると必ず、

「何かをつくるやつは距離を保て」という写真館の店主の言葉が胸の中で繰り返された。また、ちょうど同じくらいの時期に、似たような意識を持って被災地域に通っていた友人らが仙台に移住してきたことも重なり、彼らと一緒に仕事をするための組織をつくって、生活を安定させようという目論見もあった。いつまでもふらふらしていて陸前高田の人たちに心配をかけてしまうと、相手が安心して話をしてくれなくなるのではないかとも感じていた。そうして私は、仙台に引っ越してから現在に至るまで、二〇一四年から継続して行なっている対話の場を開いたり、大切な人たちに会いに行ったりするために、月に一度か二度ほど陸前高田に通う生活を続けている。

そのまちに暮らす生活者というあり方から、月に数度の来訪者になることでより鮮明に見えてきたものは、その土地にある風景だった。津波に洗われた陸前高田の風景をうつくしいと思った、ということが移住の理由のひとつである私は、物理的に距離を離すことで、それに再び正対してみようと思えるようになる。

遡れば、被災したまちから瓦礫が取り除かれてしばらく経ったころ、草はらのようになった広い土地は、強い日射しを軽やかに跳ねかえして光っていた。私は、「本当にいい所だったんだよ」「でも、何もかも流した」と語る人たちの背後に広がっている、その風景に目を見張った。何もない風景が、確かにそこにある。私は、ここで起きた悲劇と見合わない感覚を持つことに居心地の悪さを感じながらも、この風景に宿るどうしようもないうつくしさは、災厄のあとに突然現れたものではなく、かつてここにあった営みと繋がっているのではないかと想像していた。もしそうだとしたら、それは、かつてのまちの姿を知らない私にとっては過去を想起する手がかりになるかもしれないし、まちの人たちには、大きな災厄によって断ち切れてしまった時間軸を繋げ直す細い糸にもなるのではないか。あまりに無邪気な発想かもしれないけれど、ふらりと現れた旅の者がその文脈に気づかないふりをしながら、「ここには風景がありますね」と指さすことが必要なときもあるのかもしれない。

陸前高田にいた最初の一、二年目は特に、仕事の合間にカメラを持って散歩に出るのが習慣になっていた。辺りを見渡しながら歩いて、時々シャッターを切る。繰り返し立ち止まる地点ではスケッチをする。いつも変わらずにある山々の稜線をペンで追う軽快さと、繁茂した植物の根元にかつての家々の痕跡を見つける緊張感。誰かが手向けた花が干からびて紛れている。ひしゃげたアスファルトにはいつかの祭りの山車の跡が残っている。細部に目をこらすほど、一つひとつに意味がありすぎてずっしりと重いけれど、それらすべてを抱えながらも風景はただそこにある。現在の風景はしっかりと過去を抱えていて、その面影はこれからもきっと残っていく。だから、私はいま目の前にあるものをよく見て描けばいい。

このころは、ただただうつくしいと感動して色をのせていく作業自体を楽しめたし、描いた絵をまちの人に見せれば、きれいだね、と言いあって束の間喜びあうこともできた。いま思えば、大きな破壊のあと、まちの人たちが壊れたものを丁寧に取り除いてやっと手に入れた、過去の痕跡と現在が視覚的に混じりあう〝あわいの時間〟がそこにあったのだろう。

しかし、時が経ち、復興工事がやってくる。歩いていた道筋が剥がされ、建物跡に広がっていた草地は掘り返され、みるみるうちに赤茶色の土砂が積まれていく。どこまで行っても土埃を浴びる散歩道は、ここで起きることを見落とすまいという意固地さによって、しんどくとも歩かされるものになった。風景が宿すうつくしさを頼りに歩いてきた私にとって、それは思ってもみないほどに苦しいことだった。まちの人たちは「まだこんなに失うものがあったのか」と驚きながら、変わりゆく風景を前に立ち尽くす。しかし、この風景の改変は、〝復興〟の名の下に行なわれているがために、たとえ否定的な感情を抱いたとしても、それを口に出すことは憚られた。前に進むためにみなが目指す復興、身近な誰かの希望に水を差すようなことをすれば、あらたな分断が生まれかねない。ひとつの風景をどう眺めてよいのかさえ制限されるような、もしかすれば行きすぎた危惧をせねばならないほどに、状況は複雑になっていた。

私は期せずして、被災した土地に訪れた二度目の喪失というものを、まちの人たちと同時に、同じ場所で体感することになる。目の前で大切なものが消えかけていても、まちの人たちとの談笑は続く。大きな違和感を抱えながらも、それについて誰かと話すことはできなくなり、次第に絵を描くことも億劫になる。とはいえ、この場所にいようとする限り引き受けるべき仕事がある気がして、私はかつての風景の面影を残そうと考える。工事の前のほんのぎりぎりの姿を風景の遺影として、ちょうど故人の姿を切り取りグレーの背景にのせてつくる遺影のように、かつての面影が判別できるであろう範囲で風景を切り取って、生のキャンバスに描いていく。かつての風景と別れ、新しい風景を迎え入れる準備をする。ここで起きていることの是非を問う時間はないと思ったし、抗い方すらわからない大きな圧力に押しつぶされつつあるそれを、何とか形にとどめたいと思った。

その後、描いた絵をまちの人たちにお披露目する機会となったのは、復興工事が盛んであった二〇一五年の春に陸前高田の喫茶店で開催した「波のした、土のうえ」（小森はるか＋瀬尾夏美）という展覧会であった。この展覧会は、「波が多くのものを持ち去ったあとに、土の上に残った痕跡を並べなおす」ことをコンセプトとし、いままでつくりためた絵とテキスト、そしてまちの人たちとともにつくった同名の映像作品で構成されている。

来場してくれるお客さんは本当にさまざまだった。顔なじみの人もいれば、久しぶりの人もいる。そして、「懐かしいものがあるよ」という噂を聞きつけてやってくる、初めて出会う人たちもたくさんいた。お客さんたちは、たった数ヶ月前の風景を描いた絵の前で、さまざまな年代、地点にあるエピソードを想起し、語ってくれた。旦那さんは泣いていて、その隣で奥さんが幼いころの思い出話を嬉々として伝えてくれたりする。あるおじいさんは、「津波で流された直後の風景を見たとき、うつくしいと思った」と話してくれた。こんなに悲しいのに、なんでうつくしいんだろう。それらは一見相反する感情だけれども、共存するものだったという。そういえば、と思う。私は壊れた風景をうつくしいと感じたときの所在なさを思い出しながら、でも、たとえそれを告白したとしても、その感覚を誰かに否定されたことはなかった。風景は常に人の身体の外にあるから、それを風景として捉える位置に立つ限り、どう感じ、何を読み込むのかということに、ある程度のズレを持ち込む余白を持っているものかもしれない。同じ風景を眺める時間を持つことで、隣にいる人との通じなさやわからなさをあらためて発見しあい、どこか諦めがつくようなところもあるだろう。それぞれがそれぞれの視点を持つことを許しあってからはじまる、ひそひそとした会話の豊かさを想像する。

またある人は、「こころはどこにあるのかと考えたときに、風景の中にもあったことに気がついた」と話してくれた。津波で風景が壊されたときに自分のこころが壊されてしまったと感じ、ということは、こころは自分の中のみで自立するものではなく、慣れ親しんだ風景のそこかしこに頼りながら辛うじて存在するものだと気がついた。だから、片付けをし、倒れたものを立て直し、壊れた風景からかつての面影を探していく作業は、こころを取り戻していく時間のように感じられたのだと言う。私はその話を聞きながら、個人の支えとなる物語について考えていた。震災後、暮らしのなかにいつも同じようにあったはずの確かなものたち（たとえばそれは建物や街並み、あるいは積み上げてきた習慣や思想など）が根底から壊されて、自分という存在自体が大きく見失われてしまうことが、被災地に限らずどこにでもあったと思う。そういうとき、なぜ自分はここにいるのか、こうして生きているのかという物語を編み直さないと暮らしは立ちゆかず、人びとは苦悩しながらも、まずはその方法を獲得しようと必死になっていた。彼が言う〝風景を立ちあげ直す〟行為もその方法のひとつだったのではないだろうか。そんなことを思いながら、あるまちに暮らす人たちが同じ風景を見ているとして、彼ら一人ひとりのこころがその風景をそれぞれに寄る辺としていると仮定してみる。すると、ひとつの風景はある集団の物語のありかである、と言うことはできないか。そう考えたとき、復興工事によって進んでいく二度目の喪失の意味がより重く感じられた。

復興工事の片隅の小さな展覧会場で、お客さんたちが語ってくれた言葉によって、私は風景というものに出会い直している気がしていた。風景は、それを眺める人たちに互いの違いを許容しあうための余白を差し出し、同時に、一人ひとりの物語が投影されることを拒まない。ただ私たちの身体の外に、静かに存在している。私は風景を描くことで、それを土地から剥がし、その余白をもうすこしだけ強調して、土地に慣れ親しんだ人も旅の者も、ともに立てるような地点をつくりたい。

　そして私は、風景がうつくしいということ、心地よいということが、その余白を持てる要因のひとつなのではと考える。復興の過程では暫定的にその価値が置き去りにされがちかもしれないし、暮らしはもっとしたたかに続いていくとも感じながら、ここで風景を描こうと思ったひとりとしては、そのことにこだわり続けてみたいと思う。

　いま一度、すこし軽やかな来訪者となって、土埃の風景のどこかに隠れてしまっているうつくしさや心地よさを探しつつ、その一部の代わりを担うような何かをつくりだす方法も考えてみたい。

　長い復興期間のうちに、どこかに繋がっていたそれらが、また広々とした風景に満ちていくことを待ちながら。

六年目

二〇一六年三月十二日――二〇一七年三月十一日

安全第一

三月十四日

復興工事と復興は、決してイコールではない。
大声で謳われる復興を手元に引き寄せて、
復興の定義から紡がなければ。

三月十八日

新しい地面が、こちらまで迫ってくる。
まるで土の海のようだと思う。
残されている建物の頭がぽつりぽつりと見える。
あのときはみんな波に呑まれてしまってす、
ほんの数個の屋上しか見えなかったのさ。
というおじちゃんの言葉が、
ふっと浮かぶ。

公営住宅はたくさん建つけんと、
こんなに高田に人がいたっけかなあ。
嵩上げはこんなに広いけど、
家建てる人さそんなにいるんだっけ。
俺もずっとそう思っていたったけんとも。
後戻りできない復興っていま言われてもなあ、
もっと早く言って欲しかったよなあ。

あの図面で見ていた未来が、
この大規模な公共事業のことだとは、
私自身は気づいていなかった。
思い出の痕跡が剥がされて埋まる悲しみ、
土埃で見えづらくなった風景のうつくしさ、
息の詰まるほど角ばった新しい山々。
いままでなぜ気づかなかったのだろう?

情けない時間を遡って考える。
そこに何かのヒントがあるように思う。
過去にアクセスできる分だけ、
きっと未来も見ることができる。

三月二十二日

今日会った人たちそれぞれから、
五年という言葉が出てきた。
いまが一番辛いとつぶやく人、
みんなに思いやりが戻ってきたのと笑う人、
さみしそうな顔で頷いている人。
この五年で死んだ人もあれば、
家さ建った人もある。
さあまだ時間はかかるんだなあ。
次の五年も何が起こるかわがんないぞ。
砂埃が視界をぼやかしている。
下さは今日も砂漠だがらなあ、と
まちがあった場所が見える
公営住宅に暮らすおじちゃん。
外が見えるようにと、窓ガラスの一部を
くり抜くみたいに拭くのが日課だという。
どうなるんだかなあ、
ますますわがんにゃあ。

＊

地域とかコミュニティとか
人間関係とかね、
色んなものが震災で壊れてしまってね、
不安定になってしまっている訳でしょ。
更に風景がこんなに変わってしまって、
記憶のよりどころみたいなものも
なくなってね。
ゆっくりでもいいから、それらを
繋げ直していければいいんだけど、
どうも逆の方向に走ってる気がしてね。

ゼロからのまちづくりだの、
真っ白なキャンバスだの、
そんならここに住む理由がないよ。
あのまちの続きだから、
ここに住む意味があるのさ。
津波のことは
忘れたいかもわかんないけんと、
あのまち忘れて、
あの人たちがいなかったことになっては
いけないのに。
なんだかだんだん
記憶喪失になっていくみたいさ。

三月二十九日

高田でとてもお世話になった
おじちゃんが亡くなって、もう二年。
私は日常のさまざまなタイミングで、
彼がいまいたら何を言うだろうと
考えて行動している。
亡くなってからの方が
おじちゃんを
身近に感じているという身勝手を、
どう思うかな。
なんでいないんだろうという思いは、
強くなっていくものだな。

これから生きていくと、
先に亡くなっていく人たちの存在が
増えていくだろう。
大切な人たちを自分の身体の中に
含みながら生きていくという感覚。
私は一体誰なのか、
私の言葉は誰のものか
と考えるとき、
亡くなっていった人たちのことが気にかかる。
それは、彼らから伝え聞いた
先人たちの存在にも及んでいく。

四月

——

四月八日

高台に新しいまちが出来はじめている。
毎月、毎週、姿を変えていく。
山肌を削り、白く浮かび上がった姿はまるで、
天空のまちのように思えた。

山を削って造られた
高台の新しいまちへ足を運ぶ。
四角く分けられた区画に、
番号の振られた小さな立て札。
夕方には家族で連れ立って、
建設中の我が家の様子を
見に来る姿をいくつも見かけた。
まだぽつり、ぽつり。
だけど、こうしてここに、
まちが立ち上がっていくのだろう。

見渡せば、
あちら側の山手にも天空のまち。
夕日を浴びて光っている。
その間を縫うようにある、
かつてからの街並み。
青いジャージの中学生が、
話しながら歩いている。
そこに確かな生活があることは、うつくしい。
天空のまちにもいつか、
こんな声が響くだろうか。

天空のまちからは、古くからある家々が、
仮設住宅が、新しく出来た公共施設が見える。
その先には、流されたまちもまたよく見える。
時間が縒れて紡がれた
パッチワークのような風景。
それが、いま目の前にある風景。

私はここ最近、
見ようとしていなかったものの存在に
気がついた。
流されたまちを埋める
巨大な嵩上げ工事の真後ろで、
家が建てられ、まちが生まれはじめている。
表裏一体でもありながら、
この営みは、本来的に破壊ではなく、
生み出すことであった、ということ。

ゆっくりゆっくり見ていく。
このまちの全体像を、
しっかりと距離を取りながら、
何が起きているのかということを。
私は答えをいそがないこと。

四月十四日

暮らしていくなかで、
書こうとするものとの距離を
保持し続けることは、
抜き差しならない闘いのようにも思う。
そういう関係性を日常的な身振りのなかで
成立させ続けることができるのか。
それは、そこに暮らしながら
旅人である、ということかもしれない。

四月二十六日

流されていまは仮設店舗で働くおじちゃん。
農機を直す職人である彼は、
この道五十六年。
津波直後に受けたインタビューでは、
あと十年がんばる、と答えたそうで、
最近改めて
五年経ってどうですか、と問われると
なあに五十年同じことやってんだもの、
たった五年で変わるか、と答えたという。

芸は身を助くってのが、
私の座右の銘なんだねえ。
津波あっても何あっても、身体だけ残れば
流されにゃあものがあってす。
それが技術なのす。だから俺は働くのっさ。
嵩上げさ店建てるときには
八十歳近いけんとも、
こんなじいさんさ頼ってくれる
お客さんがあるがらね。
私はその人らに生かされてるからす。

四月三十日

誰かの話をうんうんと聞いていると、
その人が亡くした人の話を聞くことがある。
私が忘れてしまったら、
あの人が生きていたことを知っている人は
いなくなるから。そう言って、
いまはいない誰かの断片を分けてくれる。
会うことはなかったけれど
確かにいたはずのその人のことを、
私も忘れたくないと思う。
ある人を介して出会わせてもらった
〝いまは亡き人〟を通して、
その周りにいたはずの、無数の、
名前も知ることができない死者たちを、
感じることもある。

五月

―

五月四日

もうすぐ埋まる巨石の上で、
真新しい神楽を踊る人。雨音と太鼓が響く。

＊

自然が豊かで、四季がうつくしくて、
どうしようもなく災害の多い国。
日本ってきっと、そんな国。
ここで生きるとき、
どんな風に生きたいだろう?

巨大防潮堤、嵩上げ工事、
うつくしい風景の中で生きたい気持ちとは、
逆行するよう。けれどそれは、
津波の恐怖から守ってくれるかもしれない
大きなお守りでもある。
それは、ずしりと重たくて、
私には持ちきれないものだとも思う。
ただ大切な風景の片すみで、
気持ちよく生きられれば、と願う。

五月六日

復興工事が進む。
防潮堤は高々と積まれ、
嵩上げ地にも道が出来る。
何かを考える隙もないような、
あっけらかんとした風景。
振り返れば、残った山が青々と光っている。
私の目はいつの間にか
植物を追いたくなっている。
ここに何が、なぜ咲くのか?と。

五月八日

仙台市の沿岸、荒浜へ。
地元のお兄さんが、
復興とは自然が戻ってくることかと思う、
と話していたのが印象的。

生まれてからずっと、
ここで暮らしてきたというおじちゃん。
いまは制限がかかって家が建てられないから

内陸の公営住宅にいるけれど、
毎日ここに帰ってきては
畑に水をやり鶏の世話をする。
ここが一番いいから、
離れたいなんて思ったこともないのさ。

農家は野菜と米作ってヤギと鶏を飼っていた。
漁師は貝や魚を持ってくる、
松林にはキノコ、春には山菜さ。
ここにはね、一年中いい季節しかないのさ。
復興するってことは、
自然が帰ってくることかもしれないね。
俺はだから、ここで毎日、待ってるのさ。

五月十三日

兵隊さんたちはここから出る汽車で
戦地へと旅立ったものだ、
とばあちゃんは言う。

もっと悲しいのは遺骨が帰って来たときさ、
ともうひとりが答える。
お別れとお迎えの場所だった駅には、
もう汽車は来ない。
この先の線路は、
津波で流されてしまったから。

この風景は、
七十年前とどのくらい違うだろう。
七十年後には、
どのようになっているのだろう。
ずっと見ていたいような気もするけれど、
いまこの地点から、じっと、
その両方を想像する。

五月二十日

答えを保留する態度としての記録、
誰かに託すこと。他者への希望のようなもの。

六月

―

六月二十二日

津波に流されたお店の跡地に、
プレハブでもう一度お店を建てた。
拾った缶で井戸を掘り、
空き容器で水をすくって苗を育てた。
今日、ずっと使っていた
井戸の汲み上げ装置を取り外して、
おじちゃんは言った。
はい、ここでの物語は終わり！

本当に終わりですかね？と問うと、
終わりだろ、だって土に埋まるんだぜ。
井戸だけでも残しとけば、
俺らの想いも伝わったもんなのになあ。
おじちゃんはそう言って、
看板の前で記念写真をパチリ。

山を切り拓いて出来た真新しい住宅地。
嘘っぱちの物語かもしれないぜ。
でも、ここでやるしかねえな。
新しい物語は、ここから、ここから。

七月

―

七月三十一日

震災から二十年あまりの間に、
神戸の追悼式典の灯篭に書かれる言葉が、
故人の名前から、
「平和」や「鎮魂」に変化しつつあるという。
それは、時間の経過による
抽象化の表れとも言えるかもしれない。
それに対して、誰／何のための追悼かと

反発する声も聞きながら、時を経ることで
変わっていく死者との関係を想ってみる。
広島や長崎の語り部が、高齢化のために
代替わりをしているということ。
亡くなった人たちを直接知っている人が
どんどんいなくなるなか、
七十年以上も追悼式典を続けていく意味。
一人ひとりの死者それぞれに
想いを寄せることとは異なる、
祈りの筋がある。

八月

——

八月八日

激しい雨で大時化の海。
昨日のお祭りはぴかぴかだったのに、
今日はそんな調子。さてと、と言って、
未来の祭りの話をはじめる深夜の集まり。
ずっと引き継いでいるお祭りもあれば、
いま生まれようとしているお祭りもあるし、
なくなりそうなお祭りもある。
一〇〇年後のお祭りの姿を、
ひそひそと語る夜。

八月十一日

いま俺らが七十年前の戦争を語るっづごどは、
あんだらが七十年後に震災のごど語るぐれえ
難すぃごどさ。
色々間違うごどもあるだろけんと、
それを含めて、あんだらには
震災のごどを語り継いで欲すぃなあ。
そんときに、いま俺らが語った戦争のごども、
ちょっとは引き継いでくれでると
うれすぃんだけんとなあ。

八月十二日

そうやって、なんとかかんとか語り継ぐのさ。
ひとりの経験はひとりの問題でねくて、
過去の人と、未来の人のものでもあるんだよ。
この世を生きてるっづごどは、
そういうごどなのさ。ひとりじゃねんだよ。

九月

―

九月二十二日

ここにある景色は
こんなにきれいだったかなって思うんだよ。
よくわからないんだけど
震災後の方がより、
うつくしさが濃いような気がしてね。
人がいないからとかそういう

皮肉めいたことではなくて。
見ている私の方が
変わってしまったのかもしれないね。

九月二十四日

寒冷地であったために
土地に不向きであった稲作を、
中央からの制圧により受け入れ、
金の穂光る風景をつくってきた東北。
そのために幾度も、飢饉が起きた。
その場所にはいま、
太陽光のソーラーパネルが並んでいる。
空を映す黒いパネルがつくる風景。
この風景が意味するものは何だろう。
太陽光パネルが並ぶ風景は奇妙で
うつくしくないのではとつぶやいた私に、
でも彼らには

これが希望なのかもしれませんよ、との応答。
東京のためでなく、
巨大な送電線にも頼らずに、
自分たちでエネルギーを手に入れるんだ、
というメッセージでもありますから。

十月

十月七日

変わりゆく風景を見ることが、
ただ喪失感をもたらすのではなく、
そこにあるはずの変わらないものや、
根底にあるはずのうつくしいものを
もう一度探すことに繋がればと思い、
私はその場所に立って絵を描いてみる。

風景はいつの日も、
誰かの記憶の豊かな貯水池であるように、
と思う。
それは絵を描くことの願いでもあり、
風景への祈りでもある。

十月二十四日

中学校の校庭からは、仮設住宅がなくなった。
扇形の小さな入江には、
陸地を塞ぐ真新しい防潮堤。
海は見えないけど、海はすぐそこ。

十一月

十一月二十一日

生きるために食べること、
のためにに働くことの当然さ、自然さ。

生きる必然を見いだせなければ、
働く必然は見つからない。
生きる気力がなくなれば、
働く気力も湧かないだろう。
当然のようにあったはずの
労働ということについて、
ちょっと気になっている。
大津波から半年のころ、育てた野菜を
差し出してくれたおばちゃんの声。
だども、生きねばなんねえからす。

――十一月二十九日――十二月五日
作品制作のためのリサーチで広島に滞在。

――十一月二十九日

平和記念公園はきれいでいいですねえ
なんて言われてな、
でもここには家々が立ち並んでたんよ。
おじちゃんの家もあってな、
でももうわからんじゃろ。
あんときは機械も何もないからな。
大きいもんだけ片付けて、
見える骨だけ拾うたら、
あとは一メートルくらい土で埋めたんよ。
その上にこの公園があるということなんよ。

いままた改修工事ゆうて
あちこち掘っとるやろ。
すると瓶やら茶碗やら
当時のものが出てくるんじゃ。
七十年経ったけど、
七十年しか経ってないとも言えるんよねえ。
じゃけえ、まだまだあんときのものも、
あんときの思いも、すこし掘ってしまえば、
出てきてしまうんじゃねえ。

十二月

——十二月五日

語りを聞くということは、同時に、
その隣にあるはずの
語られなかったこと、
どうしても語れなかったことを想う、
ということだ。

「まちに耳をすます」
近代化の中で消えた風景、
早急な復興事業、
効率化によって見えなくなった固有性。
「語りに耳を傾ける」
複雑すぎて、
辛すぎて、
他愛もなさすぎて、

語られなかったことや
語れなかったこと。
「記録を読み込む」
写真や映像に写らないこと、
文字にならないこと、
わからなかったこと。

十二月二十一日

震災のあとを、思う。
行為やメディアそのものが持っている、
その本質が露わになった状況。
繊細な凹凸の一つひとつに
傷つく、喜ぶ、分け合う、
そこにいる人びとの
暮らしの解像度の高さ。
何重にもめぐらされた配慮、優しさ、
パチンとはじける怒り、やるせなさ。
その場所で、立ち上がるということ。

二〇一七年

一月

一月七日

嵩上げ地を歩くと、空が近くなる。
新しい地面を歩くことは
どことなくさみしいけれど、空が近くなる。

一月十二日

わかりあえないとかわからないということは、
本来豊かなことのはずだ。
そこには可能性や優しさがあるかもしれなくて、
それは希望とも呼べるかもしれない。
わからなさそれ自体が

そのまま存在できる空き地を
確保することがきっと大切。

物語は、語る聞くという
複数の身体を往復することによって、
豊かなブレを孕んでいく。
このブレは多分空き地に似ていて、
自由さを宿らせる滲みみたいなものかな。
そう考えると物語は運動であって、
話それ自体は
ささやかな種みたいなものかなあ。

災厄のあと、
そんな種がせめて生まれて欲しい、
という言葉を幾度となく聞いた。

一月十六日

陸前高田に縁のある人たちが集う神戸の夜。

大切な人を突然亡くした体験は、
ぐるぐると渦を巻きながら、
浮かんだり沈んだりを繰り返す。
もうすぐ六年の時間が経つけれど、
最近は涙脆くて仕方がない。
過去のことだ、前に進まなきゃ、
でもあんなに人が亡くなったのに、
あの人はいないのに……
ねえ、なんで?

あと数時間で、
阪神淡路の震災から二十二年になる。

二月

二月九日

たとえばギャグとはきっと、

ものの見方をズラす技術のこと。
行き詰まりを見通すだけの距離を保ち、
その関係性を計りながら、
思いがけないような何かを、
思いがけないような位置にズラして、
すっと風を通すこと。
接続や反発がパチリと弾けて、
光が生まれること。

震災直後のまちに
ユーモアがなかったかというと
そんなことはなくて、
さまざまな難しさのなかでむしろ、
たくさんのユーモアが
光っていたように思う。
それに私は、幾度となく救ってもらった。
ユーモアって多分、
優しさ、配慮から編まれる
やわらかな身振りのこと。

二月十六日

花畑のおじちゃんに企画してもらって
仮設住宅の集会所にて上映とミニ展覧会。
嵩上げでなくなった弔いの花畑を描いた
《波のした、土のうえ》の一部と、
この場所で撮影した終戦の語り
《遠い火―山の終戦》を、
出演してるみなさんと
そのお友だちと鑑賞する。
ああ、こんなこともあったたったなあ。
なんか泣けるなあ。

もうすぐ仮設さ出てすまうがら、
ここで会うごどはもうねんだよ。
まずお茶飲んで行きらっせ。
かぼちゃっ粥《きゃ》もまだあるよ。
みんな名残惜しくて
なかなか帰れないけれど、

今度は高台に出来た新しいまちで、
ピカピカのお家で。
家移りしたら
あんだの絵さかける壁があるからね。
遊びさ来さい。

二月十八日

日帰りで陸前高田。
月に一度のお墓参りは、
定点撮影のリズムにもなる。
たった一ヶ月でこんなに変わった、
見下ろしていたはずの地面が目の前に。
変わっていく風景を、
動かない墓石が見続けている。

亡くなった人たち、
変わってしまった風景、
なくなってしまいそうな
習慣や所作、関係性……
それらをどうやって
〝新しい地面〟の上に持っていこう。
そんなことを、
大切な人たちとゆっくり話せた。

津波で全部なくなったと思ったけど、
宝物は人の記憶の中にあったんだよね。
話を聞くことで、
また宝物に出会わせてもらえるんだよね。
ありがたい、
ありがたい気持ちになるよね。

三月

―

二〇一六年四月、熊本地震。
四月十四日二十一時二十六分以降、
熊本県と大分県で、相次いで地震が発生。

三月六日

東北のチームと熊本へ。
東日本の震災以降の活動のノウハウを
熊本にも活かせないかとリサーチ旅。
熊本の人たちから、
何かしたいけど
何をしてよいのかわからない、
という言葉を幾度も聞く。
ああ、一年目はこっちもこうだったよね。
先が見えなくて強烈に不安なんだよね。
でも、こんな風に活気があったよね。

茶話会にだんだん人が来なくなって……
引きこもりがちになった人を
どうやってケアするか……
ケアしてあげるというのではなくて、
ケアさせていただく、と思わないと……
生き甲斐づくりのための手仕事支援を……

先頭に立つ人も団体もいなくて…
支援者で縄張り争いみたいなのがあって……
行政の手が入ってなくて……

災害の規模や背景はたしかに違うけれど、
災厄のあとに必要な
〝立ち上がりの技術〟にはきっと共通点がある。
神戸から東北へ、東北から熊本へ。
熊本から、どこかへ。

三月八日

どこかで、
東北よりは大したことないって思いが
あるのかもしれないです。
亡くなった人の数も、
風景の変化も小さいでしょう。
だから、自分たちで何とかしなきゃって
考えてしまう。

だからどんどん
内に籠ってしまうんですよね、熊本は。
なんだかうまく話せないんですよね。

東北の震災を支援してきた人たちが
疲れちゃったころに、
熊本の地震があったのかもしれないね。
そして、規模を比べるでしょ。
こういう言い方はよくないけど、
それで拍子抜けしてしまうのかもしれない。
でもね、たしかに数は小さいけれど、
個人にしてみれば、
失ったものの大きさは
同じはずなんだよね。

三月十一日

大津波から六年目の日に、
誰かの身体を通して、
その出来事を体験した人たちの
語りや風景が、
別の場所に現れる。
継承する、語り伝えるためのレッスン。

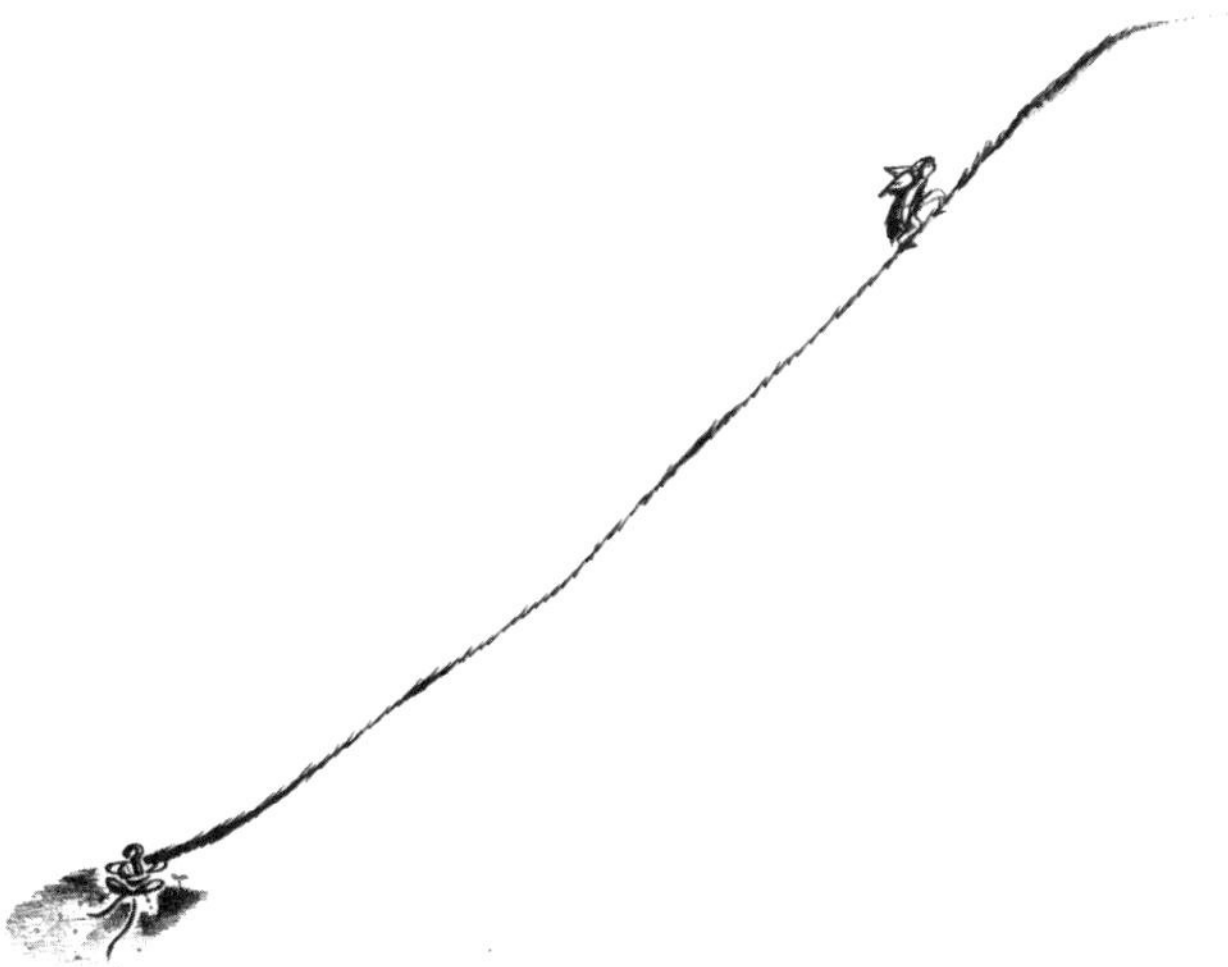

旅について

二〇一六年。陸前高田の海に面した旧市街地では、断片だった土の山が繋がって、新しい地面がいよいよ姿をあらわしていた。その一方で、山を削ってつくられた高台には、公共施設や高層の公営住宅がオープンし、個人宅を再建するための区画も出来はじめている。実をいうと、二度目の喪失ばかりに目をやっていた私は、ふり向いた所に暮らしの場が現れはじめていることに気づいていなかった。もちろん、それが住宅再建の場だとは知っていて工事の進捗も見続けていたし、家を失った人たちとの会話の中で、彼らの新しい家について話してもらったことも何度もあった。それなのに、私はいつもどこか上の空で、一部の風景のことばかりを考えていたのだ。私は、いままで自分が書き留めてきたものがいかに偏ったものであるかと勘づいて、心底情けない気持ちになりながら、でも、形として現れはじめた安住の地と、その場を訪れる家族連れの姿を目の当たりにして、やわらかく力が抜けるように思った。災厄のあと、まちの人たちは、絡まった諸問題に思考を巡らせ、選択を一つひとつ積み重ね、煩雑な手続きをこなし、こうして自分たちの暮らしの場をつくり出していた。彼らへの敬意がまた一層深まっていくのを感じながら、いままで気づけずにいたその一面についても、あらためて聞かせてもらいたいと思った。このまちを、もう一度歩き直したい。私はそう思って、次の旅の準備に取り掛かる。

ふと、見落としていたものの存在に気づいて慌ててしまうことがある。二〇一四年の終わりに「波のした、土のうえ」という展覧会をつくったときもそうであった。陸前高田で三年以上続けてきた制作がやっとひとつの形になって、さてこれを誰に見せようかと想像して浮かんだのは、陸前高田の人たちと、発災直後の時間を一緒に過ごした東京の友人たちだった。そういえば、彼らはいまどうしているのだろう。いや、彼らだけではない。地震を体験して、ニュースで情報を得て、あのとき確かにうろたえた全国各地の人たちは、いま何に関心があって、何を考えているのだろう。それに、東日本の沿岸以外にも過去に災厄に遭った土地は数多くあって、そこに暮らす人たちは、ここのみに視線が集中していた時間を一体どのように感じていたのだろう。発災の三週間後から東北の沿岸部に通い、その後陸前高田に拠点を移した私には、言ってしまえば最前線の地に来てしまったがゆえに、見えなくなってしまっていたものがたくさんあった。不意にそのことに気づいて、遅まきながらの後悔のようなものを感じつつも、陸前高田で見聞きした声や風景を詰め込んだ展覧会が出来たいまなら、改めて、彼らに話を聞きに行ける気がした。

そうしてはじめた巡回展「波のした、土のうえ」（小森はるか＋瀬尾夏美）は、二〇一八年十一月現在までに日本の各地十箇所を巡った。思い出深い土地は数あるけれど、今回は神戸に行ったときのことを書こうと思う。

被災直後から、東北の沿岸各地では震災の先例についての話題がよくあがり、特に阪神・淡路大震災のことはたびたび耳にしたと記憶している。たとえばボランティア先のお茶飲みの場で、「阪神のときは人のことだと思っていたけどね。でもこうして助けられると、あのとき何もしなくて申し訳なかったなって思うの」と話してくれる人がいる。またあるときは「神戸の人が、二十年近く経ったいまも辛いと話していてね」と言って、自分たちの未来に投影して不安げな顔になる。東日本大震災を体験した人たちにとって、神戸は、自分たちより先に災厄を経験し、大きな復興工事を完了させて、〝その後〟を生きる人たちが暮らす、震災の先輩のようなまちになっていた。

いつかは行ってみたいと話していたらすこしずつ縁が出来はじめたこともあり、私と小森は二〇一六年一月に、巡回展の開催に合わせて、一ヶ月弱神戸に滞在することにした。人やメディアを介して、復興工事の是非やその後に起きた制度的な諸問題について耳にすることはあったけれど、暮らしている人たちの実感は一体どのようなものなのだろう。直接誰かに尋ねてみたいと考えた私は、滞在初日にして、大きな被災を受けたという地域へ足を運んだ。

復興工事によって大々的に開発されたという巨大な商店街。仰々しい構えがとっつきにくくはあるけれど、一歩入ればたくさんの人が行き交っていて、さまざまな声が響いていた。お店や施設がどこまでも連なり、ゲームセンターからデイケアまでなんでも揃っている。流行りの感じのカフェもあれば、年季の入った喫茶店もあって、およそ二十年のうちに幾度もの店や人の入れ替わりを経てきていることを感じさせた。たしかに空き店舗は目立つけれど、それもぱっと見る限りにおいては、どこの地方の商店街にもある光景のようにも思える。ともかくここで淡々と日常を送る人たちの姿を見ていると、震災について聞きたいという欲望を持つこと自体が場違いなように感じられた。私はただ報道されていたことを確かめて、復興の粗探しをしようとしているんじゃないか。そもそも二十年も前の辛い出来事の話を聞き出そうとしてくる人間を、まちの人たちはどう思うのだろう。それに、私はこのまちでの震災に関する知識も土地勘も持っておらず、まず誰に何を問いかければよいのかさえ、全くわからなかった。

きらびやかな街並みに気圧されながら、いまさらともいえる気づきに軽く混乱した私は、そのまま身動きが取れなくなってしまう。当時の私は、このまちの片隅にあるかもしれない小さな声を想像する力も、それに触れるための作法も持っていなかったのだ。ほとんど初めての、東日本大震災以外の災厄を経験した土地に触れに行く旅はこうして幕を開けた。時間が経過して傷が見えにくくなってからそのことを尋ねることの難しさと、自分の欲望の横暴さを突きつけられて、その後の滞在が怖くなったことをよく覚えている。

翌日からは搬入作業に追われて何かを考える隙もなく数日が過ぎ、陸前高田の震災後を描く作品を、神戸のまちの一角に設えることの意味はまだまだ掴みきれないけれど、それでもともかく、東北以外の土地で初開催となる、巡回展「波のした、土のうえ」がオープンする。

旅の入り口で膨れあがってしまった心配をよそに、私はその会場で行なったイベントや作品を介して、震災について話してくれる人に徐々に出会えていった。というよりも、陸前高田の風景やそこで聞こえた小さな声に耳をすませてくれた人たちが、「あなたたちはなんでここに来たの？」とまっすぐな目で問いかけてくれるのだ。そこで私がやっと、「実は……」と切り出すと、目の前の人は、ほうっとため息をつきながら、自身の大切な体験や感情について、ゆっくりと話しはじめてくれる。私はチクリと刺さる罪悪感を感じながらも、しかし問いかけたからには、せめてその言葉をすこしも聞き逃すまいと思った。

そして、二〇一六年一月十七日。震災から二十一年の追悼式には、大人も子どもも関係なく、たくさんの人が集っていた。まだほの暗い明け方の広場には無数の灯篭が並んでいて、人びとはちらちらと揺れるその灯火の光と熱に引き寄せられるように寄りあつまり、居合わせたもの同士で小さなおしゃべりをはじめる。私はいくつかの会話にこっそりと耳をそばだてた。神戸の学生のなかには、東日本大震災のボランティアに参加したことを契機にして、こちらの追悼式に出はじめた人も多いという。そんな彼らが、当時生まれていなかった自分が関わってよいものかという戸惑いを漏らすと、体験者たちはその都度、「震災は体験した人だけのものじゃないんよ」と声をかけて背中を押した。すると、若い人の肩の力がすっと抜けて、その場の空気が一気にやわらかくなる。

実を言うと、神戸での滞在期間中、私はこのやりとりの往復を幾度か目にした。というよりも、私自身も何度か似たやりとりをしたことがあった。神戸の人と震災について話すとき、「二十年も経ってやっと関心を持ったんですが」と自分の情けなさを吐露すると、相手の多くが「いいんよ。ありがとう」と言って、私の言葉の続きを待ち、つたない問いに辛抱強く答えてくれる。私はその度に救われてしまうような気持ちになりながら、「震災は体験した人だけのものじゃない」というこの一言の背景に、神戸の人たちが長い時間をかけて培ってきた気遣いの技のようなものを感じて、とても感動していた。それは、立場の異なってしまった他者とともに生きようとする過程で、必然的に生み出された大切な発明のように思われた。きっと、私と同じように立ち止まっている多くの人びとを、勇気づけてもくれるだろう。

その後も滞在の日を重ね、話を聞かせてもらうなかで、ふたつの震災は、土地の条件や被災の仕方、時代背景も違うために、それからの復興のあり方も随分と異なりそうだと感じるようになった。その一方で、大きな災厄のあとに人びとが抱える悩みや苦しみには、いくつも共通するものがあるということも知った。その多くはおそらく、異なる境遇にある者同士、突如あちらとこちらに分けられてしまった私と誰か——それはきっと、同時代を生きる人びとだけでなく、死者や、この先の未来に出会う者たちも含むだろう——が、それでもともに生きていこうとするときに生じる摩擦なのだと思う。

震災のその強烈な体験自体は、誰かと分かちあえるものではないだろう。だから体験者は、わかってもらえない、もしくはわかった気になられてしまうことへの怖さを感じ、何かを語ることをためらう。また反対に、体験をしなかった者は、辛い体験を抱えてしまった者にどう語りかけたらよいのかと戸惑う。しかし、震災が作り出してしまったその大きな分断を放っておけば、その場での暮らしは立ちゆかないし、何よりどの立場にある人も苦しい。だから、互いにわかりあえないということを緩やかに了承しあいながら、起きてしまった災厄を分かちもつことによって、〝それから〟をともにつくり上げていく。わかりあえなさが生む摩擦は互いにしんどくはあるけれど、その実践を続けていくなかで、追悼式の会場などであらわれたあのやりとりのような、やわらかな発明が生まれてくる。前述の悩みや苦しみが共通するのだとすれば、神戸から生まれたこの発明もまた、遠く離れた東北でも共通して、いつか応用できるものなのではないかと想像できる。

災厄のあとに生じる摩擦と、そこから生まれる発明。不意に、被災して間もない風景を戦後の焼け野原にたとえ、「あのときも立ち上がったから、今度も大丈夫」と笑った老人たちの姿を思い出すと、もしかすればこの摩擦と発明は、さまざまな条件や背景の違いを越えて、大きな災厄に遭った土地や人が、共通して出会っていくものなのではないかとも思えてくる。あのときはいささか乱暴に聞こえた震災と戦災の重ねあわせが、思いがけず、すとんと身体に落ちる。

私はそれから、災厄を経験した土地を巡る旅をはじめる。神戸のように、二十年の蓄積から生まれた発明のことを考えると、先例から学ぶべき、繋ぐべき何かがきっと存在するのだろうということが想像できた。同時期に、陸前高田や東北の山村でも戦争体験を聞く機会が増えはじめたことも重なり、彼らが自分たちより強い体験を持つ土地として度々あげる広島や東京も歩きはじめてみることにした。七十年あまりの時間が経過した、しかも自然災害ではなく戦争の体験についての話を聞くことには、さまざまな難しさがつきまとうけれど、問いかけ方は、いつでも同じでよいのかもしれないと感じている。相手との距離を測りながら、「あなたが体験したその災厄について知りたい」と告白し、「それからをどのように生き抜いてきたのか教えてくれませんか」とまっすぐに聞くこと。その場には一瞬の強張りが生まれるけれど、大抵の場合は、そののちにゆっくりとした会話がはじまっていく。慎重に、でも軽やかに進む言葉の往来の間に、災厄に見舞われたそれぞれの土地で生まれた感情や技術が交わっていくことが、確かにある。

戦争体験の話を聞かせてもらいながら、「ある災厄は体験者だけのものじゃない」という言葉の意味もまたすこし更新された。社会状況が大きく変わり、新しい世代が次々に生まれ、日々体験者が亡くなっていくとき、この言葉は、災厄それ自体や亡くなった人びとを社会的に存在させ続けるという強い意思にもなる。

二〇一六年春の陸前高田に話を戻す。私はこのまちのなかでも、新しい旅をしようと考えていた。冒頭のように暮らしの場が出来はじめたまちでは、私のような旅の者が気軽に立ち寄って、まちの人たちとおしゃべりできる場所は減っていく。私は位相の移り変わりに手放しでほっとするような気持ちになりながら、このまちもすこしずつ傷が見えにくくなって、小さな声は表に出づらくなるのだろうと想像していた。新しい旅には、私が何を聞きたくてここを訪れるのかを正直に言葉にし、告白するための小さな勇気が必要になる。

それでも私はこれからも、このまちの人たちがここで立ち上げていく、災厄のあとに生まれる発明たちを見続けて、書き留めていきたいと思う。長い時間の傍らで。

七年目

二〇一七年三月十二日——二〇一八年三月十一日

三月二十九日

巨大な巨大な復興工事で造られた
新しい地面に、
真新しい商業施設や公園や
道筋が出来ていく。
すごいすごい、ここに出来るんだ。
ここに人が行き交うんだ。
そんな想像をすると、どきどきする。
まっすぐに引かれた道の端っこを
スコップで手直しするおじちゃんたち。
いよいよ、仕上げに入ります。

その一方で思う。
工事がはじまったときの、
あのさみしさは何だっけ。
忘れた訳じゃないけれど、
目の前の風景に圧倒されて、
ふと、気が遠くなる。
忘れたくないことは、忘れないように
書き留めておかなければ、
本当に忘れてしまうのかもしれないなあ、
なんてことを思う。

たとえば数十年後、
津波のあとのあの平らなまち、
まるで広い広い草はらの写真を見たとき。
この草はらを失ったときのさみしさを
正確に思い出せるだろうか？
語れるだろうか？

津波で流された、
あの最初の喪失を想起することは、
多くの人ができるかもしれない。けれど、
あの二度目の喪失は、どうだろうか？

目の前の風景は強い。圧倒的に強い。
それによって、過去にあった感情を忘れたり、
すこしズラして解釈したりしてしまうことも
あるかもしれない。
写真に撮っておいても、
なぜ撮ったかを忘れてしまうかもしれない。
そのときに掴まえて、
書き留めておかなければ、忘れてしまう。
即時性は、意外とすごく重要だ。

＊

津波でりんご畑を流されたおじちゃんは、
その年にまたりんごの苗木を植えた。
二年後に復興工事がやってきて、
りんごは伐られ、山は赤茶けて丸裸になった。
今日、角ばった山には
春の草花がたくさん伸びていた。
おじちゃんは小さな畑で野菜を作る。
うつくしいその風景を見て、
あのときの喪失の意味が、
更新されていることに気づく。

四月

――

四月二十七日

陸前高田を皮切りにして
巡回展をはじめてから、
いつの間にか二年が経ちました。
《波のした、土のうえ》の
映像に写っている風景も、

いまはもうありません。
今日、嵩上げで出来た土地の上に、
新しい商業地と公園がオープンしたそうです。
にぎやかさがきっと、
まぶしく光っていることでしょう。

五月

――

五月二日

災厄からの立ち上がりの技術。
その後ろには〝いまはないもの〟を
偲ぶ気持ちやそのための所作がある。
たとえば花を手向けるための
祭壇をつくること、
繰り返される語りから物語を生むこと。
こういった技術の成り立ちこそが、
アートの根源のようにも思う。

五月十三日

仙台市内の中学校の野外活動の撮影で、
今年は宮城県内の沿岸へ。
午前中は防災教育のプログラムで、
震災で家を流された体験を持つ方の
お話を聞く。
集落跡に連れて行ってもらうが、
いまは復興工事の土の
仮置き場になっていたり、
ソーラーパネルが一面に広がっていたりで、
かつてのまちを想像することは難しい。

陸前高田で
流されたまちの痕跡が剥がされ、
その上に新しいまちが出来ていく過程を
見ていたはずの私でも
この場所に集落があったことを
想像できなかった。

発災当時、まちなかで
小学校一年生だった中学生たちが、
その過程も知らずに
いまの風景とかつての街並みを
繋げることは
いかに大変だろうと思う。

集落の人たちが駆け上ったという
斜面を登って、
かつてのまちを見下ろす。
地上十数メートル、
みなさんの足元まで海になったんですよ、
とその人は言う。
ある生徒が、
あ！と声を出す。
指さされた足元には貝殻が落ちている。
そうです、
それはあの津波が持ってきたものです。
その横にある古いビンや何かも。

風景を眺めたとき、
想像力が跳ね返されるような
感覚を覚えて、不安に感じた。
けれど同時に、
この貝殻みたいなものが、
かつてのまちに繋いでくれる点として
確かに存在し続けるのだろうなとも思えた。

五月二十八日

八十代、九十代の
じいちゃんばあちゃんに会って
たくさんの話を聞かせてもらった三日間。
戦前から震災後までを
地続きにしてくれる彼らの語りは、
一つひとつの身体を通して行なわれる、
社会の定点観測の記録でもある。
語り継ぐという行為はきっと、
その記録を連綿と繋げていくことの意志だ。

六月

六月三日

大津波のあとのまちに来て、
亡くなった誰かの代わりを託されることが
幾度かあった。
私はその人に会ったこともないから、
何をすればその役割を果たせるのか
わからないけれど、
託したいと真顔で言う人の話を、
まずは聞きたいと思った。

語りのなかで、
その人の像がぼんやりと浮かぶ。
やっぱりその人にはなれないとわかって、
せめてできるだけ優しくなりたいと思った。
それができたかは、よくわからない。

六月四日

カーナビには昔の道が出るでしょ。
ここはあの建物があったとこだって思うと、
この上にいていいんだっけ？
って思うんだよね。
そこはね、うちの息子が見つかった場所なの。
新しいまちが出来るのはうれしいけんと、
何かを踏みつけてるみたいな
気持ちになるんだっけな。

いつまでこんな気分になるんだっけなあ。
前に進まなきゃっていう想いと、
これでいいんだっけという想いがあるね。
工事待つのは疲れたけんと、ここまで来たら
ゆっくりやろうやって気持ちだよ。
せめていいまちが出来ねば、
死んだやつらに申し訳ねえ。
待ってる間に死んでしまった人たちは、

いま何を言ってるかなあ。

六月十八日

二〇一五年、復興工事のさなかの
陸前高田を目の当たりにしながら書いた
「二重のまち」という物語に、
二〇一七年のいま、
嵩上げ地の上に出来た小さな商店街や、
山を伐って造られた新しい住宅街で、
このまちの人たちに導かれながら、
出会い直す機会に恵まれる。

高田のおばちゃんから、
この物語をまとめた本を十部ご注文いただく。
こんなにたくさんどうするんですか？
と聞いてみると、
引っ越し祝いをくれた同級生に
お礼に贈る、とのこと。

初めて伺ったおばちゃんのお家は
高台の新しい住宅街に出来たばかりで、
このお話に出てくる
ある人のお家のようだった。

波に流されて、土が覆いかぶさって、
いまはもう目では見えなくなった
土の下のまち。
私はそれを見たこともないけれど、
彼女たちにはきっと、同じ風景が見えている。
いつまでもそれが、彼女らの
身体の一部であり続けるための
梯子のようなもののひとつに、
この物語がなったなら、と想像した。

そのあと海辺の集落のお家に行ったら、
別のおばあちゃんが、
あんたこの前、「二重のまち」とかなんとか
言ってたよね？

それ、いま私ほんとにそうだなあって
思うのね。
嵩上げの土地の下に、にぎやかなお祭りや
たくさんの人が行き交う街並みが
あるんだなって、
嵩上げ地に立ってみて、思ったったの、と。

おばあちゃんは「二重のまち」の
文章は読んだことがなかったのだけど、
このタイトルからそこまで想像したとのこと。
ひとつの言葉が想起させる物語、
というものがあるのだなあと思う。
いつかおばあちゃんの〝二重のまち〟を
聞いて、書いてみたいと思う。

そして自宅に帰ったら、
神戸のおじちゃんからお手紙。
おじちゃんにはこの文章を
朗読してもらったことがある。

「このお話が自分の一部になっております……
私は今年、すこしふっきれたような……
あれから二十年経ったからでしょうか」
阪神の震災から二十二年、
おじちゃんには何が見えているのだろう。

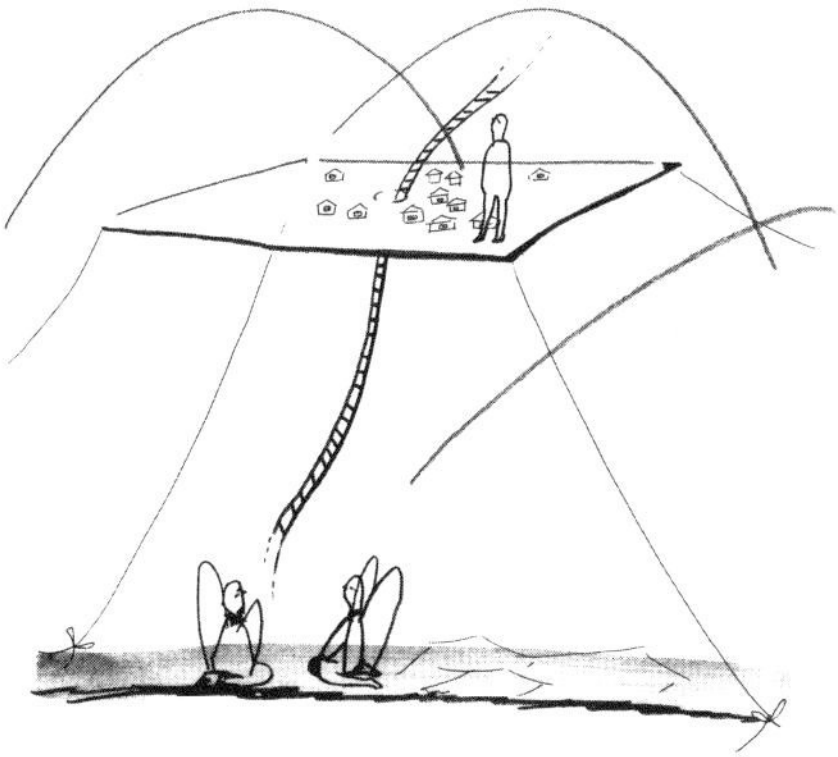

二〇一七年六月末
作品制作のためのリサーチで広島に滞在。

——

六月二十五日

あんだけ焼かれてな、
伝統とか文化いうのは
正直切れてしまってるところがあるな。
でもな、戦争終わって十年ぐらいかなあ。
久しぶりに広島駅に立ったらな、
三味線聞こえて来たんよ。
ああ、ここにあのまちが残っとるって
思うたね。
目に見えんもんは、
生き残った人の身体の中に
ちゃんとあったんよねえ。

人間は強いよ、
それは信じるに足ることや思うなあ。
その力を押さえつけないで
存分に発揮できるようにさえすれば、
まちは何度だって出来ていくと思うんよ。
正直な、東北の復興はもどかしいな。
そこに生きてる人が、
やりたいようにやれるようにさえ、
できたらええのに。
人間の強さを信じたらええのに。

七月

——

七月十九日

二〇一二年の陸前高田の写真を見つける。
五年経ってすっかり変わった。
懐かしいという言葉が
適切なのかはわからないけれど、

なんだかとても大切なものだと思う。
この風景の中を歩かせてもらった時間は、
本当に得難いものでした。
津波の前の姿を知らない私にとって、
かつてのまちとこれからを
繋いでくれる糸でした。

きれいだなあと思っても、
当時は口に出せなかった。
津波のあとの風景をうつくしいと言うことは、
誰かを傷つけると思ったから。
その可能性があるということは、
いまも変わらないかもしれない。けれど、
時間が経って、変わる気持ちもある。
変わらない気持ちも、もちろん。

七月二十二日

進んでいく風景に
水を差したい訳では決してない。
引っかかりを忘れないでいる、という役割を
引き受けさせてもらいたいような、
そんな気持ちが、どこかにある。

九月
―

九月二日

海のそばに暮らす人は、まず、
それだけで十分だったのかもしれないね。
水面も空も刻一刻と変わるし、
波は音を立てるでしょう。
生き物もそばに寄るでしょう。
本もテレビもなくても、
海を見ていれば、それで何でも考えられた。
更に隣に誰かがいれば、おしゃべりしてね。
もっと考えられたからね。

九月七日

戦前も戦中も戦後も
確かに苦しかったけれど、
いまだって苦しみはある。
そのなかで生きてきたという実感がある。

じいちゃんは
この津波で兄弟と子どもを喪った。
家も日記帳も集めた資料も流された。
ふるさとは復興工事で埋まった。
仮設暮らしも、
変わってしまった人間関係にも
苦労があった。
いまは、ふるさとがあった山を
眺めながら暮らしている。そして、
いづうもこうして、
誰かがここさ来るのを待ってるんだよ、
と静かに笑っている。

十月

十月三日

やはり、言葉。
壊されて、骨抜きにされた言葉たちの意味を、
置き直していくのだ。
一つひとつの言葉には、
どうしてもそれを現さねばならぬという
背景があったはずなのだから。
言葉になすりつけられた砂を、
手のひらで拭っていくのだ。
そこには必ず、光がある。
積み上げられた意志がある。

十月五日

体験者や当事者でなければわからない、

ということは確かなこと。けれども
たとえば大きな痛みや困難に遭った人たちが
同時代に生きているときに、
その人たちに何も話しかけなければ、
その分断は分断のまま、
むしろ深くなっていく。
一人ひとりとして、話しあう。
そしてできることがあれば、手を取りあう。

非体験者と体験者が手を取りあい、
その体験から得られたものを
次に渡すための方法を考える。
それは、どちらかの力だけでは
決して成され得ない、と私は考える。
触れ合いのないままの、
推し測り合いだけではきっと難しい。
互いに痛くても、話しあう。
わからないということを価値と思いあう。
それがきっと次に繋がる。

十月十三日

福島県浪江町の沿岸へ。
一面の黄色は、高く伸びた
セイタカアワダチソウ。
所々に津波で壊れた家や撤去されて
重なったままの被災物、
大量のフレコンバッグの山と
煙を吐き出す処理施設。
棄てられた風景、という言葉が
口をついて出そうになった。
忘れられたのではなくて、
誰かたちから、
放棄されてしまった風景。

十月十五日

当事者と非当事者という存在が
もし分かれてあるとしたら、

その間にあるグラデーションを
繋いでいくことが大切ではないかな。
そうしないと社会は、いつまで経っても
前に進まないのではないかな。
繋ぐのは、旅する身体、言葉のやりとり
(ゆっくり聞くこと、諦めないで話すこと)、
触れあうこと、かな。

十月三十日

亡くなった人の声って忘れてしまうね、
みたいな話をいつかされた気がするけど、
そんなことないよなあと、ふと思う。
たとえば祖母が私を呼ぶ声は、
耳の奥の方に確かに残っていて、
何度でも再生することができる。
ただ、この声は
他者と共有して聞くことができないし、
この声を形容するための言葉も持っていない。

問われることもないから、
いまはいない人の声が、
自分の身体の中にあることに
普段は気づきもしない。
他者と共有する術を持たないと、
それはもうすでになくなってしまった
かのように錯覚してしまう。
確かにあるのに、
もうないと思い込んでしまう状態のことを、
忘れる、と呼ぶのかもしれない。

忘れているけれど、なくしてはいない。
身体の中にそれを持って、暮らしている。

忘れている、ということは、
案外個人の問題ではなくて、
関係性の問題なのかもしれない。

＊

まちが流されて、一面に草花が生えた。
山を削って土を運び、
そこに新しい地面をつくった。
その上に、まさにいま、
まちが生まれようとしている。
まちに上がった人、かつての地面に残った人、
どこかに取り残されたように感じている人。
ばらばらの地点に立つどの人も、
確かにともに、暮らしている。

新しい地面の上に暮らす。
地底となったかつての地面には、
あのまちがあって、
あの人たちが暮らしている。
ふと立ち止まってあのまちを想えば、
新しい地面の上からだって、
あのまちへ下りていくことができる。
だとすれば、あのまちからここへ
上がって来ることもできるのだろう。

再会はできなくとも、きっと、
行き来をすることはできる。
顔は見えなくとも、
確かにあのときの表情を覚えている。
聞こえはしないが声だって、
身体の中に響き続けている。
地底から風が吹く。
このにおいも、確かに懐かしい。

十月三十一日

誰かに何かを語ろうとするその根元には、
どうしたってひとりにはなりきれないという、
弱さのようなものがあるだろう。
わかって欲しい、知らせたい、
きっと幸せになって欲しい。
声を震わせるそのか細い勇気は、
どこか希望に似ていやしないかと、
私は思う。

十一月

——

十一月七日

知ってたのに、語ってたのに、
流されてすまって。
情けないし、教えてくれた人たちに
面目はたたねえけんとも、私生きったから、
まず語れるぐれえは語ろうと、
そう思っております。

——

十一月十二日　広島に滞在。

——

十一月十二日

まちの至る所に、
私の記憶を喚起するものがある。
道筋、建物、山並み、
いつもそこにいる人の姿。
それらは別の誰かにとっても、
その人の何かしらの記憶を
喚起するものであるだろう。
無数の人びとの記憶が宿るものの集まりを
風景と呼んだり、
まちと呼んだりするのかもしれない。

まちが破壊されたとき、失われ、
なくなってしまったと感じられたものが
たくさんあったかもしれない。
でも、それでも、辛うじて残った風景の断片や
生き続けている人びとの記憶から、
まちの続きが素手で組み立てられていく。
すべてなくした、壊滅だ、
という大きな言葉の陰にはきっと必ず、
細い糸が残っていると信じたい。

陸前高田の市街地は流され、
埋め立てられ、
その上に新しいまちが出来る。
広島市内一だったという繁華街は
原爆で消え、
一時バラックが建ったが
埋め立てられ、平和公園に。
公園で出会ったおじちゃんは、
この下におじちゃんの家があったんよ、
と言って、かつての地層が見える場所に、
真っ先に案内してくれた。

十一月二十七日

新しい地面に、まちの灯がともる。
ここが確かにここだよと、
空にいる人たちに伝えているかのようだ。
地底の人たちは何もしゃべらずに、
にここに静かに笑っているような気がした。

いつか歌が聞こえるだろうか。
遠くまで澄んでいる
二〇一七年秋の終わり、夕暮れ。

十二月
―

十二月二十日

新しい地面の上に新しいお店が出来た。
よく知った人が、明るい色の割烹着を着て、
てきぱきと働いている。
私にとって新鮮なその姿は、
確かに大津波の前の続きだという。
甘いだし巻き卵のその味も、
七年前と同じなのだという。
あのまちには
こんなに素敵なものがあったのか。
やはり、そうなんだ。

流されたまちの上に造られた
新しい地面に、
さまざまな建物が並びはじめる。
そこに人が行き来をして、
それぞれの目標や役割をこなしていく。
無数の人たちの暮らしが交差する場所を、
まちと呼ぶのだろう。
いま目の前で、まちが出来ていく。

ふと、ここに死者の居場所はあるだろうか、
と思う。
このまちに死者たちを招き入れることは
できるだろうか、と想像してみる。
どのように、ともにいることのできる場所を、
そのための所作を、
つくっていけるのだろうかなあ、と考える。

語られることは、
すこし変わってきたと思う。

仮設住宅を出て、
新しく建てた家に入ったおじちゃんは、
ああもう関わんなくていいんだと思ったなあ、
とつぶやいた。
もう被災者って役割しねくてよぐなった、
本当は誰だって
いつ離れてもよかったんだろうけんとね、
でも割り切れるもんでなかったんだよね。

二〇一八年

―― 一月 ――

一月十三日

語るという選択をした人たちが、
受け取る相手と自分自身を守りながら

手渡しをしていく作法として、
物語という技術を選び、使い、
開発していく。
語りの前後には、必ず他者がいる。
そこにあるのは、
どうしようもない伝わらなさと、
誤読、幸せ、希望、弱さ、孤独。

一月三十一日

風景は地形と風土と人の暮らしが
協働して編まれるものと思っていたが、
それは人間が大規模な土木技術を
持っていなかったころの話、
という友人の一言にはっとする。
津波で流されたまちの跡のうつくしさは、
確かに過去と地続きであると思えたが、
それは巨大な土木技術が
入る前だったからかもしれない。

この度の震災復興によって
あまりにも大規模の土木工事が
土地に施されてしまったとき、それを
過去と地続きのものと言えるのだろうか。
山を崩して広大な平たい地面を作る。
それをやってよいという判断に、
倫理は関わっていただろうか。

ずっとずっと遠くへ退いてみれば、
広大な工事も
ちっぽけなものに見える視点が
あるのかもしれないけれど。
その地点に立ったとき、
かつての風景といまの風景は
確かに地続きであると思えるのかもしれない。

遠くに出来たはずの嵩上げ山は、
この建物の足下まで繋がった。
新しい地面は、もともとこの高さでしたよ、とでも言うように素知らぬ顔で光っている。
この下にあるはずのものは、
まぶしくてよく見えない。見えないからこそ、
確かにずっとここにあるのだ、
と信じられるような気もしていた。

二月

——

二月二十日

陸前高田にて二年ほど勤めた
プレハブの写真館が撤去され、
嵩上げの土にその場所が埋められていた。
それはまるで土葬のようだった。
仮設的ではあったけれど、
確かにそこにあったもの、
そこで立ち上げられてきた営みのことを
改めて記述したいと思った。

いつか、すこしの年月が経てば、
〝あのころ〟として
圧縮されてしまうかもしれないけれど、
それにはあまりに濃密であった
時間のことを。
感情や思想や技術や所作が
無数に生まれては消えていった
仮設的な風景の連鎖を。
私がその場所で見せてもらった
〝あのころ〟の風景を、
描きなおしたいと思う。
忘れてしまわないように。

三月

——

三月十一日

今年もまた誰かとともに、

大津波から二十年後の物語を
読んでいく時間を持つことができました。
それは、誰かの声や身体を通して、
またその場でつくられた映像作品を通して、
この物語やかつて聞いたお話に出会い直し、
それらが遠くへ歩いていく姿を
目撃するような時間でした。

今日の終わりには、
集まった人びとの身体によって、
テキストで書かれたこの物語が
歌になる瞬間があった。
引っかかりや間違いの豊かな、
居心地のよい歌だった。

＊

陸前高田の友人たちのＳＮＳには、
真新しい防潮堤から、
亡くなった人の数だけの
白い連凧が
上がっている写真が並んでいた。
空へと続く糸が
しっかりと握られた手には、
上空の風の振動が強く伝わってくる。
自分たちが確かにいる
現在の地面から、
高く遠い、いつかの空へ。
そこにいる誰かへ。

継承について

二〇一七年。新しい地面の上に、真新しいショッピングモールが出来た。オープンを祝うにぎやかな祭典の様子がSNSに流れてくる。見知った人も知らない人もいる。大勢の人がひとつの門出にこころを寄せている様子を見ながら、一人ひとりにとってのこれまでの時間を想像する。

その数日後、実際にその場所を訪れた。かつての地面から嵩上げ地に繋がる道路は、すこし無理のある角度でぐっと上がっていく。見渡せば、平らな土の地面がずっと続いていて、遠く離れた山際の一角にまちを見つけることができる。なるほど、広大な嵩上げ地の一角がオープンしただけで、他はまだまだ工事中なのか。それでも、たった数ヶ月前まではただの土塊だったのに、いや、その数年前は草はらだったのに、そしてかつてのまちがあったその場所の真上に、いまや立派な建物が建てられて、日々の買い物や交流に人が行き交い、暮らしの一端を確かに担っていることのすごさを思った。ショッピングモールの背景には見慣れた山並みが伸びている。地面の高さが十数メートル上がった分、山は随分低くなって、空が近い。初めてここを訪れる人たちは、最初からこうだったとしか思わないだろうか。それともどこかにちぐはぐさを見つけ出して、何かを思うものなのだろうか。いや、そもそもかつての地面から見える風景だって、ずっと前に暮らしていた人からすれば、同じような問いとともに存在するものだったのだろうか。

〝新しいまち〟での暮らしがはじまった。もちろん陸前高田の中にも時差はあって、新しいまちのはじまりをいまと捉えることを、「まだそんなことを」と思う人もいれば、置いてけぼりにされたような気持ちになる人もいる。だから一概には言いにくいけれど、かつてのまちがあった広大な土地での暮らしが更新されることには、抗いようのない〝これから〟のはじまりを感じた。これまで、「かつてのまちの続きが欲しい」という言葉を幾度も聞いてきたが、いま目の前にあるまちは、続きというよりも新しいまちであるという実感の方が強いのではないだろうか。確かにここにいるのは、かつてのまちにいた人たちだけれど、もうそれだけではない。昔からあるお店も新規に立ち上げられるお店も、あの人もこの人も、新しいまちに一緒に来た大切な同志という感覚があるのではないか。

整地された新しい地面は、いま足元に確かにあって、当然のごとく何をしようがびくともしない。それでもまちのはじまりのころは、「なんだか道がふかふかして、歩くのがおぼつかないのよねえ」と笑うおばあちゃんや、「この真下にあるものを踏んづけて蔑ろにしてる気がして」とため息をつくおじちゃんに行きあうことがあった。当時の私は、彼らのように、新しいまちへの違和感のようなものを吐露する人たちに出会えると、すこしほっとするような感覚を持った。彼らの言葉を通して、ここには新しいまちだけではなくて、かつてのまちの営みと、〝あわいの日々〟に芽生えたさまざまな葛藤が、確かに積み重なっていると感じられたからだと思う。

しかし、その感覚も時間とともに変わっていったことを記しておきたい。〝新しいまち〟を月ごとに訪ねるたび、日常会話のなかではそのような違和感について話される機会が減っていったし、私もわざわざ問いかけなくなった。数年前まで荒野だったその場所が整地され、ショッピングモールには人が行き交い、公園に子どもの声が響き、飲食店に行列する人びとの姿を目にしていれば、それを肯定する感情は大きくなって、違和感はしぼんでいく。それだけ暮らしは強いし、根本的に尊いものなのだと思う。

ある人は、まちを見下ろす高台から新しいまちの灯りを見たときに、「もう、これをうれしいと思ってもいいよね」と亡き人を思い浮かべながら胸をなでおろしたのだと教えてくれた。

〝新しいまち〟での生活のなかで、「下のまちのことをふっと思い出すことがある」と聞くようになったとき、彼らにとってふたつのまちは、いまやそれぞれに自立して、個別に存在しているのだと感じた。そこへ、「曲がり角を曲がったときのあの感覚」や「再開した飲食店でお皿を洗っているときのあのにおい」を介して、過去といまがぴったりと重なってしまう、もしくは反転してしまうということが起きるとき、「思い出した」という感覚になるのではないだろうか。

近しい人たちがそのことを、私が二〇一五年に書いた物語「二重のまち」にたとえて語ってくれることがある。「二重のまち」は二〇三一年の未来のお話で、新しいまちの下にかつてのまちが存在していて、ふたつのまちは小さな階段によって繋がっている、という舞台設定のもとに進んでいく短いフィクションである。それまでの間に陸前高田で出会った人たちをモデルにし、彼らから聞かせてもらった話を、まだ見ぬ未来に投影するようにして書いた。執筆した当時、私は復興工事の最中の風景を見ることがいたたまれなくなっていて、これから出来る嵩上げ地の新しいまちでも、かつての地面のことを想いながら暮らす人たちがきっといると想像できれば、目の前で起きていることにもすこしは納得できるかもしれないと考えた。現実とうまく折り合いがつけられなかった私が、自分に必要なものとして書いた物語である。

私は、はじまったばかりの〝新しいまち〟で、この物語を想起する人がいることに心底驚きながら、そういえば、彼らはいつのころからか、かつてのまちと〝新しいまち〟の関係を明確にしながら語るようになっていたということに気がついた。たとえば、「俺の実家はね、あの商業施設の北側の道路の下にあるんだよ」とか「うちはね、あの巨石の真上に家を建てるのさ」というように、新しいまちとかつてのまちの関係を、上下ふたつのレイヤーをイメージさせながら説明してくれる。このような言い方自体は嵩上げ工事のはじめのころから遣う人がいたと記憶しているけれど、その語りの軽やかさとふたつの地面の遠さは明らかに変わったと感じている。新しいまちがかつてのまちを潰してしまったうえで存在しているのではなく、ふたつがすこし離れた距離を保ちながら同時に存在するというイメージは、現在の営みを肯定し、暮らしを進めていくために必要な発明であっただろうと思える。

「二重のまち」の設定自体は、想像すらしがたいほど遠い存在であった嵩上げ地のまちを草はらのようになった地面から見上げるようにして生まれたものだけれど、いまは、新しいまちの上からかつてのまちを想う人が、自身の持とうとするイメージを重ね、それこそふたつのまちを繋ぐ階段を行き来するときに使ってくれている。

時間が経っていつか形が見えなくなったとき、物語が細い梯子になってくれるのではないか。というよりも、物語とはそのために生まれてくるものなのではないか。私は、二〇一五年に宮城県仙台市を拠点に村々を歩き、民話の採訪を四十年以上続けている「みやぎ民話の会」の方々のお手伝いをはじめてから、そんな風に考えるようになっていた。

全く正気な顔でキツネや地蔵にまつわる民話を「あったること（＝本当にあったこと）」として語る語り手の姿から、民話が生まれるその背景を想像してみる。遠い昔、語らずにはおれない体験をしたどこかの誰かが、そのことを誰かに語りはじめる。そして、聞いた者がまた誰かに語り、それをまた誰かへ……と、〝聞く、語る〟という行為が連綿と続けられていくなかで、時に誰かに間違えられたり、個人的なエピソードが交えられたりしながら、ユーモアやアイディアが付与されていくうちに、ある物語となって現在にまで手渡されてくる。おじいさんが語ってくれた民話は、いまやどこの誰の体験から生まれたものかはわからないけれど、語りはじめられた動機の芯が確かに残っているのだろうと感じられるのは、彼が、かつてその話をしてくれたという自身のおばあさんやその前にいたであろう無数の人たち、そして、いま語り伝えようとする相手である私たちに、ある優しさのようなものを携えながら手渡そうとしているのが伝わってくるからであった。おじいさんは、「もの語れるって幸せなんだよ」とも教えてくれた。語る人がいて、聞く人がいる。根本的にひとりではないことを支えにして編まれていく物語は、大切な何かを受け取ったら語らずにはおれない人間という生きものが存在する限り、生まれ続けるものなのだろうとも想像できる。

そうして、いつか誰かが遭遇した〝語らずにはおれない体験〟は、丁寧な口伝えの連鎖によって、その時代、地域、人によって多少形を変えられながらも、大切な芯を守り抜きながら、したたかに生きのこり続けている。そんなたくましい民話の現場を見続けてきた先輩たちは、東日本大震災を受けて、「この災厄からも物語が生まれて欲しい」「きっと生まれるはずだ」といつも話してくれていた。

もちろん「二重のまち」が一足飛びに民話になれるとは思わないけれど、私にはこれを〝物語の種〟のひとつとして捉えてみたいという気持ちがあった。種はさまざまな人の身体をくぐっていくことで抽象性を得て、より遠くに届く形へと変化していく。民話が長い時間をかけて生まれてくるその過程をイメージしながら、この物語を陸前高田とは遠く離れた土地や多様な背景を持つ人たちに使ってもらうことで、その一歩目が踏み出されるのではないかと想像した。

また、生まれたばかりのこの物語が、その現場とそれ以外の土地を繋ぐ細い梯子になることがあるのか純粋に知りたいとも思っていたし、むしろこの物語を介して、彼ら自身やその土地土地の話が聞けるのではないかという小さな期待があったことも告白しておく。いま思えば、私自身が語らずにはおれないような気持ちだったのかもしれない。陸前高田で生まれた小さな物語を抱えて、誰かに出会いに行きたかった。

そうして、東京や神戸、新潟、広島などで朗読会を開いた。「二重のまち」を介して、参加者に個別の物語を語ってもらえるのではないかという私の目論見はだいたい外れて、生まれたばかりの話は、おもにそれが生まれた土地、つまり陸前高田への関心を生んでくれた。話の抽象度が足らなすぎたということもあるけれど、受け取った人たちが、イメージが飛躍しすぎることを丁寧に抑制してくれていたのは、その出来事からあまりに時間が経っていなかったからかもしれない。私はいつもその繊細な手つきに敬服した。

二〇一六年には、ダンサーの砂連尾理《じゃれおおさむ》さんのプロジェクトのなかで、ひとつの舞台作品の戯曲のように扱ってもらうという、思ってもみない機会に恵まれた。その一部を担った大阪の高校生たちは、メンバーたちで何度も物語を読み込み、資料を探して照らしあわせながら、彼らなりの身体表現に落とし込んでくれた。震災当時小学生だったという彼らは、自分たちを〝部外者〟と位置づけながらも、「でも、触れるならできる限り丁寧に触れたい」と繰り返し語った。彼らは物語を声に出しながら、自身の体感を通して、遠い土地での出来事へとそれぞれに思いを馳せる。もしかすれば、彼らがイメージするその先にあるものは、あの土地にあった事実とは異なるかもしれないけれど、それを想起しようとする身体自体が、何か希望のようなものを表象しているように思われた。「二重のまち」は私が書いた物語ではあるが、もはや彼らの方がその細部を知っているのではないだろうか。物語が誰かに渡っていくとは、こういうことだったのか。

二〇一七年、震災から丸七年が経とうとする陸前高田に戻る。〝あわいの日々〟も忙しかったけれど、暮らしを立ち上げる渦中にあって、まちの人たちはさらに忙しそうに見える。私はそのすがすがしさに見とれながら、ふと、〝新しいまち〟に形なきものたちの居場所はあるだろうかと考える。もちろん慣習的な祈りの所作は各家々で行なわれていると思いつつも、荒野の一角に弔いの花畑が広がっていたり、道端のあちこちに小さな祭壇があったりしたころの、必然的に死者や形を失ったもののことを想う瞬間がまちの中に点在していた状況とは違うだろうと想像する。

真新しいお店や住宅が一つひとつ増えて、細かった河川が仰々しい堤防で固められ、太平洋沿岸数百キロメートルにわたる白く巨大な防潮堤は誇らしげに光り、海はもう見えない。隙間なく固められていく風景は前進の象徴である一方で、そればかりを見ていると、もうすこし身近であったはずの形なきものたちの存在を集団的に忘れてしまうのではないかとも思えた。

そこで、「二重のまち」という物語を使ってくれた大阪の高校生と陸前高田の人たちの、それぞれの姿が浮かんだ。イメージするものの細部は異なるだろうけれど、両者はひとつの物語という場を共有することで、互いのズレを許容しあいながら、正対して出会うことができそうな気がする。いま、〝当事者〟が忙しいのならば、その出来事に価値を見出す誰かが、代わりに何かをするのもいいのかもしれない。そして、無機質な風景から形なきものの存在を想起する人たちが増えることで、集団的な忘却の速度がすこしやわらぐようにも思える。〝当事者〟と〝そうではない（と感じている）者〟がいま一度出会う必要性が増していることを感じながら、それはシンプルに〝継承〟を考える時期に差しかかっているということなのだと気がついた。

自身の体験を誰かに渡すことにも、それを受け取ろうとすることにも、怖さはあるだろう。すべてはそのまま伝わらないし、ぴったりとはわかりあえないかもしれないけれど、それをある範囲で許容できたとき、遠く関わりようのなかったはずの他者が、形なきものの居場所を支えあう、代えがたい協働者になっていく。手を伸ばしあう相手がいることにはきっと、喜びがある。その喜びが、小さな出会いを連鎖させていくはずだと思う。

あわいの日々の終わりに、継承のレッスンをはじめよう。その芽はきっと、そこここで生まれつつある。

飛来の眼には

波に追われるようにして、
鳥は飛び立った
大きな音が聞こえていたが、
うしろは振り返らなかった
春が来る前に北に帰って、
秋にはまたこのまちにやってくる
毎年のこと

次の秋は風が強かった
建物が並んでいた場所には水たまりができている
やや浅瀬ではあるが、おかげで冷たすぎない

夕暮れどきには、
ひとりの男がやってきて、
水のなかに誰かいないかと問うてくる
私はしぶしぶ頭を入れて、あたりを見渡した
さまざまなものが落ちていて、
いろとりどりに光っている
ひと冬これを眺めて暮らすのもわるくはなさそうだ

顔をあげて、
誰もいないと答えると、
男はそうかと言っていなくなった

何度目かの秋
建物が並んでいた場所は何やら騒がしい
茶色い小山がぽこぽことできて、あの水たまりはなくなった
いつもの山は角ばっている
私は、昔と同じ川面に浮かんでいる

昼下がり、幼い子どもの手を引いて、初老の女がやってきた
土が地面を埋め立てる前に、
花をいくつか持っていけないかという
お安いご用だと答えるが早いか、
女と子どもは夢中になって、
私の羽根につぎつぎ花を差し込んでいく
おもいがけず派手な鳥になってしまったが、
北に戻る途中で、ほとんどの花が落ちてしまったことは、
誰も知らない秘密である

今年もまた、秋が来た
上空から、あのまちが見える
すこし地面が高くなり、ふわふわと浮いているようだ
なつかしい人たちが行き交うのが見える

私を見つけた若い男がぐっと真上を見あげながら、
ここは確かにあのまちか、と問うてくる
私が高い声で、
あたりまえだ
だからいつもここに来るのだ
と答えてやると、
男はすっかり笑顔になって、
あたらしそうな家へと帰っていった

飛翔の眼には・

語りのこし

二〇一九年一月、東日本大震災から八年弱。発災からはじまった拙い文章を綴る日々も、ほぼ同じだけの時を重ねてきたということになる。これまで幾度となく、「いつまでそこにいるの」「いつまで書き続けるの」と問われてきたけれど、小さな区切りのためのきっかけは、不意に訪れるものであった。

二〇一七年の秋、私は勤めていたプレハブの写真館が解体されはじめているのを見つけた。店の外には背の高い杭がいくつも打たれていて、上の方に蛍光ピンクのテープが結わいてある。聞けば、その高さまで土を盛る嵩上げ工事を施すのだという。中を覗けばすっかりと内装が剥がされ、プレハブの灰色の壁と無機質なコンクリートの床面が晒されていた。夕暮れどきで、すでにガラスが外された窓からは、薄橙色の光が射し込んでいる。その窓際に、全体が埃で薄汚れた黒いオフィスチェアがうなだれていた。解体の過程で出たであろう廃棄物が無作法に積み上げられたその椅子はまさに、かつての店主の居場所だった。それは確かにショックな光景であった。けれども、私は同時に、店主にはつくづく敵わないということを感じていた。このまちで、「自分の親しんだ土地が埋め立てられる気持ちは、そうなってみないとわからない」と語る人に幾度も出会ってきたけれど、店主は自らのいた土地が埋め立てられることで、私にその感覚をすこし分けてくれようとしているのではないか。そんな自惚れた気持ちが湧いてくる。

次にその場所を訪れたときには、建物がすっかりとなくなっていた。まだ馴染まないごろごろとした砂利が、写真館の跡地よりひとまわり大きいくらいにこんもりと盛られており、それはまるで土葬の光景だった。写真館そのものというよりも、あの場所にあった時間や出来事への弔いのようにも感じられる。ある人が嵩上げの土に埋まったふるさとについて、「埋まったからこそ永遠になった気がする」と話してくれたことを思い出す。土に埋められることでその中の時間が止まり、姿を変えずにそこにあり続ける、というイメージだろうか。聞いた当時はうまく理解ができなかったけれど、いまならすこしだけ、その人の感覚が身体でわかるような気がした。

それでも怠惰な私は、きっと忘れてしまうのだろう。ここで聞かせてもらった言葉も、出会った人たちのあの表情も。ふと思い出そうと試みると、それらがすでにおぼろげであることにも気がつく。もうすこし経てば、この土葬すらも埋立てられて平らな地面があらわれる。そのとき私は、ここにあったものたちを思い出すための手立てすら忘れてしまうのかもしれない。それはあまりにさみしい。そう思った私は、いままで綴ってきた文章をまとめて形にしようと決めた。本書をつくる具体的な契機には、〝あわいの日々〟が終わりつつあるという同時代的な位相の切り替わりももちろん大切だったけれど、一方で、このまちでもっとも濃密な時間を過ごした場所を見失うというごく個人的な理由もとても必要であったのだ。

そうして本書の制作がはじまった。書くという行為は過去に向き合うことに近しく、それは現在起きていることを見落とす行為でもある。震災からの七年を歩き直してきたこの一年の間にも、陸前高田のまちも人も変化し続けていたし、ひいては、さまざまな土地で新たな災厄は起こり続けた。私は、いまそれらに向き合えないことに落ち着かない気持ちになりながら、いつの間にか自分の身体が、震災後のまちで見聞きした人びとの感情や思考、露わになった社会構造のあり様を想うことで、遠い場所で起きていることの細部を想像するようになっていることに気がついた。身体の芯に響く、いつか受け取った大切な声が、目の前にないものの存在を忘れないでいさせてくれる。ふと、継承とはこういうことでもあるのか、と考える。たしかに世界中で無数の事象が同時に起きているから、忙しない日々の暮らしの中では、ほとんどのことを見落としてしまう。けれど、他者とともに育んだ自分の中の切実を媒介にすることで、それらと繋がり続けることはできるのかもしれない。そして、いつか何かを契機にして、それらに出会い直したときには、まっすぐ向き合ってみる。遅いということはきっとないのだと、いまなら思える。

書きこぼしたものたちが気がかりではあるけれど、そろそろこの本を綴じる。あまりに繊細で濃密な〝あわいの日々〟の傍らにいさせてくれた陸前高田の皆さま、沿岸の町々で出会った皆さま、本当にありがとうございました。そして、頼りない私の旅路を言葉で支え続けてくれたのは、大坂写真館店主であった大坂淳さんに他なりません。また、長い間構想状態にあった本書の企画は、編集者の櫻井拓さん、デザイナーの小池俊起さんと出会えたことで動き出しました。さらには、本書が多くの人に届くようにとさまざまなご助言をしていただいた晶文社の安藤聡さんに出会えたこともとても幸福なことでした。

本書に関わってくださった皆さま、読んでくださった皆さまに感謝申しあげつつ、これからも続く長い旅路で、幾度も再会できることを願って。

嵩上げ地の上の熊谷珈琲店にて

瀬尾夏美

佐々木郁哉
佐々木とも子
佐藤たね屋
佐藤李青
里村真理
柴崎由美子
島田誠
清水裕貴
砂連尾理
菅原睦子
鈴尾啓太
鈴木節
関慎吾
関矢茂信
瀬戸麻由
芹沢高志
相馬千秋
大藤寛子
高垣直人
たかぎまい
高森順子
竹口浩司
田村かのこ
千葉里佳
長南こういち
津口在五
土屋聡
都築真司
寺嶋貴樹
徳川直人
友澤悠季
Shun Nakazawa
長沢利紀
中村ひろ子
永山悟
新沼彰子
新沼祐子
西尾建人
にしかわまゆみ
西浩孝
二瓶悟
丹羽朋子
野本仁
はじまりの美術館
橋本かがり
Akiko Hasegawa
秦岳志
旗野秀人
花田吉隆
馬場幸作
馬場'酔仙亭'哲也
濱口竜介
林田新
春野レンゲ
日沼禎子
平岩史行
平岡裕子
福屋粧子
藤田直哉
藤原えりみ
布田直志
分藤大翼
ライアン・ホームバーグ
細馬宏通
堀井ヒロツグ
前田千香子
松井克浩
松下和美
三浦忠士
水谷仁美
水野雄太
緑の屋根
ミヤガワノブコ
宮崎拓二
宮下美穂
mew
森田ひろこ
森田ゆうすけ
山岡加奈
山口洋典
山田壮一
山中智成
横永匡史
横山恵理
吉田茂
吉田美弥
yoshinashigoto
吉野さつき
lala
わだ
和田泰典

謝辞

本書の刊行は、クラウドファンディングや寄付を通じた、
下記の皆さまのご支援によって実現することができました（敬称略）。
ご希望によりここにお名前を掲載していない方も含め、
この場を借りて、厚く御礼申しあげます。

青砥穂高
青山太郎
青山ゆみこ
あかさかのりお
東富士子
あっちゃんコンビ
阿部純
阿部裕美
阿部稔
天野栄司
天野美紀
有馬寛子
有吉真紀
飯塚淳
飯野昭司
五十嵐奈穂子
池田剛介
板垣崇志
井出明
伊藤照手
井上幸治
今井みはる
岩渕貞哉
宇野淳子
うぶこえプロジェクト
江上ゆか
SAK
及川敏恵
大久保杏奈
大久保英樹
大坂健
大竹昭子
大野真央
大橋久美
奥田匡則
奥田祐樹
小野和子
小野文浩
尾引亮太
表克昌
葛西淳子
笠間建
かすがいのぞみ
片多祐子
勝俣信乃
加藤孝信
角野史和
金森千紘
Tomoko Kanayama
金坂浩行
金田実生
川上拓也
河崎裕子
川手摂
川村庸子
菊池純一
木村絵理子
木村朗子
清本多恵子
草地幸夫
工藤拓也
久保田テツ
熊木まりこ
小泉朝未
小泉絵梨
小泉翔
小出祐梨子
郷健太郎
小林真太朗
小林知華子
小林夕起子
小山久仁子
齋藤旭
齋藤良隆
佐々木敦

図版一覧　絵画・ドローイングはすべて瀬尾夏美制作、写真はすべて同撮影。

［絵画・ドローイング］

みぎわの箱庭

—

P.004 《まちは消えてしまった》2011年
P.007 《帰ってこれる》2017年
P.008 《つどう場》2017年
P.009 《もう一度お別れ》2015年
P.011 《とおくにつづく》2015年
P.012 《地底に咲く》2015年
P.013 《ここにのこる》2015年
P.014–015
《陸前高田市気仙町三本松》2018年

歩行録

—

P.032 《5月のさみしさ》2012年
P.049 《泣く》2012年
P.057 《波打ち際》2011年
P.071 《海に向かう》2017年
P.097 《陸前高田市気仙町土手影》2012年
P.111 《花の寝床》2012年
P.119 《めがなれるまで》2014年
P.137 《目を閉じれば》2015年
P.146 《ここがぼくの家》2015年
P.157 《見上げる》2015年
P.183 《陸前高田市高田町川原》2014年
P.204 《波のした、土のうえ》2017年
P.223 《ここにのこる》2017年
P.242 《お別れの準備》2015年
P.273 《三人で歩く》2015年
P.298 《少しやすむ》2017年
P.305 《あたらしい山にのぼる》2015年
P.323 《二重のまち》2015年

飛来の眼には

—

カバー表紙
《あのまちはここにある》2018年
P.351 《飛来の眼には》2019年

［写真］

P.026 陸前高田市米崎町樋の口
2011年4月6日
P.084 陸前高田市高田町舘の沖
2012年8月7日
P.130 陸前高田市高田町中川原
2013年3月10日
P.168 陸前高田市高田町森の前
2014年6月30日
P.234 陸前高田市高田町下和野
2016年2月26日
P.284 陸前高田市高田町鳴石
2016年4月8日
P.316 陸前高田市高田町本丸
2017年9月1日

瀬尾夏美｜せお・なつみ

1988年、東京都足立区生まれ。宮城県仙台市在住。東京藝術大学大学院美術研究科絵画専攻修士課程修了。土地の人びとの言葉と風景の記録を考えながら、絵や文章をつくっている。2011年、東日本大震災のボランティア活動を契機に、映像作家の小森はるかとの共同制作を開始。2012年から3年間、岩手県陸前高田市で暮らしながら、対話の場づくりや作品制作を行なう。2015年宮城県仙台市で、土地との協働を通した記録活動をする一般社団法人NOOK（のおく）を立ち上げる。現在も陸前高田での作品制作を軸にしながら、“語れなさ”をテーマに各地を旅し、物語を書いている。ダンサーや映像作家との共同制作や、記録や福祉に関わる公共施設やNPOなどとの協働による展覧会やワークショップの企画も行なっている。主な展覧会に「クリテリオム91」（水戸芸術館、茨城、2015年）、ヨコハマトリエンナーレ2017（横浜美術館・横浜赤レンガ倉庫、神奈川、2017年）など。

本書では、2011年3月11日から2018年3月11日までの間に著者が行なったツイートを、〈歩行録〉として厳選して収録している。書籍にまとめるにあたり、元ツイートへの加筆・修正および編集を行ない、改行を施した。
本文中の見出しの日付には、ツイートが言及している内容と対応するよう微調整を加えた。日付をまたいだ深夜に前日のことを書いているツイートや、連続ツイートの途中で日付をまたいだ場合など、実際に各ツイートが行なわれた日付よりも1日早い日付を、見出しとして表記している場合がある。

Twitter: @seonatsumi

あわいゆくころ
陸前高田、震災後を生きる

2019年2月5日　初版
2021年3月25日　3刷

著者　瀬尾夏美

発行者　株式会社晶文社
〒101-0051
東京都千代田区神田神保町1-11
電話　(03)3518-4940(代表)・4942(編集)
URL http://www.shobunsha.co.jp
印刷・製本　株式会社太平印刷社

編集　櫻井拓
デザイン　小池俊起

ISBN978-4-7949-7071-8
Printed in Japan